「おまえの言う〝何か〟を
もしおまえが失って、
たとえ誰がおまえを見放そうと……
俺は、最後までおまえの傍《そば》にいてやるよ」
セラス・アシュレイン
セラスは――
もう視界が、まともではなかった。
てが、ぼやけていて。
……、と。
くり上げながら、
ていた。
と一緒に――
口から溢《あふ》れ出てきたのは、
あった。

「ちょっ――
ム、ムニン殿ッ!?」

ムニン
「では早速、
翼を出しておけるこちらの普段着に――」

「あぁ、そうだ……三森灯河は生きてやがったんだよ、小山田翔吾」
三森《みもり》灯河《とうか》
小山田《おやまだ》翔吾《しょうご》
「今、まで……何を……何を、やってやがっ……た!?」

ハズレ枠の【状態異常スキル】で最強になった俺がすべてを蹂躙するまで 9

篠崎 芳

OVERLAP

CONTENTS

Illust : KWKM

プロローグ

「命に別状は？」

イヴ・スピードが尋ねた。

エリカ・アナオロバエルが天井を見上げ、

「どうにか、間に合ったみたい」

この場所はエリカと魔女の家の地下階にいた。

イヴはエリカ同行でないと入ることができない。

ここにはリズベット——リズも来ていた。今、リズは倉庫部屋の方にいる。

そして上の階の一室。かつて、イヴの恩人たちが使っていた部屋だ。

そこに今、ヒジリ・タカオが眠っている。

妹のイツキ・タカオは姉にずっと付き添っていた。

が、姉の容体が安定するとホッとしたのか眠りについた。

眠ったのを見て、イヴたちは地下に場所を移したのである。

ここなら話の内容を聞かれる心配がない。

一応〝彼〟のことを知られないようにとの配慮であった。

「快復までは、時間がかかると思うけどね」

「イツキの言っていた視力の方は？」

「今の時点ではなんとも。戻るかもしれないし、戻らないかもしれない」

「しかし、毒か」

ううむ、と唸《うな》るイヴ。エリカは不満げに脚を組み直し、

「長い間、毒物は各国で厳しく取り締まられてきたわ。同時に、時代を経て解毒の知識も失われていった……学ぶことすら禁忌とされていった背景すらね。まあ、それもあの性悪女神が毒物の知識や研究を独占し利用するために敷いた決まりごとなんでしょーけど」

イヴは以前セラスから聞いた話を思い出した。

過去に戦った呪術師集団アシント。

アシントには〝呪士《じゅし》〟という部隊があった。

彼らはかつて存在した暗殺者ギルドの意思を継いでいたそうだ。

彼らの使う〝呪い〟の正体は、暗殺者ギルドから伝わった毒物だった。

「アシントのムアジという男曰《いわ》く、暗殺者ギルドは異界の勇者によって根絶やしにされたらしい。当時の勇者たちは大陸中のギルドを潰して回り、その後も徹底してギルドの関係者は消されたそうだ。そうして暗殺者ギルドの存在は忘却されていった……ムアジはその時、それがまるで〝敵〟を失った勇者たちの暴走のように語っていたそうだが——」

「ヴィシスの意思で行われた、とイヴは見てるわけね？」

「うむ……毒物の知識を独占したいなら、その知識を持つ暗殺者ギルドは邪魔でしかあるまい」

「案外〝薄暗い場所〟の子たちも、源流を辿《たど》れば暗殺者ギルドに行き着くのかもね……」

裏の情報を取り扱う秘匿集団――通称〝薄暗い場所〟。

セラスによれば、彼らは自分たちの存在を過剰に隠したがるらしい。

（ふむ……その者たちが自らの存在を過剰に隠そうとするのも、そういう背景があるのかもしれぬな……）

色々なことが、繋《つな》がっている気がした。

「それにしても、ヴィシスもふっるい毒を使ったものねぇ」

エリカが頬杖《ほおづえ》をつく。

「当時でさえ解毒剤の材料が稀少《きしょう》だったんだから、今の時代だとあの毒まともに解毒できないんじゃないかしら？　血清、ってわけにもいかない代物だし」

「だがここには、その解毒剤があった」

「まあね。毒物の研究はエリカけっこう入念にやってるの。一応エリカもそれなりの人物扱いだったから、鬱陶しく思った人間に毒殺される危険はあったし……宮廷闘争をしたがる人たちに、こっそり毒殺について相談された時代もあったのよ」

毒物を用いた暗殺。ある意味、武器や暴力を用いるより恐ろしい手段かもしれない。

6

「そんなわけで、ここには多種多様な毒物に対応した解毒剤や材料が保管してあるわけ。幸いだったのは新種の毒じゃなかったことね。それだと、すぐには用意できなかったでしょうから」


ヒジリが担ぎ込まれた時、エリカは迅速に動いた。

すぐさまゴーレムたちに指示を出し、毒の種類を調べた。

普通に調べられるものなのだろうか、とイヴは疑問に思った。

しかし、エリカはあっさり毒の種類を見抜き、解毒剤をすぐに用意した。

「それでもあやつの毒だけは、そなたでもどうしようもないのだな？」

「そうね、あれはお手上げ」

降参するみたいに軽く両手を挙げるエリカ。

「トーカのあの〝毒〟はそもそも毒とは名ばかりの別モノだもの。麻痺《まひ》や眠りも状態異常系統の術式や詠唱呪文の派生なんだろうけど……あの系統としては、過去にまったく例のない付与率なわけで――だから異常なのよ、あの状態異常スキルって。本人が言うように、既存の枠から外れてる」

「異界の勇者のみが持つ〝スキル〟か……やはり、格別な力を持つのだな。過去、勇者が重宝されてきたのも頷《うなず》ける」

イヴは腕組みをしたまま、上階の方を見上げた。

「そして、あの姉妹もトーカと似た特別な能力を持っている」

イヴもイツキの能力をその身で味わっている。

ちなみにイヴは昨日姉妹に出会う前、ある捜し物をしていた。

昔、エリカが結界の外に落とし物をしてきたのだという。

ここに逃げ込む途中で落としたのだそうだ。落とし物は、魔導具とのこと。

その話を聞いたイヴは『わかった、我が捜してこよう』と、自ら願い出た。

当初エリカは断ったが、安全を十分確保した上で捜すと説き伏せた。

イヴとしては、このまま戦場的な勘が鈍《にぶ》るのが怖いのもあった。

ここでの生活に慣れすぎるとそういう勘が鈍る気がするのだ。

いざという時、ここを守る役目は自分が負うつもりでいる。

リズとの平和な暮らしは手に入れたが、それを守る力は維持しなくてはならない。安穏な日々を過ごしていても牙は研いでおく——トーカと共に過ごし、学んだことの一つだ。

ともかくそういう理由で、イヴは捜し物がてら地上に出ていたのだった。

最初は、違和感だった。

そしてその違和感は、緊張感へと変化していった。

大量の屍臭《ししゅう》。

金眼《きんがん》の魔物が、大量に死んでいるのがわかった。

一瞬、トーカたちが戻ってきたのかとも思った。が、違うかもしれない。

仲間ではなく、脅威かもしれない。脅威ならば一度確認し、戻って対応を話し合う必要がある。そう――たとえば、禁忌の魔女を狙ってきた者たちならば。

イヴは偵察のため注意深くそこへ近づいていった。

そうして遭遇したのが、あの姉妹だったのである。

「あの姉妹は、エリカのもとを目指していたそうだが……我が持つような地図もないだろうに、自力でかなり近くまで来ていた。見つけた時には、ボロボロだったが」

エリカも天井――上階を見やる。

「けど少なくとも、ここらの金眼をはねのける程度には強いわけか」

「姉の方は、勇者としては最上等級にあたるそうだ。人物としての侮れなさはトーカも買っていたが……そなたはあの姉妹、どう思う？」

「姉の方が全快してこの家を制圧しようと思えば……ま、できるのかもね。実は、ヴィシスの送り込んだ刺客だったりして――いや、さすがにそれはないと思うけど」

仮に策ならお粗末すぎる、とエリカは付け足す。

解毒剤でも持たされているなら別だが、発見される前にそのまま死ぬ確率の方が断然高い。イヴが見つけたのだって、本当にたまたまと言えるのだ。

「女神に弓を引き返り討ちにあった、か……それについてはどう思う、エリカ？」

「嘘《うそ》を言っているようには、見えないけど」

　ため息をつくイヴ。

「こういう時、セラスがいればよいのだが」

「そうねぇ。嘘か真《まこと》かを判別できる能力って本当に便利……エリカも空いてるシルフィグゼアがいたら、契約したいくらい」

　まっ、とエリカが結論を出す。

「ひとまずは味方側と仮定して接しましょうか。過去にイヴと面識がなかったら、ここへ運び入れる時点でエリカもかなり難色を示したと思うけど」

　イヴはこの魔群帯で過去、タカオ姉妹と遭遇している。

　警戒しすぎなかったのは、やはり面識があったのと――

「あの姉妹についてはトーカの人物評を聞いていたのでな。トーカが悪い風に言っていなかったのが、決め手になった気はする」

「つまりあの姉妹は、間接的にトーカに救われた形になるわけか……」

　と、

「あの、エリカ様――で、できましたっ」

　銀盆を抱えたリズが別の部屋から出てきた。エリカが腰を浮かす。

「あら？　ありがと、リズ」

卓の前まで来て、卓上に盆を置くリズ。盆には色とりどりなものが載っていた。

小分けにされた粉末。細い小瓶に入った液体、などなど。

「あの……確認をしてもらって、いいですか？」

「もちろん」

エリカが腰を上げたまま、前屈《まえかが》みに盆上のあれこれを検《あらた》める。液体の透明度や色などを確認しているようだ。やがて、エリカは前屈み姿勢のまま顔を上げた。

「リズ」

「は、はいっ」

「ほぼ、完璧」

パァァ、とリズの表情が輝く。

「──あ、ありがとうございます！　嬉《うれ》しいです！」

最近リズは薬の調合をエリカから教わっていた。

今日もリズはそれならばと、自ら調合役を名乗り出ていた。

見ていて心から楽しんでいるのが伝わってくる。なので、もう最近はイヴもしたいようにさせていた。ちなみに今回の調合品は、上で寝ているヒジリのためのものらしい。

「それにしても……」

小瓶を手に取り、目を細めるエリカ。

「リズってば、普通に才能あるわね……」

「そ、そうでしょうか……っ？」

「細かい調整が絶妙、っていうか……下手したらその点は、ちょっとずぼらなエリカより優れてるかも」

「お、お料理の分量とか調味料を量るのと似ているからかもしれません……わたし、お料理好きですし……」

みょーん、と糸目になるエリカ。

「エリカはお料理あんましだから……今度、リズにお料理習おうかしら……かしら……」

イヴはなぜか自分が誇らしい気分で、喉を鳴らす。

「ふふ、リズの料理はトーカやセラスも好んでいたからな。我も、リズの料理は飽きることがない」

ここの食材は限られているが、リズの工夫で豊かな食事体験ができている。

「トーカ様、セラス様……ピギ丸ちゃんに、スレイちゃん……また、会いたいな……」

リズは懐かしむ顔をしたあと、気合いを入れるように両手のこぶしを握った。

「その時のために、お料理の腕はずっと磨いておきたいですっ」

「もうほんといい子すぎて、エリカちょっと泣きそう」

と、そこでリズの表情に変化があった。何か言い出そうとしている。ちょっと言いにくそうな雰囲気だった。リズがそのまま口を噤《つぐ》みかけたので、イヴは優しく促す。

「いつも言っているが、何か聞きたいことがあるなら遠慮せず聞いていいのだぞ？　この家でリズの好奇心や懸念を頭ごなしに否定する者など、いないのだ」

「そーよ？　もう家族みたいなものなんだし、遠慮しちゃだめよ？　おんなじダークエルフ同士でもあるんだしね」

「それじゃあ、その……先日いらっしゃったタカオさんたちは、トーカ様の……」

リズもやはり、気になっているらしい。

「うむ。トーカと同じ、異界の勇者とのことだ」

地下室へ降りる前、リズは『イツキさんは、悪い人ではなさそうな気がします』と言っていた。なので、怖がってはいないようだ。

「異界の勇者……異世界、か」

呟《つぶや》いたのは、エリカ。

「妾《わらわ》たちの住むこの世界とは違った文明や文化を持った別の世界……きっと植物や鉱物にしても、ここにはないものがいっぱいあるんでしょうね。トーカの時もそうだったけど、あの姉妹から彼女たちの世界のことをあれこれ聞きたい——のは、山々なんだけど」

肩を竦《すく》めるエリカ。

「やっぱり〝災い〟のことが、あるからね」

この世界には暗黙の了解に近い決まりごとが存在する。

〝異界の勇者のいた世界のことを知ろうとしてはならない〟

〝知りすぎた者には必ずや災いが訪れる〟

古来よりの言い伝えである。

過去に〝向こう側の世界〟のことを過剰に知ろうとした者はいた。

何せここには違う別の世界があるというのだ。好奇心を揺さぶられぬ方がおかしい。

が、ことごとく彼らは悲惨な末路を迎えた。まるで、それが宿命とでも言わんばかりに。

さすがに〝偶然〟では済まない数の者が、そうなった。

イヴは銀盆に映る己の顔を見つめながら、

「教訓か、警告か……過去〝向こう側の世界〟について知りすぎた者の末路は、入念に記録が残されているゆえな」

「エリカが〝あ、この災いの話って本気のやつだわ〟って確信したのは〝向こう側の世界〟について、あのヴィシスですら極力知るのを避けてるのを知った時ね。〝向こう側の世界〟の知識を独占して利用したいから、ヴィシスが〝災いがふりかかる〟と吹聴《ふいちょう》しているかと思いきや……あの強欲腐乱な女神すら、避ける行為となると――」

「逆に信憑《しんぴょうせい》性が高まった、というわけか」

「ま、それを信じていない人もいるし……〝知りすぎる〟ことが危険なだけで、昔の異界の勇者が由来になってる姓、名前、固有名と思《おぼ》しき単語、文化、料理なんかは普通に余裕で残ってるみたいだからね。なんていうか……知ってもいいことと知っちゃいけないことが分かれてる、って感じ」

「食べ物や飲み物の知識などは、やはり知っても安全なのだろうな」

イヴも実際に異界の食べ物を口にしている。

異界の勇者が残したとされる向こうの世界の調理法なども、やはり残ったままだ。

「ところでエリカよ。あの姉妹のこと……トーカには、伝えるのだな？」

「隠しておく理由もないしね。と、いっても……」

近場にそれを伝える使い魔がいないのが問題ね、とエリカは続けた。

イヴはその辺りの事情をまだ詳しく知らない。

ため息をつくエリカ。

「前にね……トーカたちを待つために、使い魔を最果ての国の扉近くで待機させていたのよ。でもその使い魔、野生動物に食い殺されちゃって。で、予備として比較的近くに置いていた使い魔を向かわせたの。予備を用意してたのは、やっぱり正解だったわけ」

しかしなんと、その予備の使い魔が射殺《いころ》されてしまったという。

「あの紋章はアライオンの騎兵隊ね……意識が断絶する直前に聞いた言葉の感じだと、面白半分に射殺したみたい。もちろん、禁忌の魔女の使い魔だなんてことは知らずにね」

それで、あの一帯の近くにいた使い魔がいなくなってしまった。

エリカは〝一応もう次を向かわせてるわ〟と付け加えるも、

「距離を考えると到着にかなり日数がかかる。とするともしかするとトーカたちはもう目的を果たして移動しているかもしれない」

「ふむ……最果ての国に使い魔が到着する頃には、もういない可能性もあるわけか。さらに到着した時、もし扉が閉まっていれば……最果ての国の者と接触してトーカたちの行き先を聞くこともできない、か」

つまり現状、トーカたちの動きを摑《つか》めない状態にある。

と、エリカがそこで表情の険を強くした。

「ただ、トーカたちに接触できるできない以前に気になるのは――」

うむ、とイヴは同意する。

「最果ての国方面へ向かっていたと思しきアライオンの騎兵隊だな？」

「ええ。ついに女神が、いるかいないかわからなかった神獣を手に入れたんだとすれば――多分、攻め入るつもりよ」

「トーカたちが最果ての国入りを果たしていれば、そこからトーカと最果ての国の者たちが組んで全面戦争もありうる……か」

隣に座るリズが不安げにイヴを見上げた。

「おねえちゃん……トーカ様たち……大丈夫、だよね？」

この問いに、イヴは不敵な笑みで返した。

「フフ……これが不思議なものでな。確かにそうなっていれば、最果ての国にとっては危機的状況なのかもしれぬ。だがトーカならば……その危機的状況に陥っても、きっとどうにかしてしまう――我は、そんな気がするのだ」

「そ――そうだよねっ？」

これには、エリカも同意を示した。

「まーねぇ……トーカなら、どんな局面でもなんとかしちゃいそうな気がするわ。頼りがいがあるというか、信頼感があるっていうかね。でもその分、絶対あんな の敵には回したくないわ……考えただけで、ヤんなっちゃう」

先ほどの返答はリズを安心させたい意図もあった。

しかしイヴにとっては、決して強がり寄りの願望でもない。

短くはあったが濃密な時を共に過ごした人間の戦友。しかも、気高く優秀なハイエルフの姫騎士も共にいる。さらには、器用なスライムや勇猛な黒馬の魔獣だっている。

イヴはどこか懐かしさを胸に、改めて思った。

そうだ――蝿王ノ戦団《我ら》は、強い。

「あの姉妹のことも……トーカに相談すれば、最善の指針を示してくれるであろう」

どへぇ、と卓上に上半身を投げ出すエリカ。

「トーカにおうかがいを立てるしかできないなんて、エリカ役に立たないわ～」

「ふふ……そう卑下することはあるまい。人は、それぞれに適した役割がある」

「ま、同じ世界の異界の勇者案件となると……こっちで判断しづらいのは確かだしねぇ。

まずは、次の使い魔に巡り会えることを祈りましょ……と、いうわけで──使い魔動かすのって妾ほんと疲れるんだけど──エリカは使い魔の方に集中するから……あの姉妹の方、基本はイヴとリズに任せていい？」

「うむ、任されよう」

「はい！　がんばりますっ」

よっし、とエリカが身を起こし気合いを入れる。

「トーカたちとは離れてるけど……」

ふんす、と捻《ひね》った細い腰に手をやるエリカ。

「エリカたちはエリカたちで、やれることをしましょ」

1. 再会と交渉

両国の代表者が長卓につき、相対する。

最果ての国の宰相――リィゼロッテ・オニク。

狂美帝《きょうびてい》――ファルケンドットツィーネ・ミラディアスオルドシート。

リィゼの右手側の席には三森灯河《みもりとうか》――その斜め後ろには、セラス・アシュレイン。

蜘蛛《くも》なる宰相の左手側には、リィゼに近い席からココロニコ・ドラン、ジオ・シャドウブレードと並ぶ。

一方、狂美帝の左右には誰も着席していない。

皇帝の斜め後ろには背の高い金髪の男が立っている。

ルハイト・ミラ、と男は名乗った。ミラの大将軍とのことだ。

反対側にはもう一人、丸眼鏡をかけた若めの男性が控えている。

こちらは補佐官みたいなものらしい。

両陣営の挨拶が終わったのち最初に口を開いたのは、狂美帝。

「見事、余の方《ほう》に息を合わせてくれたな。用兵についても余の想像の上をいっていた。まずは率直に、賞賛を送らせてもらおう」

「こちらこそ……こたびの戦、貴国の援護に改めて感謝を述べたく思います」

丁寧にそう礼を返したのは、リィゼ。声はやや緊張を帯びている。

……リィゼのヤツ、狂美帝の空気に少し呑《の》まれかけてるな。

わからないでもない。

鋭い爪先でそっと首筋を撫《な》でるような声、とでも言おうか。そこへ、あのあやかしめいた絶大な美貌。セラスと並び立つ美しさと言われるだけはある。

若く小柄ながら、皇帝然とした威圧感も備えている。

俺も初めて出会うタイプかもしれない。

その時だった。陣幕の辺りで、一人の少女がへたり込んだ。

腰が抜けたみたいにへなへなとその場にくずおれたのは、鹿島小鳩《かしまこばと》。

「おや？　どうしたね、ポッポちゃん？」

「あ——ご、ごめん……」

隣で覗《のぞ》き込む戦場浅葱《いくさばあさぎ》を見上げる鹿島。たはは、と鹿島は苦笑した。

「この場の雰囲気もあると思うんだけど……なんだか、圧倒されちゃって」

「はーそうゆうこと？　ま、ポッポちゃんらしーわにゃ」

浅葱が手を貸し、鹿島を引っ張り上げる。

「あ、ありがと……浅葱さん」

「大丈夫かえ？」

「……、――ご、ごめん。やっぱり……ちょっと、無理かも……」

ふらつく鹿島。見るからに顔色が悪い。ひどく血の気が失《う》せている。

「具合悪いんかい？」

「う、うん……ちょっと、気分が……ご、ごめんね――多分、ヨナトの時と同じで……」

「あー……ポッポちゃん、大魔帝軍《たいまていぐん》と戦う前にヨナトの王都で殲滅聖勢《せんめつせいせい》の主戦力がずらっと並んだ時も『圧倒されちゃって……』とか言って、貧血起こしてたもんねぇ。うーん、血しぶきや切断された腕がぶっ飛ぶ光景は耐えられるのに……あれだ、ポッポちゃんは張りつめた緊張感のある場とかの方がしんどい、ってタイプか。んま、戦闘中に貧血でぶっ倒れられるよりはマシかね」

「いや……血しぶきや腕が飛ぶのも怖いし、ショックだけど……なんだろう……まだ自由に動ける方が、楽っていうか……む、昔からそうなの。こういう場、苦手で……」

「誘った時、そりで乗り気じゃなかったんか」

「う、うん……」

「よわよわじゃけど、まー……無理にさそった浅葱さんも悪かったかねぇ。あのぉ！　この子、気分が悪いみたいなんで連れてって休ませてあげてくれますーっ!?」

浅葱がミラの兵に声をかける。

「浅葱さんはそこの皇帝さんにお呼ばれしてここに来てるんで、このまま残りまーす。

そーゆーわけでミラの兵隊さん、こばっちゃんのことよろしく頼みまする」

「ほ、本当にごめんなさい……皆、さんも……騒がせて、しまって……すみま、せん」

鹿島がミラの兵に連れられ、陣から出て行く。浅葱が、ミラ兵たちに声をかける。

「あ、弱ってるからってうちのポッポちゃんにえっちなイタズラとかしちゃやーよ!?」

ミラの文官みたいな連中が、ジロッと浅葱を睨《にら》む。

〝皇帝が交渉に臨んでいる場で、なんと無礼な……〟

とでも言いたげな、険しい視線。

ま、あの空気の読まなさは戦場浅葱らしい。

……それにしても、さっきの鹿島。

何かをごまかそうとして、急いで取り繕ったようにも見えたが。

いや、さっきの言葉はおそらく本心でもあったのだろう。

『なんだか、圧倒されちゃって』

嘘《うそ》を言っている感じはなかった。が、あそこまで顔面蒼白《がんめんそうはく》だったのは――

何か、別の理由があったのではないか？

しかし別の理由とすれば一体、それはなんなのか。

へたり込む直前、鹿島は俺の方を見ていた。

そう、驚いたような顔をして。

この蠅王装《はえおう》にある種の禍々《まがまが》しさがあるのはわかる。

だが、あれは……まるで何かの真相に気づいて、強い衝撃でも受けたみたいな。

……、……まさか。

いや、それはありえない。

俺が〝俺〟だとわかる要素は、ほぼ完全に排除しているはず。

何より――なぜ、あいつらがここにいる？

二人を目にした時からずっとそのことを考えていた。

あいつらは狂美帝の側についたのか？　そうではなく、クソ女神がスパイとして送り込んだ？　二人はつまり、狂美帝の味方のふりをしているだけ？

……正直、スパイ案の方がしっくりくる。

が、まだ情報が少なすぎる。俺の正体……〝三森灯河〟と繋《つな》がらない程度に機会を見つけ、そこの真相は探ってみるべきかもしれない。

そんな思考を走らせている間も、狂美帝とリィゼの会話は進んでいる。

「なるほど。采配の妙は、姫騎士セラス・アシュレインの功か」

「は、はい。ご存じの通り、我が最果ての国は戦力を保持しております。しかし、こたびの戦いにおける全体の采配、及び戦果においては、用兵に精通したセラス殿による功績が大きいのです」

「そこに座る――蠅王殿でなく？」

俺を見る狂美帝。リィゼも視線を同じくした。俺に答えてくれ、と視線で訴えている。

「ワタシは小さないち傭兵団《ようへいだん》の長にすぎません。セラスのように、規模の大きな軍を動かす用兵術の持ち合わせはございませんゆえ。今回の戦い、あくまでワタシは一介の兵として参加したようなものです」

「そちは、声を変えているようだが……」

声変石《せいへんせき》によって歪《ゆが》んだ声が気になるらしい。元々この交渉の場においては声を変えるつもりだった。鹿島や浅葱がいることを考えれば、必須と言える。

狂美帝はその白く細い指で、己の顔を示し――

「その蠅王の面も、何か正体を隠したい事情があるゆえか？」

スッ、と俺はマスクの顔面に手を添える。

「顔が〝売れている〟というのは、必ずしもよいことばかりではございません。たとえばこの蠅王装を解けば、王都などでの情報収集がはかどって仕方がない――日常生活を楽しむ上でも、それはやはり同じことです。人目のある場でこの仮面をつけているからこそ、この下の素顔は〝自由〟でいられるのです」

マスクからそっと手を離し、続ける。

「素顔と違い仮面は簡単に替えることができるし、捨てることもできる……しかし、素顔となるとそう簡単にはいきません。何より、顔が〝売れている〟ことのある種の煩わしさは……まさに皇帝という立場にあるあなたこそ、よくご存じかと拝察いたしますが」

狂美帝が口もとに手をやり、くつくつ、と微笑を漏らした。

「なるほど……確かに。あいわかった。いや、話の腰を折って悪かった。では、互いの要求についての話へ入るとしようか、リィゼロッテ殿」

「あ、はい」

場を仕切り直すように、卓上で手を組み合わせる狂美帝。

「存じているかはわからぬが……先日、我がミラ帝国は貴国へこのたび軍隊を差し向けたアライオン王国に宣戦布告を行っている。ゆえに、現在アライオンと我が国は敵対関係にある。敵対を決意した理由についてはのちほど時間が許せば話そうと思うが……貴国にとって、その理由は重要ごとか？」

今その話は後回しにしたいようだ。先に話しておきたいことがあるのだろう。

なら、まずはひと通り向こうの話を聞くべきか。

反旗を翻した理由は知っておきたい。が、今は一旦向こうに合わせていいだろう。

リィゼも、特に口は差し挟まなかった。

先を促されていると察したらしい狂美帝は、

「先の使者づてに伝えた通り、我が国は貴国との同盟関係を望んでいる」

リィゼが、少し遅れ気味に返す。

「わ、我々も……同盟の件は、前向きに考えております」

「貴国には別に王がいるとのことだが、その王も同盟の話は前向きに？」

「はい、お、王も同じ方針を持っております」

「王がこの場にいらっしゃらないのは、我々を警戒しているためですか？」

尋ねたのは、ルハイト・ミラ。狂美帝と比べると柔らかな声をした男である。

が、どうせ〝狐《きつね》〟だろう。この手のタイプはそう見るべきだ。

「そ、それは……」

一度、リィゼが俺を見た。助け船を求める顔。俺は、答えを返した。

「彼ら最果ての国の者は、長らく人間勢力との接触交渉を行っておりませんでした。そして……アライオン十三騎兵隊との初交渉時、最果ての国側の者がアライオンの騎兵隊長から騙《だま》し討《う》ちを受けています。そんな経緯があるゆえ……王を前線へ出すのを危惧する彼らの警戒心も、どうかご理解いただきたく……」

にこり、とルハイトは微笑《ほほえ》んだ。

「こちらのリィゼ殿より――まるであなたが宰相のようですね、蝿王殿」

「相手の宰相殿がいる場でその物言いは失礼であろう、ルハイト」

たしなめたのは、狂美帝。ルハイトが頭を下げる。

「これは、とんだ失礼を。悪気があったわけではないのです。しかし今ほど陛下より指摘を受けた通り、気分を害するやもしれぬ発言でした。どうか、お許しを」

「ルハイトの無神経な物言いには余からも謝罪の意を示そう。失礼した、リィゼロッテ殿」

「あ、いえ……だ、大丈夫です」

真摯な面持ちで、やや首を傾ける狂美帝《きょうびてい》。

「要するに……貴殿にこの交渉の決定権があるのか、確認したかったのだ。この件は王のところへ持ち帰り返事は後日……というのは、できれば避けたいのでな」

「あ、あります……私に、決定権は……」

「承知した。では改めて、貴国に我がミラと同盟を結ぶ意思があるか――聞きたい」

「ええっと、はいっ……そうね――そう、ですねっ……」

あたふたしつつ、リィゼは続ける。

「我が国としては貴国と同盟を結ぶことに、ひ、否定的な意見は挙がっておらず……」

その時――ため息が漏れた。

ため息は狂美帝の背後に控える文官らしき男たちのものだった。

リィゼの所作や発言に対してのもので、間違いあるまい。

……よくないな。

リィゼのよさが、発揮できていない。慎重になりすぎているきらいがある。

多分、戦前《いくさまえ》のことがトラウマっぽくなっているのだろう。

些末《さまつ》なことがあれこれ気にかかって〝この発言は大丈夫だろうか？〟と、常に不安を覚えながら話している印象がある。何より……若干、のまれている。

狂美帝の放つあの独特な威圧感に。

リィゼには、交渉役を俺に任せたくなったら合図してくれと言ってある。

しかし、まだ合図はない。自分でやりきるつもりでいるのだ。

と、狂美帝が口を開いた。

「ルハイト」

「はい」

「今ほどつまらぬ反応をした後ろのアレらを、下がらせろ」

ルハイトの双眸《そうぼう》が細まる——口もとは、笑んだままで。

「承知いたしました」

下がったのは、リィゼに対しため息を吐《つ》いた連中だった。

そのおかげか、何か言いかけたジオが言葉を引っ込めた。ムスッとはしているが。

今の流れも、狂美帝が自分の心証をよくするためにした小細工と考えるのは——さすがに、穿《うが》ちすぎか。

「先の蝿王殿の話を聞くに、宰相殿が外の人間と交渉慣れしていないのも致し方あるまい。それに……重要なのは意思の疎通の可否であり、作法や形式ではない。あまり気負いなさるな、宰相殿」

「は、はい……ご配慮、感謝いたします……ええっと、ファルケンドット……ツィーネ、ミ、ミラディアス――」

「失礼した。その長名《ちょうめい》については、ミラの内部事情を知らねば余の名そのものと思ってしまうな。余のことは、ツィーネでよい」

「あ、はい……それでは……ツィーネ帝……ええっと、つ、次の……」

後半、リィゼの声は萎《しぼ》みかけていた。歯切れも悪い。

背後のセラスからも、心配げな空気が漂ってきている。

今のリィゼは、もしかすると合図のことすら忘れているかもしれない。

「リィゼ殿」

俺は、リィゼに呼びかけた。

「え？　え、ええ……なんでしょうか、ベルゼギア殿？」

「こたびの戦において、リィゼ殿は多大なる功績を挙げてくださいました。しかし……不眠不休に等しい状態で働き続けたゆえか、少々お疲れのご様子……」

隣のリィゼの方を向き、問う。

「決定の段になれば、もちろんあなたの指示を仰ぎますが……いかがでしょう？　決定に至るまでの交渉を一旦、このベルゼギアめに任せるというのは？　ワタシはあなたと違い、本日の朝までぐっすり眠り休めておりますので……」

一瞬、リィゼは面食らった顔をした。

が、そのあとはどこかホッとした感じを見せた。譲り渡すように、リィゼが言う。

「え、ええ……では一度、ベルゼギア殿にお預けします。申し訳ありません」

「かしこまりました。それでは……」

同じように卓上で手を組み、俺は、改めて狂美帝と向き合う。

「宰相リィゼロッテ・オニク殿の代理として——ここより、ワタシが交渉役を務めさせていただきます。よろしいでしょうか、陛下？」

どこか歓迎的な色合いを帯びて、狂美帝の口端が妖しく——あでやかに吊《つ》り上がった。

「————よかろう」

「感謝いたします、陛下」

「して、改めて話の続きだが……貴国には、我が国と同盟を結ぶ意思があると見ても？」

「現状、前向きに考えております」

「つまり、条件次第と？」

「はい」

「聞こう」

俺は、事前に取り決めていた条件を伝えた。

必要に応じ、こちらが援軍として戦力を提供すること。

ただしその際、指揮権はミラ側には預けないこと。

今回の戦いにおける捕虜の扱いや、継続的な食糧援助、などなど……。

外交のあれこれに関してはセラスからそれなりに教えてもらっていた。

セラスなしで俺がこの役をするのは、難しかっただろう。

話している間、狂美帝は緩い姿勢で黙って耳を傾けていた。

補佐官らしき男は何度も視線を狂美帝へやっている。逐一反応が気になっているようだ。

ルハイトの方は、こちらも思慮深げにジッと話を聞いている。が、狂美帝よりは表情が読みやすい印象である。頭の中で素早く損得勘定をしている感じだ。

「――なるほど」

俺が一度話を切ると、前髪の先を弄《いじ》りつつ狂美帝が口を開いた。

「そこまで無茶な要求はなさそうだ。食糧の提供については、急ぎか？」

「あまり先延ばしにされては困りますが、今すぐにとの状況ではありません。一応、セラス・アシュレインの持つツテがないわけでもありませんので」

食糧事情の件。

ネーア聖国に話を通すのは最後の手段として考えている。

しかしウルザや魔群帯が間にある以上、難度は高い。アライオンとネーアの関係性を考えてもだ。なので、ここではあくまで〝他のツテもなくはない〟という牽制《けんせい》でしかない。

頼りがミラしかないとなれば、足もとを見られかねないからな……。

「とはいえ、同盟を結んだ上で貴国から継続的な食糧援助を受けられるのが、最善と考えております」

「土地の提供は望まぬのか？　我が国が肥沃な土地を多く抱えているのは、ネーアの聖騎士団長から聞いていよう」

おそらくこれはテストだろう。俺が、どう答えるかの。

「我々は現状、貴国から完全に信頼されているわけではないでしょう。仮にここにおられる方々の信用を勝ち取ったとしても……昨日今日同盟を結んだばかりの他国へ土地をやったとなれば、貴国の中で面白くないと思う者が出てくるのは必定……」

黙って、先を促す狂美帝。俺は続ける。

「陛下としても、今の状況で味方側の無用な不満を抱え込むのは本意ではない……僭越《せんえつ》ながら、そう拝察いたします」

「……ふむ」

言って片肘をつき、こぶしの上に頬をのせる狂美帝。

ほのかなからかいの空気をまぜつつ、狂美帝は言った。

「謙虚なのだな」

「現実的であろうとしているだけです」

「しかし──その合理性の割には、人の感情の動きへの想像力が妙に働く」

「いえ、人の感情の動きこそ常に合理性の中へ組み込まれるものです。利益のために」

狂美帝は今の返しがお気に召したらしい。薄い微笑が、やや自然なものに変化していた。

「蝿王《はえおう》よ……一つ、失礼を承知で聞きたい」

俺が無言で促すと、場に独特の緊張感が漂う。静寂の中、狂美帝は問うた。

「そちは──善人か？」

俺は自分の胸に手を添え、一礼する。

「お察しの通りにございます」

すると──狂美帝が目を丸くし、そのまま数秒だけ停止した。

しかし彼はすぐさま泰然さを取り戻すと、片頬に手をやって、薄い笑みも取り戻した。

「ふふ、蝿王ベルゼギアか。どうやら呪術という奇抜な力を使うだけの者ではないようだ。

気に入った」

狂美帝が目を閉じ、ぽてっ、と椅子の背にもたれかかる。

妙にそこだけが、年相応の動作に見えた。

狂美帝の声の感じからだろうか。ルハイトが姿勢を正し、補佐官が眼鏡の蔓《つる》を上げる。

「よかろう」

二人の空気が〝決定だ〟と、先に結果を告げていた。

「我がミラ帝国は――貴国から提示された条件を、受け入れよう」

リィゼとニコが互いに〝やった〟みたいな感じに、視線を交わし合う。が、

「……こちらの条件は呑《の》んでいただけるということですが――そちらの条件は、これまでに出たものですべてでしょうか？」

俺が問うと、リィゼとニコがハッとなった。

ちなみにジオは表情を変えず、腕を組んだままジッと押し黙っている。

俺と同じく、ミラ側にまだ何か条件がある空気を察していたようだ。

すると狂美帝が、話し出す。

「我がミラ帝国は――ひと口に言えば、女神という存在を疑問視している」

疑問視。反旗を翻し敵対した理由を、ここで明かしにきたか。

「この大陸には七つの国が存在する。しかしその実態は、アライオンが支配しているようなものだ。そしてアライオンの実権を掌握しているのは、誰もが知るように神族たる女神ヴィシス」

ふん、と演技めいて肩を竦《すく》める狂美帝。その所作すら優雅に感じられる。

「各国にはヴィシスの徒と呼ばれる監視役が置かれ、常に女神の〝目〟を気にしながら国を運営しなくてはならない。ヴィシスのいいなり、と言い換えてもよい。この状態……不健全とは思えぬか？」

背後からのセラスの合図――真実。

本心ではあるようだ。が、同時に何かぼかしている感じもなくはない。

……少し、揺さぶってみるか。

「ミラは豊かな国と聞きます。現状に満足している者も多いのでは？」

「そちは知らぬであろうが、裏で殺された者や悲惨な末路を迎えた者も多い――女神の意思によって、な。女神は陰で自分の意に沿わぬ者を始末し、我々人間の〝自由〟を奪っている。つまり、我々はまさにヴィシスに支配されている」

……ここで一つ疑問がある。これは、以前から抱いていた疑問だ。

クソ女神は長らくこの世界に我が物顔で君臨している。

けれどアライオンによる大陸の統一にまでは至っていない。

邪魔者にしてもそうだ。

たとえばあの廃棄遺跡の存在……あそこへ送ればすべて〝行方不明〟で片付けられる。

死体が残らない利点もあるだろう。

しかし――直接、ヴィシスの手で始末してもいいのではないか？

どうにも……クソ女神の始末のし方は回りくどく思える。

俺は、一つ仮説を立てていた。

つまり……何か直接手を下せない理由があるのではないか？

裏工作で自国や各国の邪魔者を潰しはするが、自らが直接手を下すことは滅多にない。

否、できない？

何か事情がある、と考えるのが自然に思える。

たとえば——まだ謎に包まれた〝神族〟という存在特有の、なんらかの事情が。

「陛下の目的はつまり、女神の支配からの解放にあると？」

「今、この世界はいびつなのだ」

狂美帝《きょうびてぃ》はアライオンの方角をチラと見やり、

「この大陸の歴史は、この大陸に生を受け、そして生きる者たちによって紡がれるべきだ。神族などという異物の管理下で紡がれる歴史など〝歴史〟ではあるまい。それは本来の姿ではなく、偽りの歴史——つまり、我々の生そのものが偽《ぎ》ということになる。余は……この世界に生きる者たちが本物の生を過ごし、死ぬべきと考えている」

「要するに、その〝本物の生〟を得る上で女神ヴィシスは不純物でしかない……陛下は、そうお考えなのですね？」

にっこり、と狂美帝が——目もとを細め、笑んだ。

「いかにも」

一部の者がハッとした。今の笑みは年相応——いやむしろ、少年めいていて。

どこか、無邪気さを秘めた微笑《ほほえ》みだった。

何人かは明らかに見惚《みと》れていた。が、俺の心は動かない。

俺にとっては、普段見てるセラスの笑みの方がよっぽど魅力的だ。

——セラスの合図。嘘《うそ》をついてはいない。

しかし——違うな。

今の言葉は〝思ってはいる〟が、本音ではない。

なんとなくだが、そんな感じがする。

今の話はいわば〝世界全体〟を考えた話である。が、本音の部分はもっと〝個人的〟なところにあるように思える。俺にはどうも、そう思えてならない。

……ま、今それはどうでもいいか。

女神に対する認識が〝本心〟とわかっただけで十分。判断材料は得られた。

俺は、両手を組み合わせる。

「繰り返しになりますが……つまるところ、陛下はアライオンや他の神聖連合《しんせいれんごう》の国々を憎んでいるというより——」

とにもかくにも、この狂美帝は——

「女神ヴィシスをこの世界から排除したい、と？」

「ゆえに必要なのだ――禁呪が」

その名を、狂美帝は口にした。

俺は言葉を返さず待つ。

ここではまだこちらから禁呪について下手な情報は与えない。

知っているとも、知らないとも、言わない。

「神族を引きずり降ろす力を持つとされる禁呪……余はそれを、手に入れたい」

「禁呪がどういった性質のものかは、判明しているのですか？」

「この世界のあり方そのものを変える力、と言ってよいだろう」

確かに【女神の解呪《ディスペルバブル》】の無効化は強力と言っていい。

しかしそれだけで〝世界のあり方そのものを変える力〟とまで言えるだろうか？

そう、禁呪の呪文書は一つではない。

つまり、狂美帝が所持しているのは【女神の解呪】を無効化する禁呪ではなく――

「…………まさか」

俺は半無意識的に、誰にも聞こえないような声で呟《つぶや》いていた。

世界が変わる力――――繋《つな》がった、気がした。

狂美帝の目論《もくろ》み……浅葱《あさぎ》たちが〝そちら側〟にいる理由。

確かに、そうかもしれない。それがあるなら——

それが、あるならば。

答え合わせのごとく、狂美帝は言った。


「女神に頼らず異界の勇者を召喚し——そして、元の世界へ戻すことのできる力だ」

それは——まあ、そうだ。そうなるだろう。

そりゃあ、血眼になって禁ずる。消そうとする。

だって、存在価値が失われるのだから。女神のいる意味が、なくなるのだから。

神を引きずり降ろす力。

ただし、

「失礼ながら陛下、その話……信憑性《しんぴょうせい》はいかほどなのでしょうか？」

「残念ながら、まだ実証はされておらぬ。余の持つ呪文書をかつて所持していた者が〝禁呪はそういう力を持つ〟と書き残していただけだ」

「それで、真偽を確かめるために——」

「最果ての国——禁字《きんじ》族《ぞく》を、探していた」

……つまり。

狂美帝は〝ヴィシスが禁字族を必死に探している〟という情報を得た。

ヴィシスのその行動が逆に禁呪の力を裏打ちする結果となったのだ。

女神への対抗手段を見つけた——狂美帝はそう確信し、反旗を翻した。

が、いささか性急に思える反乱ではある。

禁呪に関する情報の真偽もまだ完全に摑《つか》めていない印象がある。

禁字族の生存だって、まだ確認が取れていない状態だったわけだ。

なのに、このタイミングでアライオンへ宣戦布告した。

これは——先の大魔帝《たいまてい》の大侵攻と関係があると思われる。

あの戦いで多分、狂美帝の想定以上に異界の勇者が善戦したのだ。

東では姿を現した大魔帝を退却させた。

西では側近級第三位を撃破。

被害は甚大だったが、南でも側近級の第一位と第二位を撃破。

十河《そごう》たちが合流する予定だった片一方の南軍の戦いでも、辛勝ではあるが勝利している。

各方面で敗北らしい敗北がなかった。

しかも、対大魔帝の最大戦力であるS級勇者は全員健在。

あの大侵攻に対し勝利をおさめたことで世の空気は一気に〝この根源なる邪悪との戦いは勝った〟——そう傾いたに、違いない。

しかし狂美帝にとって、それはいささか喜べない事態となった。

大魔帝が滅ぼされてしまったあとでは〝抑え〟がなくなる。

反旗を翻した場合、女神の他に神聖連合の国すべてを敵に回すことになる。

しかし――大魔帝勢力が残っていれば、女神や他国は〝背後〟の大魔帝勢力へも気を配らねばならない。ミラとしてはその状態の方が、戦争がしやすくなる。

そう……狂美帝は大魔帝が生きているうちに動きたかった。

狂美帝は、大魔帝を脅威とは考えていないのか？

こういった腹づもりかもしれない。

〝女神を倒したのちにS級勇者たちを説得し、大魔帝を共に倒し……その後、送還の禁呪によって勇者たちを帰還させる〟

いや……やり方によっては、女神を倒す前にS級勇者を味方に引き込める。

たとえばそう――戦場《いくさば》浅葱は勇者たちの説得にも使える。

で、戦場浅葱はおそらく狂美帝のその思惑に乗った。

戦場浅葱へ視線をやる。

今の話を知って驚いた様子はない。すでに知っている顔だ。

ま、でも――そうか。

女神に頼らず元の世界へ戻れるとなれば、女神と敵対する側へ回ってもおかしくはない。

が、しかし――あいつが女神の送り込んだスパイ説も、まだ捨て切れない。

常に両方の可能性は考慮しておくべきだろう。いずれ、確証を得るまでは。

ともあれ……狂美帝の思惑が、見えてきた気がする。

空疎な理想を掲げただけの無謀な反逆ではなさそうだ。それなりに勝ち筋を敷いた反逆ではある。……かなり綱渡り感のある絵図ではあるが。

逆に言うと、そのくらいのリスクを抱えるのは覚悟の上で〝チャンスは今しかない〟と判断したのだろう。

トン、トン
人差し指で、俺は卓を叩《たた》いた。

背後から、クァァ、という鴉《からす》の鳴き声。

俺の合図にその鳴き声で反応したのは――ムニン。

本人の希望もあって、ムニンは鴉の姿でこの場にいる。

正しくは、背後で豹兵《ひようへい》の肩にとまっている。

〝俺の読みが正しければ話はおそらく禁字族に及ぶ〟

事前にそれを聞いたムニンは、自分も同席したいと申し出た。

俺は〝隠れて〟同席することを提案。

ムニンがそのままの姿を晒《さら》すのは少しリスクに思えたためだ。そして、

〝禁字族が生存していると明かしていいか？〟

これをムニンに尋ねる際、卓上を指で二回叩く。

返ってきたのがひと鳴きなら――〝ＯＫ〟。つまり、ムニンの許可が出た。

「禁字族は今も、この最果ての国におります」

狂美帝は露骨に反応しなかった。笑みをやや深くしたのはルハイト。

一番わかりやすい補佐官は、ホッと安堵《あんど》顔《がお》で胸を撫《な》で下ろした。

戦力をあてにした同盟の申し出はやはりオマケな気もする。

ミラの本命は――禁字族。

「ですので、禁字族へ話を通すのは可能です。しかし彼らがどうするかは、まず彼らの意思を聞いてみなくてはなんとも……」

「先に話しておこう。こちらは先の条件とは別に、相応の代価を支払うつもりでいる」

指を鳴らす狂美帝。

――パチンッ――

「あれを」

隣のルハイトが鞄《かばん》から羊皮紙の紙束を取り出し、こちらへ差し出した。

紙束は四方の隅の一つに穴が空けられている。穴に紐《ひも》が通され、ひと綴《つづ》りになっていた。

俺はそれを受け取りつつ、狂美帝に問う。

「――これは？」

「ミラが大宝物庫に所蔵しているものの一覧だ。名称や効果が不明なものも多いため、すべて網羅しているとまでは言えぬがな。しかし名や効果のわからぬものも、極力その見た目を絵に起こしている」

「……少し、拝見しても？」

黙って手で促す狂美帝《きょうびてい》。俺は紙をめくり、視線を落とす。几帳面《きちょうめん》な字が並んでいる。

……ペラ、ペラ……

カテゴリー分けの努力の跡が見える。目的のものを見つけやすいようにだろう。

……これを作ったヤツ、素直にすごいな。

特に絵に起こす作業は想像するだけで気が遠くなる。もはや大図鑑だ。

これを提示した意図はわかった気がする。が、一応確認しておくか。

俺は手を止めた。視線を落としたまま、

「今この一覧を提示した理由を、お聞きしても？」

「女神を打ち倒すために禁字族が我々へ協力するという条件をのむのなら――代価として、その中からそちらが望むものを譲ろう」

先ほどページを捲《めく》っていた時、俺は〝それ〟を見つけていた。

おそらく――転移石《てんいせき》。

エリカによれば超のつく稀少品《きしょうひん》。これの便利さは身をもって知っている。効果の説明は書かれておらず、絵しかない。つまりミラはこれを〝転移石〟とは認識していないわけだ。が、これは転移石で間違いない。

ただ、俺の手が完全に止まったのは――

「…………」

どうする。クソ女神との決戦前に――これはやはり、得ておくべきか。

〝保存された紫甲虫《しこうちゅう》の死骸〟

そう、足りなかった最後のピース……。

ピギ丸の強化剤――その最後の素材。

「一つ、相談がある」

リストを捲っていると、狂美帝が話しかけてきた。俺は手を止め、顔を上げる。

「何か新たな追加条件、でしょうか？」

「禁字族に一度、ミラへ足を運んでもらいたい」

……現時点では、意図が読めない。

「理由をお聞きしても？」

「実は、我が国の城の地下に封印された扉がある。地下の大宝物庫と同じ階層に、遥《はる》か昔からあるものだ」

封印された扉、か。

「何をしても開かないのだ。部屋の周囲の壁を破壊しようと試みたこともあったが、不可能だった。開くには、正規の方法を用いるしかないらしい」

「………」

「その部屋の中には禁呪に関する重大な秘密が隠されている、と伝わっている。できれば女神とことを構える前に、その封印部屋の秘密は解き明かしておきたかったのだが――」

つまり、

「禁字族であれば、開けられると？」

「そう記されている。しかし〝印を持つ者でなければ扉は応えない〟とも。余にはわからぬが……単に禁字族であればよい、というものでもないらしい。もちろんその印とやらを持つ者がいないのなら、封印部屋の秘密の方は諦めるしかあるまい」

「封印部屋の秘密に賭けずとも、対女神戦の目算――勝算はあるのですね？」

「一応は、な」

念には念を、って感じか。

狂美帝の言う〝印〟とやらは多分、ムニンの背にあるあの紋様のことだろう。

禁呪を使用できる者の印《あかし》。

ムニンと、もう一人——その二人しか持たない紋様。

二人以外の禁字族《きんじぞく》ではその封印部屋の秘密は手に入らない、と。

禁呪は女神を追い詰める強力なカードだ。

その封印部屋には、たとえば新たな禁呪の呪文書が眠っているのかもしれない。

あるいは、俺の持つ三つの呪文書……。

一つは〝無効化の禁呪〟と判明しているが、他二つは効果がまだわかっていない。

ムニンは、呪文書に記された禁呪を定着させるための呪文を読める。

当然、残る二つの呪文書に綴られている呪文も読めた。

が、呪文内容から効果を想像するのは不可能に近かった。

呪文の内容は、なんというか——詩的な語りとでもいおうか。

なんらかの人物についての語りみたいな感じだった。

そんなわけで、残る二つの呪文書はその効果がまだわかっていない。

それを無闇に定着させて試用するのは、やはり気が引ける。

禁呪となると、効果がわからぬ状態で使うのはリスクが高すぎるのだ。

今のところヴィシスを倒すのには【女神の解呪《ディスペルバブル》】を無効化する禁呪さえあればいい、ってのもあるが……。

まあ、普通は残る二つが〝召喚〟と〝送還〟の禁呪と考えるのが妥当だろう。

しかし、こと禁呪に関して決めつけは危険に思える。

〝効果は不明だけど、効果確認のため試しに一度使ってみた〟

結果、何かの間違いで俺が元の世界へ送還でもされたらそれこそ〝こと〟だ。

――といった状態だったところに、今回の封印部屋の話である。

効果不明なその二つの呪文書について何かわかるかもしれない。

……どんな禁呪であれ、復讐《ふくしゅう》の相手はあの悪辣女神。

手持ちのカードが増えるに、越したことはない。

俺は脳内での算段を一旦保留し、

「ちなみに……陛下の勝算とは具体的にどういったものなのでしょうか？　女神は圧倒的な力を持つと聞きます。失礼ながら……異界の勇者を召喚したり元の世界へ戻す禁呪とやらがあっても、女神を倒すことには直接繋《つな》がらないのでは？」

「封印部屋に眠る秘密の中に、女神を直接倒しうる禁呪が眠っている……と、余は願っている」

「ですが陛下は〝もしくだんの印を持つ禁字族がいなければ封印部屋は諦める〟とおっしゃいました。とすると、封印部屋への期待とは関係のない別の勝算があると考えられます」

「元の世界へ帰還できる禁呪があれば、S級勇者を説得し、こちらの陣営に引き込むこともできよう。共に戦うことができる。あるいは――こちらが暗躍し大魔帝《たいまてい》が女神を始末できるよう巧みに取り計らうことも、策の一つとしてありえなくはない……こちらは博打《ばくち》要素が強すぎて、非現実的かもしれぬが」

「……失礼を承知で申しますが――いささか、交渉材料としては説得力に欠けるように思えます」

俺は、少し問い詰める調子で言った。

相手が皇帝と考えるといささか失礼にあたる物言い。

が、狂美帝は微笑《ほほえ》みを浮かべた。どこか、愉快げに。

狂美帝の空気に何か思うところがあったのか、ルハイトと補佐官が狂美帝を見る。

〝現時点でそれも明かすのですか？〟――そんな視線を、向けている。

「それは――そこに、控える者だ」

左右の二人の懸念をよそに、狂美帝はあっさりと勝算の正体を明かした。

狂美帝が手で示したのは、戦場《いくさば》浅葱《あさぎ》。

「あり？　アタシ？　どもー」

ぺこ、と会釈する浅葱。俺はまったく浅葱の正体を知らぬ体《てい》で、

「彼女は？」

「アサギ・イクサバ……異界の勇者だ」

ざわっ、とこちらの陣営にさざ波が立つ。

もちろん俺もそれなりに意表をつかれた反応を作り、

「異界の、勇者……？　まさか彼女は——女神を、裏切ったと？」

「過去にも女神に反逆した勇者は存在する。前例が、ないわけではない」

狂美帝が続ける。

「余は、彼女の持つ特殊な力が女神を討つ切り札になると見ている。見ようによってはそれも禁呪と同等に〝神を引きずり降ろす力〟と言える。そして……例の封印部屋に眠る禁呪の秘密いかんによっては、その力はより確実性を増すのではないか——と、余は期待している」

記憶通りなら浅葱のランクはB級。

……固有スキルか。

それを習得できるのは本来A級以上だと召喚直後に説明を受けた。

が、最底辺とされたE級の俺も破格の状態異常スキルを得ている。

浅葱の〝B〟もただの〝B級〟を示すものではないのかもしれない。

だからB級の浅葱が習得できても、不思議はない。

狂美帝はその力の中身まで明かす気はないようだ。

表情と空気で〝これ以上は明かさない〟と、はっきり示している。

と、そこで背後のセラスから合図があった。

これまでの狂美帝の言葉。セラスの合図によれば、すべて真実。

嘘偽《うそいつわ》りはない。俺がセラスの真偽判定逃れに用いる〝嘘は言っていないが、実は微妙に真実とはズレている〟――この手を使っている可能性は、考慮しておくべきだが……。

ひとまず、信用していいだろう。

狂美帝が鋭い視線で俺を見て、

「もう一つ……今の話にも繋がるが、最果ての国との同盟締結についてだ。正式な調印式は我がミラにて執り行いたい。これは我が国において絶大な力を持つ選帝三家《せんていさんか》の意向だ。もちろん正式な場での調印を執り行わずとも、同盟関係にあると考えて余は動くつもりでいる。しかし、例の食糧援助についてだけは――」

「ミラの豊かな食糧事情を支えているのがその選帝三家の持つ土地だから、ですか？」

「……そちはやはり理解が早い。会話をしていて、心地がよい」

口約束での同盟はひとまず結ぶ。しかし食糧援助の件だけは自ら足を運んでから、と。

ミラへ足を運ぶよう、誘ってやがる。

そりゃそうか。さっきは諦めるのも受け入れるしかないみたいに言ってたが、対女神の勝ちの目を高めたいと思うのは当然だ。

となれば、くだんの封印部屋の秘密はなんとしても手に入れたいだろう。

〝禁字族と共に足を運んでみては？〟──暗に、そう提示している。

俺はリィゼを見た。

「正式な調印式となると……さすがにワタシが代理というのは、相手方の選帝三家も納得しかねると思います。ワタシは、正式な最果ての国の民ではありませんから」

話を振られたリィゼは背筋をのばしたまま、

「そう、ですね」

狂美帝《きょうびてい》が言う。

「王でなくとも、宰相であるリィゼロッテ殿が足を運べばあれらの家も納得するだろう。貴国は長らく閉ざされていた国と聞いている。ならば一度〝外〟の世界を視察してみるのもよいかもしれぬ──と、余は考えるが……リィゼロッテ殿はいかがか？」

「私は──はい、宰相として調印式のために貴国へ足を運んでもよいと考えております。おっしゃるように、今後を考えれば外の世界を見る必要もあるでしょう」

先ほどと違い、リィゼの話し方には淀《よど》みがない。気負いも薄らいでいる。

狂美帝の放つ雰囲気にも少し慣れが出てきたらしい。

「ただ、リィゼロッテ殿の種族──アラクネは外の世界においてかなり稀少と言える。今やドワーフなどと同じく伝承上の種族と認識している者も多い。つまり……奇異の視線に晒《さら》される機会は多いやもしれぬ」

リィゼは怯《ひる》まず、

「といって……いつまでもそれを恐れているわけにも、いかぬかと思います。私たちもそういう視線に慣れなければならないし、貴国の民にも少しずつでも慣れていただく——でなければ何も前へは進まない……そう、思っております」

「そうなるための一番槍《いちばんやり》は、自分でよいと？」

「今の私にはその覚悟があるつもりでございます——陛下」

ふっ、と狂美帝は少し感心したような微笑を浮かべた。

「いささか、安堵《あんど》した」

「？」

なんの話をしているのかわからない、という顔をするリィゼ。

狂美帝は頬杖《ほおづえ》をつき、改めてその白い頬を緩める。

「最初は慣れぬ空気や場のせいか、焦燥やぎこちなさが目立ったが……余はリィゼロッテ殿を交渉役として決して能力は低くない相手とみていた。ゆえに先ほどは、ルハイトや後ろにいた者どもを咎《とが》めたわけだが……余の見立ては間違っていなかったようだ。要するに——余の目が曇っていなかったと証明され、安堵したのだ」

リィゼは恐縮気味に俯《うつむ》き、顔を紅潮させた。

「……あ、ありがとうございます」

照れよりも嬉《うれ》しさが勝っているようだ。

これが今後を見据えて心証をよくするための狂美帝の策かは、ともかく――

リィゼに交渉役としての主導権が戻った空気になったのは悪くない。

元々どこかで主導権は戻そうと思っていた。

狂美帝は微笑みを残したまま、

「ではこの話、大筋はまとまったと見ても？」

「はい。大筋としては合意が取れたかと。ただ……」

答えたあと、リィゼが俺を見る。そう、最後に確認を取らねばならない。

「禁字族――クロサガの者が貴国へ足を運ぶ件については、当人に意思を確認する必要がございます。リィゼ殿、確認はワタシが……」

「わかりました。ベルゼギア殿に任せます」

「そういうわけでして……陛下、しばしお時間をいただけますでしょうか？」

背後の鴉《ムニン》が飛び立つ。

狂美帝はその鴉《からす》を一瞥《いちべつ》し、

「承知した……では、しばし休憩としよう」

禁字族《きんじぞく》の意見を聞きに扉の中へ戻る体で、俺は場を離れた。

あの場は残ったヤツらにしばらく任せることにした。

大分リィゼは持ち直しているし、セラスもいる。

やや頭に血がのぼりやすいとはいえ、ジオもいる。

話も大筋はもうまとまっているから大丈夫だろう。

ちなみに俺が戻るまで、リィゼたちは何もしないわけではない。

あいつらには大宝物庫のリストの閲覧を頼んだ。他にめぼしいものがないか、チェックしてもらうのである。セラスは『禁術大全』を読み込んでいるから、俺とほぼ同レベルで重要度を判断できるはずだ。リィゼたち最果て勢も彼ら独自に欲しいものがあるかもしれない。

相手がくれると言ってるんだ。役立ちそうなもんは、もらっときゃいい。

で、あの場を離れた俺はというと――

「じゃあ、あんたはミラに赴くつもりなんだな？」

「ええ、そのつもりです」

ある程度まで引き返した辺りで、俺は飛び去ったムニンと合流した。

「女神との決戦へ向けて勝利要素を少しでも増やせるなら行くべき――と、わたしは思います」

今、ムニンは人型に戻っている。彼女は俺に微笑みかけ、

「あなたも、ついて来てくださるとのことですし」

「……ま、あんた一人で行かせるわけにはいかないからな。ただ、他のクロサガのヤツらの意見は聞かなくていいのか？」

「これでもわたし、族長ですから♪」

「んな、適当な……」

「ふふふ、大丈夫です。みんなにはもう経緯やわたしの意思は話してありますし、納得もしてもらっています。彼らもクロサガの辿《たど》ってきた歴史は知っていますから、ある程度の覚悟は決まっていますよ。心配ご無用です。それが――クロサガですから」

「……同行するのはもう一人の例の紋様持ち、ってわけにもいかないみたいだしな」

「そうね……できれば女神との決着をつけるこの戦いは、わたしだけで決着まで持って行きたい……そう、考えています」

もう一人の紋様持ちはフギという名の女の子である。年は13で、まだ若い。

「でも、あの子も覚悟は決まっています。もしわたしの〝刃〟が女神に届かず、道半ばで倒れたなら……次は、あの子が命を賭けるんだと思います」

ムニンは微笑みを残したまま、哀《かな》しげに視線を伏せる。

「わたしとしては、無理をしてほしくないんだけど……そういう子なんです。今回のことも〝自分も旅に同行する〟って、最初は聞かなくて……」

微笑《ほほえ》みを苦笑へと変えるムニン。

「説得するの、大変だったのよ？」

俺としては……フギって子の闘志は、ありがたいといえばありがたい。

クロサガの者たちの覚悟もだ。これがもし、

〝ムニンを戦いに巻き込まないで！　連れて行かないで！〟

〝おまえが来たせいでクロサガがようやく手に入れた平和が壊れたんだ！〟

みたいなパターンだったら、もうひと悶着《もんちゃく》あった気がする。

これもすべて、ムニンの努力の賜物《たまもの》だろう。

「苦労したんだろうな、あんたも」

「ふふ、まあね♪　ただ、そうね……だからこそ、この戦いは族長のわたし一人が出るだけで終わらせたいの。ここでヴィシスを倒せば、そのあとは禁呪だって必要なくなるかもしれない……そうなればフギの重荷を――クロサガの重荷を、ようやく下ろせるもの」

やっぱり、この人は。

強いな――芯が。

「わかった」

意思は、固まった。

「なら一度——行くとするか、ミラへ」

大宝物庫の転移石《てんいせき》。

ピギ丸の最後の強化剤の素材——紫甲虫《しこうちゅう》。

封印部屋に眠るという禁呪の秘密。

それらを手に入れたら、いよいよ本格的に——

「………………」

クソ女神との決着をつける戦いが、始まる。


俺は、人型に戻ったままのムニンを連れて交渉の場へ戻った。

ミラの連中の視線はムニンへ注がれている。黒い翼は、出したままである。

「そちらが？」

ルハイトの問いに、一礼を返すムニン。

「はい。禁字族——クロサガの族長を務めます、ムニンと申します」

俺は、彼女がミラへ赴く意思があると狂美帝に伝えた。

その後、ムニンは禁字族について話した。女神を倒したい想《おも》いについても。

以前、俺に話したものとほぼ同じ内容である。

ただし、ぼかした方がいい部分は事前に打ち合わせてあった。

語りが上手《うま》いのもあるだろう。

ミラ陣営も、語られた動機には強い納得の相を浮かべている。

ムニンが話し終える。

そこから二言三言ほど言葉を交わしたのち、ムニンは一歩下がった。

あとは俺に任せる、との意思表示。

俺は、

「陛下。リィゼ殿と少し、内々に相談したいことがございます」

「よかろう」

「リィゼ殿、よろしいでしょうか？」

「？　は、はい」

リィゼと二人、俺はその場からやや離れた。

ミラ勢からも俺たちの姿が見える程度の距離。

ほどなく、二人で席に戻る。狂美帝が尋ねた。

「相談ごとはまとまったか？」

「はい。調印式のため、国の代表としてリィゼ殿が貴国へ赴く件なのですが――」

傍《そば》に立つムニンの方に俺は一度顔を向け、

「例えばの話、ですが……クロサガの族長であるムニン殿が国の代表として赴いたとしても、問題ないでしょうか？」

視線を伏せて「ふむ……」と沈思する狂美帝《きようびてい》。ややあって、彼は視線を上げた。

「ムニン殿にその資格があるのなら、余はかまわぬと考えるが……いかがか、リィゼ殿？」

「はい。彼女はベルゼギア殿と違い我が国の者ですし、族長の一人でもあります」

リィゼは横のニコとジオを手で示し、

「たとえば、ここに列席している四戦煌《しせんこう》の者も部族の族長です。我が国は現在この族長格の者たちを中心とした合議によって物事を決めており……」

リィゼはそこから〝つまり族長格には宰相の代理にふさわしい格がある〟と説明した。

なるほど、と頷《うなず》く狂美帝。

「であれば禁字族――クロサガの族長であるムニン殿にも、同等の資格があると考えてよいわけだな。ルハイト、これについておまえはどう思う？」

「そうですね……彼らのこれまでのいきさつを知れば、見知らぬ国へ赴く際に警戒するのは当然かと。王が今回出向かぬ理由も、それで説明はつけられます。何より、選帝三家《せんていさんか》は最果ての国の序列など知り得ません。もっと言えば、我々だってその真偽を確認できないのです。向こうに彼女が外交役だと言われれば、現状、こちらはそれを受け入れるしかない」

「ふっ、そういうことだな……貴国が正式に王や宰相殿の代理として派遣した者であれば、それが誰であろうと我々としては〝適格者〟として受け入れざるをえない」

狂美帝は目もとを緩めて俺を見据え、

「と、いうわけだ」

「………」

やはりか。

今回の同盟締結における調印式。

王とか宰相とか——向こうは、相手の地位にさほどこだわっていない。

仮に俺が代理で調印式へ出ると言ってもいけそうな気すらする。

つまり同盟による最果ての国からの戦力提供は二の次。

本命はやはり封印部屋の秘密——禁字族。

〝禁字族さえ招き封印部屋の秘密を手に入れられれば、極論、同盟は白紙になってもいい〟

とすら、思っているかもしれない。

これは——こちらにとっては、好都合かもしれない。

「そしてムニン殿の要望により、蠅王《はえおう》ノ戦団が外交官の護衛としてムニン殿と共に我がミラへ足を運ぶ……と。こちらはそれでかまわぬが、そちたちもそれで問題ないか？」

「はい、問題ございません」

「ではそちたちはこのまま、ムニン殿と共に我々とミラへ――」

「いえ……できれば出立まで少し、お時間をいただきたく」

ここで〝狂美帝たちと一緒にミラへ〟は避けたい。

「ふむ」

「出立前にある程度、先の戦いの後処理をしてゆかねばなりません。ムニン殿はもちろん、今はワタシも最果ての国での役割がそれなりにありますゆえ……」

まず、今眠っている安《やす》のことがある。

ミラへ赴く前にあいつのことは片付けておきたい。

最果ての国のヤツらに色々指示を出しておきたいこともある。

あとは――何より、まだ俺は狂美帝やミラを信用し切れていない。

ミラの帝都は一日で辿り着ける距離ではない。

野営中に万が一、大勢で襲いかかられでもしたらさすがにまずい。

だから、ミラへは狂美帝らと共にではなく別行動で向かいたい。

「よかろう、好きにするがよい」

狂美帝は何やら得心めいた顔で、申し出を受け入れた。

俺の考えを察してのあの反応なのかは、わからない。

「では、そちたちには特級証を渡しておこう。道中、些事《さじ》が障害となっても困るのでな」

特級証について、狂美帝が説明を加える。

「余の〝個人的な客人〟を示す特級証は、ミラ領内において大抵の場所で通用する通行証となる。同時に、そちたちの立場も保障される。特級証があれば、余たちと別にミラ入りしても困ることはあるまい」

要するにかなりの厚遇、と。

「陛下のご厚意に、感謝いたします」

「……蠅王よ。宰相とのやり取りを見るに、そちが最果ての国と関わりを持ったのは最近のことのように思えるが」

「おっしゃる通りにございます」

「そちはなぜ、最果ての国の味方となった？」

「それは――実に、簡単にございます。ワタシの仲間が一人、最果ての国の住人となるからです」

「ふむ」

「その仲間が住む国を踏み荒らされるわけにはいかない……それが今、ワタシが最果ての国へ肩入れしている最大の動機にございます。そして、アライオンの女神は最果ての国へ兵を差し向けました――あまりに、残虐なる者たちを。今回こそ退けましたが、今後も同じことが起こるやもしれませぬ。ならば……根を、絶つしかない。つまり、女神ヴィシスを完膚なきまでに叩《たた》き潰す。それを阻む者がいるのなら――ワタシは、迷わず〝敵〟となりましょう」

「仮に……我がミラが相手でも、か？」

「仮に障害と、なるならば」

「……ふっ。大義とはほど遠い動機だな。あくまで個人的な動機、と……怖いな、そちのような者は」

狂美帝が腰を浮かせる。切り替えるように、彼は言った。

「では、余は先に帝都へ戻らせてもらう。すでに戦端は開かれているのでな。優秀な者ばかりとはいえ、いつまでも家臣たちだけに任せておくわけにもいかぬ。やることは、山積みだ」

と、狂美帝が自ら己の顔を指差した。

その澄んだブルーの瞳は、セラスを映している。

「昔、旅の奇術師から学んだことがある。瞳の動き、声の高低の変動……細かな手足の所作や呼吸の様子で、相手の感情の動きや考えが読めるようになると。それを応用すると、相手が嘘《うそ》をついているか否かがわかるらしい。余にそんな器用な芸当はできぬが……セラ

ス・アシュレインはそれに近い技術を持つようだ。交渉中に何度か行っていたあの合図

……おそらく、真か偽かの予測を背後から伝えていたのであろう？」

種明かしの中身こそ違うが……こいつ、見抜いてやがったか。

背後から、戸惑った気配。

「いえ、それは……」

セラスの反応が、認めてしまっている。

「ふ、かまわぬ。なれば、嘘を見抜かれる前提で話せばよいだけのこと。そしてその仮面や変声には、表情や声の調子から感情を読み取りづらくする効果もある……と」

狂美帝はそこで双眸《そうぼう》を細めると、それに、と人差し指をその白い頬に滑らせた。

「互いの伏兵も、出番がなく何よりだ」

やはり、伏兵の存在も勘づいてはいたか。

「申し訳ございません、陛下。ですが我々はまだ互いをよく知りませぬゆえ……先の第一騎兵隊の件もあり、不測の事態への備えはさせていただきました」

「なに、やはり謝罪には及ばぬ。むしろ抜け目のない相手と余は少し嬉《うれ》しく思っていた。そのくらいの方が、轡《くつわ》を並べる相手としては好ましい」

「僭越《せんえつ》ながら――陛下は、お人好《ひとよ》しにございます」

「ん？」

「ここで気づいていると明かさなければ……陛下ほどの方であれば、それを逆手に取って利用もできましょうに」

「愚者を演じ相手を油断させる、か」

狂美帝はシーッとするみたいに人差し指を唇に添え、

「奇術師はこうも言っていた。種明かしや打ち明け話をした時こそ、それを聞いた者は相手を信用してしまうものなのです、と」

胸襟を開く、ということは——愚者を演じる以上に信頼を勝ち取れる、と。

その通りだ。この若い皇帝……やはり、一筋縄じゃいかなそうだ。

味方と考えれば心強くはあるが、現段階だとまだ本心の部分が見えてこない。

狂美帝が身を翻す。夕日に照らされ輝く金髪が、艶《つや》やかに揺れた。

「蝿王……そちとは一度、二人きりでゆっくり話してみたいものだな」

狂美帝はその秀麗な横顔を一度こちらへ向け、

「では——帝都での再会を、楽しみにしている」

狂美帝はそのまま、ルハイトと補佐官へ手早く指示を出した。

このあと補佐官が残り、細かい詰めのやり取りをするそうだ。

捕虜の扱いとか、今後の連絡方法とか。

ともあれ、ここから先はリィゼに任せて大丈夫そうだ。

他のミラ勢は皇帝と共に引き揚げる動きに入っている。
で、俺はというと——鹿島小鳩《かしまこばと》について、考えていた。
鹿島の反応。
どうも、気にかかる……。
あの反応……やはり〝俺〟だと気づいたのか？
しかし、わからない。三森灯河《みもりとうか》と繋《つな》がる要素がどこにあった？
細心の注意は払ったつもりだ。
……鹿島も、何か固有スキルを得た？
まさか、俺の正体を見破れるようなスキルを得たとでも？
なら、説明もつくが……。
もし固有スキルの能力で見破られたのなら、どんな演技をしようと意味などない。
当の鹿島はというと、すでにミラ兵に付き添われてこの場を離れている。
浅葱《あさぎ》は狂美帝と何やら言葉を交わしている。
……鹿島は本当に蝿王が〝俺〟だと気づいたのだろうか？
が、ここで確認するのはかなり難しい。
ここで〝蝿王〟が——特に、鹿島に会いたがるのは違和感が強すぎる。
狂美帝の奥の手らしい浅葱ならまだしも。

鹿島と接触するには、もっと自然な流れが必要だ。

となると……ミラへ到着してからなら自然と接触できる機会も作りやすい、か。というか――ある程度はもう、正体がバレている前提で動きを組み立てるべきかもしれない。

一応あいつらは味方陣営らしい。バレたとしても、敵側よりはやりやすいだろう。

が、懸念材料は浅葱たちが女神に送り込まれたスパイ――

蓋を開けたら、実は女神側だった場合。

確信を得るまでは、これを考慮しなくてはならない。

……思考が堂々巡り一歩手前になってきてるな。

現時点だと、今後を組み立てる上での判断材料がまだ少なすぎる。

「申し訳ございません、我が主《あるじ》」

と、反省するような調子でセラスが話しかけてきた。

「その〝申し訳ございません〟が、真偽判定の合図がバレてたことへの謝罪なら必要ないぞ。セラスに責任はねぇよ」

うっ、と図星をつかれた反応をするセラス。恥じ入るように俯《うつむ》き、彼女は身を縮めた。

「そ、そのことの謝罪でした……」

「相変わらず生真面目な騎士様だな」

「め、面目ございません」

「いや、今回の交渉……面目は十分立ってるさ」

引き揚げる狂美帝《きょうびてぃ》らを見送りながら、俺は言った。

狂美帝たちは俺たちが来た方角とは逆——西へと、消えていく。

まるで、太陽が沈んでいくみたいに。

見上げると空も夕焼けが主張を薄くしていた。

沈みかけた夕陽《ゆうひ》が、空と地の境界線を、輝く橙《だいだい》に縁取っている。


俺たちは最果ての国に戻るため、移動を始めていた。

伏兵も途中で合流し、ぞろぞろと帰途についている。

ミラ勢の一部は明日まで近くに残るそうだ。

他にもし何かあれば明日までに彼らに伝えてくれ、とのこと。

伏兵組だったロアに乗った隣のリィゼに、俺は声をかけた。

「どうにか、まとまったな」

「そうね——といっても、これからが大変そうだけど。ところで、ムニンをアタシの代理としてミラへ行かせるって話……結局、ムニンで決まったわけだけど……」

リィゼがうかがうように、

「やっぱりその……アラクネよりは、有翼人くらいの方が見た目的にいいのかしら……？」

「ん？　ああ、そういう意図はない。俺はあんたの外見は好きだし、向こうだって見慣れない種類の亜人なら、少しでも早く見慣れた方がいいと思ってる」

「す、好きとか――ッ」

そっちに食いつくのは、リィゼらしい。

「好きで悪いか？」

「ほん、と――悪い男よね……ッ！　い、いえそこまで悪くないけど……な、何よそれ！　なんなのよ！」

ともかく、とスレイをリィゼの方に寄せる。声が周りに、あまり聞こえないように。

「俺は、まだミラ側を完全に信用しちゃいない」

「……そりゃ、アタシもだけど」

「狂美帝に褒められて照れちゃいたけどな」

「ほ、褒められたら照れるでしょ！　普通よ!?」

「狂美帝は顔もいいしな。あれなら、男女問わず褒められて悪い気はしないだろ」

「う～……顔がイイだけの人間は、あのミカエラとかいうので懲りたわよぉ。顔とか物腰がよくても、信用できない！　もう、なんなのよ人間！」

「俺も人間だけどな」

「ア、アンタは別！……って、話が逸《そ》れてる！」

話を戻す。

「元々、向こうは禁字族《きんじぞく》を手に入れたがってた。だから、俺たちを襲ってムニンを捕獲しようとするかもしれない。禁字族ならヴィシスとの恰好の交渉材料にもなるだろうしな」

リィゼは、黙って耳を寄せている。

「で、俺とセラスだけなら二人で第三形態のスレイに乗って逃げやすい」

「ムニンは……あ、そっか。鴉《からす》になれば、乗る人数としては換算しないに等しい」

「その通り」

「けど、アタシがいると……スレイに三人は厳しい、か」

「無理すれば乗れるだろうが、スレイの動きは鈍る。三人乗りで逃亡劇はちょっとな」

「そもそもアタシは非戦闘員に近いしね。遠くから矢とか攻撃術式をやられたら自分で自分の身を守れない——足手まとい、ってわけ」

「悪いが、俺にも守り切れる範囲には限界があるんでな」

「それは……仕方ないでしょ。今の話は納得できる。筋は、通ってるから」

「あと、そっちはそっちで国内のことを今日から色々進めなくちゃならないだろ？　現状はリィゼがいた方がいい、とも考えた」

こぶしを口もとへやる、納得顔のリィゼ。

今後のことを脳内で早速シミュレートしているらしい。

「うん……それは、そうかも……」

「ただ、いずれは別のヤツに任せられるようにすべきだろうな」

「そう、ね……今後はアタシ以外の者に少しずつ権限を分散させていくわ。今までは、アタシ一人でなんでもやろうとしすぎてたから」

「だな」

「うん」

と、そこからしばらく押し黙っていたリィゼが視線を逸らし――

「……ありがと、ね」

気恥ずかしげに、礼を口にした。リィゼは俺の右隣を馬で行くセラスにも目を向け、

「セラスも、今回はありがとね？　二人がいてくれて、心強かった」

「いえ、実を言いますと……私は狂美帝の威圧感に少しのまれていました。仮面をしていたので、周りからはそうは思われていなかったかもしれませんが。そういうわけですので、主な助けになっていたのは我が主かと」

今、セラスは蠅《はえ》騎士のマスクを外している。ううん、と首を振るリィゼ。

「そんなことない。セラスも含めて、周りにみんながいてくれたから……アタシも、最後

までギリギリ踏みとどまれたと思う」

ふふ、と優しく微笑《ほほえ》むセラス。

「では……どういたしまして、と言っておきましょう」

「え、ええ……そうしてちょうだい」

リィゼも、はにかむ。俺は前を向いたまま、

「ほんと険が取れたな、宰相殿は」

「う――うるさいわね！　取れてなんかないわよ！」

「ま……そうやって元気にぎゃあぎゃあ畳みかけるのがあんたの真骨頂だ。その個性を強みに変えられる時は存分に発揮してった方がいい。さっきの交渉の場では、萎縮しすぎてたからな」

狂美帝が去ったあとは、かなり調子も出てたが。

「う～……わかってるわよぉ。助言は……ありがたく頭に入れとく」

「素直にしてりゃ可愛《かわい》げがあるんだよな、あんたは」

「ん、な……ッ!?　なな、何よそれ!?　それ、ふ、普段のアタシには可愛げがないってこと!?」

「さっき言ったリィゼロッテ・オニクのよさってのは、そういうとこだ」

「――――ッ！　ゔぅ～………そ、そうなの？」

「ああ。けど、使いどころは考えろ」

「……わかった」

「素直にしてりゃ可愛げが――」

「もう聞いたわよ、それは！」

前をゆくジオとニコが、こちらを振り返る。

「いいようにやられてんな、うちの宰相殿は」

「口でのやり合いでは、あの男には敵《かな》わんのだ」

ジオの隣で巨狼《きよろう》に乗っているのは、変身を解いたままのムニン。

ムニンは、くすりと微笑んだ。

「わたし……あんな嬉《うれ》しそうな宰相さんを見るの、初めてです」


城に戻るなり、合議となった。

交渉の場にいなかった他の七煌《しちこう》とも情報を共有していく。

同盟の方も想定よりスムーズにいきそうだ。

合議は、つつがなく終わった。

最後に明日以降やることを軽くまとめ、その日は解散。

解散後は部屋に戻り、俺はセラスやニャキと夕食を取った。

そうして夕食を終えたニャキが、ピギ丸やスレイと共に自室へ戻ったあと――ドアが、ノックされた。

セラスが腰を浮かし、

「はい」

「あの、ご報告いたしますっ……い――」

急《せ》いた声。

わずかに、狼狽《ろうばい》も。

声は告げた。

「異界の勇者が、目を覚ましました」

2．黒の目覚め

安智弘《やすともひろ》は、ベッドで上体を起こしていた。

部屋には今、安以外には俺とセラスのみ。

俺は蠅王《はえおう》装で顔を隠している。

一方、セラスはいつもの服装。素顔を晒《さら》し、帯剣もしている。

面倒を見てくれていたケンタウロスらには外してもらった。

声変石《せいへんせき》で歪《ゆが》ませた声で、俺は丁寧に話しかける。

「これからあなたに少しお話をうかがいたく思います。ですがその拘束具を嵌《は》めたままでは会話も難しい……そのため外しますが——我々に危害を加えないと約束していただきたいのです」

安は手足を拘束されていない。拘束具を外した途端、スキルは使用可能となるだろう。

「申し訳ありません。我々も警戒せざるをえないのです。今回の戦いで……友好的な空気で接触してきた相手に謀《たばか》られ、危機に陥った一件がありました。ですので、臆病になっているのです……了承いただけるのでしたら、頷《うなず》きを一つお願いできますか」

こくり、と頷く安。迷う様子は、見られなかった。

ちなみに言葉ではないため、セラスの真偽判定はできない。

だが質問への反応を見る限り、敵意はなく思える。

「ありがとうございます。ではこれから、拘束具を外します」

セラスが拘束具を外す。俺はいつでも状態異常スキルを使えるよう準備に入る。

拘束具を脇の台へ置くセラス。その間、安はおとなしくしていた。

……本当に、別人みたいに見える。

「あなたがあのようになっていた経緯はそれなりに知っています。第六騎兵隊の者から聞きましたので」

ビクッ、と安の肩が跳ね上がった。第六騎兵隊の名に反応したらしい。

「ご安心を。第六騎兵隊は、我々が壊滅させました」

安の目が丸く見開かれる。虚を衝《つ》かれた顔だった。安は面を上げ、

「え？　あの第六騎兵隊……ジョンドゥを、ですか……？」

喋《しゃべ》り出しの声はひどく小さく、かすれていた。しばらく喋っていなかったからだろう。

「手強《てごわ》い相手でしたが、あの男はもうこの世にいません。第六騎兵隊の者たちも……あの戦場にいた者は、すべてワタシたちが始末しました」

安は再び視線を伏せ、力なく言った。

「……そう、ですか」

安は第六騎兵隊のせいでこんな状態にされた。普通なら思うところがあってしかるべき

だろう。しかし、安の反応は淡泊と言ってよいものだった。

〝死んでよかった、ざまぁみろ〟みたいな感情は、微塵《みじん》もうかがえない。

事実を事実として、ただ受け入れている感じだった。

「彼らを恨んでいるのでは？」

安は自分に問いかけるような調子をまぜつつ、

「……裏切られてしばらくは、そうだったかもしれません。ですが……考える時間があまりにたくさん、ありすぎて。その……恥ずかしい話なんですけど、この戦場についたらしい頃には〝こうなったのは僕の自業自得だな〟って……そう、思うようになっていて」

安は自省的に、また、自罰的に続ける。

「第六騎兵隊に拘束される前の僕は、ご……傲慢のかたまり、だったんです。女神から与えられた借り物の力なのに、まるで、自分が特別ですごい人間になったような……そんな、気分で。バカみたいに……舞い上がって。気だけが、大きくなっていって……気づけば、何も見えなくなっていたんです。今思えば自分自身すら、見失っていた……いえ——」

痩せこけ、憔悴《しょうすい》した顔で、安は腱《けん》の切れた自分の手を見つめる。

「この世界に来る前から僕はきっと……何も見えちゃ、いなかったんです。こっちに来てからは……借り物の力で威張っているだけの……ガキでしか、なかった。余計、たちが悪くなってたんだと思います……こじらせてた、ってやつですかね」

……変わった。

見違えるほどに。

先ほど当人が言ったように、やはり――独りで考える時間がありすぎたせい、か。

「もちろん、あの隊長が倒されたのには驚きました……でも、第六騎兵隊が始末されたこと自体には不思議と……〝ああ、そうなんだ〟以上の感情が、湧いてこなくて……」

あの、と俺を見る安。

「僕はこれから、どうなるんでしょうか？　裁判なんかにかけられて……処刑、されるんでしょうか？」

「されるとしたら、受け入れられますか？」

「……受け入れなくちゃ、いけない……です。ただ、その――」

俺は、安の言葉を待つ。

「もし……叶《かな》うなら、もう少しだけ……生きていたいと思う自分も、いまして……」

生きる意思はある、か。

「何か生きたい理由が？」

「……謝りたい人たちが、いるんです」

「………」

「他の異界の勇者……クラスメイトたち……特に、綾《あや》――いえ、十河《そごう》さんに。あの人は

「……あの人、は……ッ」

祈るような形の両手に、安は、額をくっつける。

「あんな僕を――こんな僕をあんなに、気にかけていてくれたのに……ッ！　なのに、僕は……僕を頼ってくれていた、クラスメイトのことだって……ッ、僕は、自分のこと、ばっかりで……ッ、ぐすっ……で、でもっ……十河さんはいつだって、あんな状態でも――みんなのことを考えて……ッ、あんな僕のこと、さえも……ッ」

後悔の念を、独白めいて吐き出す安。

安は――泣いていた。

俺もセラスも、黙って次の言葉を待った。

少し落ち着いた頃、再び、安はぽつりと話し出した。

「……佐久間《さくま》君や広岡《ひろおか》君の死だって、僕がもっと気を配れていたら……助けられたのかも、しれない。そういう意味じゃ、僕が殺したみたいなものです……ぐすっ……だからあの二人にはもう、謝ることができない……ッ」

佐久間と広岡――死んでたのか。

アイングランツを倒した後、十河と話した。

あの時、苅谷《かりや》幾美《いくみ》が死んだ話は聞いたが、その二人の死は知らなかった。

まあ、十河が二人の死を〝蠅王〟に伝える理由はない。

……他にも、死んだヤツはいるのだろうか。

「三森《みもり》――」

その名に反応しないよう、細心の注意を払う。

セラスにも事前にそこは言い含めてある。だから、大丈夫だろう。

「三森君も、そう……もう、謝ることができない」

安は項垂《うなだ》れてやや押し黙ったあと、

「その三森君というクラスメイトは、前の世界にいた時……僕に手を差し伸べてくれたことがあったんです。だけどその時の僕は、プライドだけが高くて……その、つまり……あの頃の、ぼ、僕は……僕は――」

ぎゅ、と勇気を出すように両目をつむる安。

「誰かに、手を差し伸べる側になりたかった……ッ、手を差し伸べられる側じゃ、なくて……ッ、ずっと、ずっと……この世界に来てからも……でも、どこかで、どんどんおかしくなっていって……元の世界にいた頃とは比べものにならない全能感に、ど、どんどん、酔っていって……」

なるほど――第六騎兵隊との一件で〝酔い〟が覚めたわけだ。

で……俺のことも覚えてた、か。

「謝りたいと、おっしゃいましたね？」

「……は、はい」

「つまりもし罪を許され解放されたなら、あなたは勇者たちのもと――アライオンへ戻る、と？」

「――どう、でしょうか」

安が視線を逸《そ》らす。それは容易には叶わないだろう、とでも言いたげに。

「女神様は僕を始末するつもりだったようです……そんな僕が実はまだ生きていて、のこのこと戻っても……あまりいい結果にはならない、ような気がします」

「ですが他の異界の勇者たち――〝くらすめいと〟たちとは、できればまた合流したいのですね？」

「……はい。ですが、その」

まだ何かありそうだ。次の言葉を、待つ。

「実を言うとまだ、気持ちがぐちゃぐちゃで」

「と、いうと？」

「どんな顔をして会ったらいいのか、わからなくて……その、まだ僕は自分を見失ったまま、と言いますか………そ、それに――」

安は視線を伏せ、少し落ち着いた調子で続けた。

「この世界を少し……見て回れたら、なんて。そんなことを……思って、いて」

「見て回る、ですか」

ややあって、

「恥ずかしながら以前の僕は……この世界の人たちをモブ――つまり、その他大勢としか思っていませんでした。選ばれた勇者である自分をひたすら賞賛してくれて、なんでも肯定してくれる……この世界の人間は、そんな人ばかりだと思っていたんです。本当の意味で〝生きている〟ってことを、多分、ちゃんと認識できていなかった……」

自分だけが選ばれた主人公。

自分のための世界――自分だけが、望まれる世界。

安智弘には、そんな風に見えていたのだろうか。

「だから、あの……この世界の人たちがどんな顔をしていて、どんな風に……どんな気持ちで生きているのか……僕は今、自分のことと同じくらい……他人のことをちゃんと、知ってみたいんです……変な話に、聞こえるかもしれませんけど」

……なるほど。いわゆる〝自分探し〟をしてから十河たちに会いたい、と。

〝自分探し〟

ずっと昔に流行《はや》って、今じゃ廃れた言葉らしい。

知らない単語だったので、いつだったかネットで変遷を調べたことがあった。

〝探しても本当の自分なんてものは存在しない〟〝自分に酔ってるだけ〟〝自分探しとかす

るのはイタいヤツ〟〝辛《つら》い現実から逃げてるだけ〟〝勉強するか働くかしろ〟

散々に揶揄《やゆ》され、ネタ以外じゃ誰も口にしなくなった言葉のようだ。

ただ——ここは異世界。それで納得し、気持ちの整理をつけて前へ進めるのなら。

まあ、いいのかもしれない。

「僕は……ちゃんとみんなに謝ることができたら、埋め合わせをしたいんです。自分勝手にやってきたことへの……三森君、佐久間君、広岡君の命を考えたら……簡単に埋まるものじゃないとは、思いますけど」

「？　そのミモリという人の死にも、あなたは責任を感じているのですか？」

「あの状況であんな風に言われたら……誰だって、辛いですよ。それで絶望しながら死が確定って——あ、でも……」

ほんのちょっとだけ、安《やす》は口もとを緩めた。

「三森君、廃棄遺跡へ送られる前に……女神様に、中指を立てて見せたんですよ。〝覚えておけ〟って……あの状況であれは、かっこよかったな……十河さんと、同じくらい……」

安は俯《うつむ》き、肩を落とした。

「僕の中にあったのは、きっと……三森君や十河さんへの嫉妬とか、コンプレックスだったんだと思います——いえ、その二人だけじゃない。人と比べて矮小《わいしょう》な自分を認めたくなくて……だから、強がって……自分はすごいんだぞ、って誰かに見てもらいたくて……認めて、もらいたくて。そして今も……」

再びジッと手もとを見つめる安。

「勝手に心情を吐露して……勝手に、許されようとしてる。そんな自分が、僕は心底嫌いなんです。でも、だから……自分本位なのは、飲み込んだ上で――」

顔を上げる安。俺を真正面から見つめ、

「ほんの少しだけでいいから――自分を、好きになりたい。好きになれてから、ちゃんとみんなに謝りたい。そして――誰かの、力になりたい」

「…………」

誰だ、こいつ――俺の知ってる、安智弘《ともひろ》じゃない。

が、同時に答え合わせができた気もした。当てはまった、気もする。

こうなんじゃないか、と漠然と考えていた安智弘という人物像。

……ある意味、典型タイプなキャラじゃねーか。

つーか謝りてぇんなら……一人は生きて、目の前にいるんだけどな。

剝がれては、いる。

以前の安智弘の――毒々しかったメッキは。

やはり第六騎兵隊との一件が効いたらしい。……荒療治、か。

「なるほど、お気持ちはわかりました」

まあ、安の自分語りはわかった。気持ちもわかった。

俺は思案する仕草を作り——

「そう、ですね……では、ワタシの方から最果ての国の方たちに話してみましょう。あなたが望む方向へ、今後の物事を進められるように」

「！　ぼ、僕はそのっ……裁判、とかに——」

「かけるつもりの者もいるかもしれませんが、幸い、ワタシは今回の戦いを勝利へ導いた最大の功労者らしいのです。この国の上の者へ掛け合えば、そういった不穏な方向は回避できるかと」

実際は裁判とか処刑なんて話は露ほども出ちゃいない。

現状、安の処遇は俺に一任されている。なのでこれは、単なる駆け引き。

「まあ、あなたは今回の戦に参加していたとは言いがたいですし……一応、うかがいます。今後、最果ての国と敵対する気は？」

「あ、ありませんっ……あるわけがっ……」

セラスの無言の合図——真実。

「信じましょう」

と、安が躊躇《ためら》う素振りを見せる。しかしすぐに決意した表情で、

「あの、えっと……実は、ぼ、僕はあなたを――」

安は、打ち明けた。

実はベルゼギア――俺を殺そうとしていたことを。

「――それで、この国の人から聞いたんです。僕を捜させていたのが、あなただって……」

「捜させたのは、異界の勇者と知ったからです。いくつか聞きたいこともありました――親切心という意味で感謝するなら、あなたを見つけ、そして看病した亜人たちにかと」

「だとしても……生きているのはやっぱり、あなたのおかげでもあります。あのままなら、僕は死んでいたかもしれない。本当に、ありがとうございました……そして、すみませんでした。自分を完全に見失っていたとは言え、あなたを殺そうとしてたなんて……」

「しかし……ワタシが勧誘に応じなかった場合は殺すように、と女神から命じられていたのでしょう？　まだワタシは、勧誘すら受けていなかったわけですし……」

「ち、違うんです……僕は、そ、その……もとから勧誘せずに、あなたを……、――殺そうと、していました……今思えばもう、愚かとしか言えないですが……」

安はしばらく沈黙した。やがて視線を落としたまま、

「何もかもを手にしているあなたが……羨ましかったんだと思います。つまり、嫉妬です」

　自分の中の真実をごまかさず。勇気を持って認めた——風に、見えた。

「僕が情けなく逃げた戦場に颯爽《さっそう》と現れ、絶望的な戦況を覆し、あっさり側近級を仕留めた蠅《はえ》の王……しかも——」

　視線を上げる安。次いで、ハッとした表情を浮かべた。

　安の目にはセラスが映っていた。

　不思議な話だが——今、その存在に気づいたとでもいうような。

　今ようやくその〝美貌を認識した〟とでもいうような。

……安は今までセラスをちゃんと認識してなかったのか。

「——この大陸で最も美しいと謳《うた》われるセラスさんが、傍らにいて……そう、蠅の王には力があり、名声があり、誰もが羨むパートナーがいる……僕は、心の奥底であなたを……かっこいいな、って感じたんだと思います」

　安は目を閉じ、ふっ、とかすかに口の端を上げた。

「僕はこの異世界で多分——あなたみたいに、なりたかった」

　嫌みのない、笑みだった。けれどその笑みは、すぐに自責的なものへと変化する。

「だから、あなたをこの手で始末して……すべてを持つあなたのその〝すべて〟を奪い取ってやろうと、そう思ったんです。身の程、知らずにも」

「すべてを持つ、ですか」

「……少なくとも僕にはそう見えていました。正直、今でも」

「そんなによいものでも、ありませんよ」

俺は言う。

「悪い部分とは案外、外部からは見えないものです。よく顔をつき合わせる友人や隣人でも、知らないことはたくさんあるものですから。たとえばあなたが羨むワタシでも、不快な思いや嫌な思いもたくさんします――しました。必要以上に注目されるのも、やはりよいことばかりではない。鬱陶しさも感じます。セラスにしても彼女は彼女で抱えているものがある。そもそも人は〝知らぬ〟ものへの期待値が高すぎるのです。しかし期待とは一度近づいてみれば、大抵は幻想だったとわかります。期待値をこえることは稀《まれ》なのです。そうして最後に……幻想は〝現実〟へと堕《お》ちる」

「……大人なんですね、ベルゼギアさんは」

「必死に背伸びをして、大人ぶっているだけです」

ははは、と安は苦笑した。

「そういうのを、大人っていうんだと思いますよ？」

俺は一拍置き、

「あなたは、誰かに認められたかった」

「……多分」

「けれど、認めてもらえなかった」

「…………はい」

「あなたは――誰かを、認めてあげていましたか？」

「…………いなかったと、思います」

「認められたいなら、誰かを認めることから始めるのがよいかもしれません。そうすれば自然と、認めてもらえるようになるかもしれない」

「…………」

「それが嫌なら――誰も認めず、己だけを貫き、賞賛を求めるのなら……膨大な気力と能力が、必要となるでしょう。そして、それはきっととても孤独な茨《いばら》の道……けれどその先にも、あなたの求めたものはやはり、あるのかもしれない」

俺はさらに数拍溜《た》めて、

「どちらを選ぶかは、その人次第です」

「……そう、ですね。ええ」

安は素直に頷《うなず》いた。と、

「……あの？」

安が顔を上げ、俺を見る。俺は——手を差し出している。

「蠅王《はえおう》ノ戦団の戦団長、ベルゼギアです」

改めての自己紹介——そして、握手の申し出。

安はすぐ理解したらしく、

「……元勇者の、安——トモヒロ・ヤスです」

俺の手を安は、緩い力で握り返してきた。

道を見失った相手にああいう説教じみた言葉は——染みる。

そしてこの握手は〝信頼の証《あかし》〟。

人はやはり信頼した相手に対し、口が軽くなる。

今の安智弘に攻撃してくる気配はない。敵意もない。

あるのは、自分を解《わか》ってくれた者への信頼。

そろそろ本題——情報を、得る時期。

「——おっと」

俺はやや演技っぽく、懐中時計を取り出す。

「色々お尋ねするはずが、余談が長くなってしまいましたね……実はトモヒロさんにいくつかお聞きしたいことがありまして。本題へ戻っても、よろしいでしょうか？」

「あ、はい……なんでも、聞いてください」

俺はいくつかの質問をした。

安《やす》は素直に〝真実〟を答えた。

しかし、そこまで新しい情報があったとは言えなかった。

が、2‐Cの情報は少し更新された。

あいつらは着々と大魔帝《たいまてい》との戦いへ向けて準備を進めてる、って感じか。

聞いた感じ大きな動きはないが――向こうの決戦も、近そうな気配がある。

「ありがとうございました、トモヒロさん。アライオンと敵対している以上、向こうの情報を少しでも得ておきたかったものですから」

安は自信なげな笑みを浮かべた。

「お役に立てたかどうかは、わかりませんが」

「いえ、十分です」

さて……安をこのあと、どうするかだが――――


安のいる部屋を出ると、俺はセラスと並んで廊下を歩き出す。

「何か言いたそうだな、セラス」

「あ――、……はい」

背後を見やるセラス。彼女は周囲に気配がないのを確認してから、

「よろしいのですか？　あの方は、その——」

「元の世界の知り合いなのに正体を明かさなかったことが、気になるか？」

答えはすぐに返ってはこなかったが、表情がイエスと言っている。

俺は一度立ち止まり、

「……今のあいつが正体を知ったら、混乱して余計気持ちがぐちゃぐちゃになっちまうんじゃねぇかと思ってな。あいつは俺を——蠅王を〝昔の安智弘《ともひろ》を直接知らないヤツ〟だと思ってるから、あそこまで素直になれた気もする」

そう、安を救ったのが〝三森灯河《みもりとうか》〟でなく〝蠅王〟だったのはよかった気がする。

「こういうのは……他人だからいい、ってこともある」

できることなら謝りたい、と言ってはいたものの。

蠅王の正体を今の安が知るのは、なんだかよくない気がする。

だから——あいつの中での三森灯河は、今はまだ〝過去〟でいい。

死んだ扱いのままで、いい。

「そういうもの、でございますか」

「人や状況によるだろうし……あくまで、俺はそう判断したってだけだ。なんつーか……あいつと俺の関係性の中にある、細かな感情の機微ってのがあると思うんだ。それはきっ

と、あいつと俺にしかわかんねぇ微妙な感情なんだろうけどな……」

「なる、ほど……」

「女がそうじゃないと言うつもりはないが——男ってのは、セラスが思う以上に繊細な生き物なんだと思うぜ」

ゆえに、必要以上に自分を守ろうとして無闇に攻撃的になったり。

立ち位置ばかり気にしてるうちにドツボに嵌《は》まっていったり。

挙げ句、出口のない独り相撲的な思考に陥ったり。

「今の安は……悪くない方向に変わろうとしてる気もする。なら、それでいいだろ。もちろん……あいつの今後についての話を受け入れたのは、俺にも得があるからだけどな」

安智弘には自由を与える——つまり、解放。

安自身にはまだ伝えていないが、そう決めた。

仲間に引き入れるのはむしろリスクが高い。

第一に、正体がバレる危険性を排除し切れない。

元クラスメイトが〝仲間〟となると、正体が露見する危険は一気に増す。

俺を〝三森灯河〟と認識していないまま解放する。

現状はこれが最善手に思える。

始末はしない。そして今の安は、もう女神側でもない。

まあ、十河《そごう》側につく可能性は残るが――

「たとえば安が十河たちと合流できたあと、謝罪も、和解も成功して……そこで安を助けたのが〝蠅王〟だと十河に伝われば、だ」

あ、とセラスの顔に理解が走る。

「そうだ。俺たちがこの先十河と敵対することになっても、かなり十河はやりにくくなるはずだ。十中八九、今回の安の件は十河の〝足かせ〟となる」

俺は〝女神に殺されかけたクラスメイトを救った恩人〟となるわけだ。

「お聞きしていたソゴウ殿の人物像ですと、ありえますね……」

「しかもだ。安本人の口から十河が真実を知れば、クソ女神への心証も一気に悪い方へ傾く。ヴィシスは自分の手駒である第六騎兵隊に安を――クラスメイトを始末するよう命じてたんだからな」

セラスが、あっ、とまた何かに思い至る。

「そうだ。狂美帝《きょうびてい》の言ってた〝S級勇者をこちらへ引き込む〟って方針にも、いくらか現実味が出てくる」

「確、かに」

とはいえ、あくまでそれは〝そうなったらいいな〟くらいに止《とど》める。S級勇者を引き込む策を安頼みにするのは危うい。説得の軸は、やはり浅葱《あさぎ》グループにすべきだろう。

いよいよとなれば――俺も、正体を明かすことになるかもしれない。

「ま……安がまだ精神的に不安定で不確定要素が多すぎるってのも、解放する理由の一つだがな」

言ってしまえば、俺に余裕がない。安智弘に割くリソースがないのだ。

「この復讐《ふくしゅう》の旅も決着が見えてきてる……逆に言えば、これからさらに余裕がなくなってくるとも言えるわけだ」

要するに、

「そんな中で、あいつを管理し切れる自信がない。それこそ〝俺〟だと知られないようにするには、膨大なごまかしや演技が必要となる。仲間――つまり傍《そば》に置くとなると、な」

安はA級勇者だ。きっと、戦力にはなる。

しかしそれ以上に、俺は安智弘を完全に見極め切れていない。

いい方向へ変われそうな気配はある。が、確実にと言い切れるほどでもない。

ゆえに、正体をバラすのも今はまだリスクとしか思えなかった。

正体を隠しながらの共闘は、不確定要素に満ちすぎている。

「何より安自身も、十河のとこに一度戻りたがってる。聞いた通りこの世界も少し見て回りたいそうだ。しかし今の俺には、それに付き合う余裕もない」

「――となると解放が最善、となるのですね」

「だと思う」

俺は、顔だけで背後を振り返った。

「突き放すように聞こえるかもしれないが……あいつはあいつで、自分の道を見つけていくしかない。俺にできるのは、ここまでだ」

クソ女神に殺されかけている以上、今後敵に回るとは考えがたい。

もし女神に捕まっても、安は俺の正体を知らない。問題はない。ただ、

「安が生存してても、クソ女神がそれほど気にするとは思えないが……一応〝ここを出たあとは素性を隠すべきだ〟くらいのことは、あとで忠告しとくさ」

一緒に背後へ身体《からだ》を向けていたセラスが、

「しかし……以前あなたからお聞きした彼と今の彼では、まるで違う人間としか思えません……出会う前の彼が、想像できないほどには。彼の言葉は、すべて本心でした。そして本心を明かし、敵対意思がないのを私たちに示してなお、彼は自ら拘束の継続を望みました。その方があなたやこの国の者たちに不安を与えないで済むだろうから、と」

それは、とセラスは続ける。

「とても客観的で、他者を思いやれる者の口から出る言葉です」

「元々は……ああいう素直なヤツだったんじゃねぇかな」

いつ頃からか、ボタンを掛け違えて。

絶え間なく流れ込んでくる情報に惑わされて。気づけば情報洪水の波に飲み込まれていて。真偽不明の膨大なネットの情報を浴びて混乱し、情報に振り回され続けた結果が――少し前までの、安智弘だったのかもしれない。

「ま……いわばあいつも――」

自分の部屋のドアノブに手をかけ、

「今までずっと何かの状態異常にかかってた、とも言えるのかもしれないいな」

……上手《うま》いこと言ったつもりか、俺は。

上手くねーよ、ったく。

なのにセラスはセラスで〝さすがです、よくご理解していらっしゃるのですね〟みたいな顔してるし……。

ともかく――安智弘の処遇については、固まった。

あいつはあいつの道を行き。

俺は、俺の道を行く。

俺たちは俺たちで、そのまま出立の準備に入った。

準備の合間にちょこちょこ合議にも顔を出して、今後の指針を固めたり。

ムニンがお手製の自分用の蝿騎士《はえ》のマスクを作っていたり。

ちなみにマスクはニャキの分も作ってあげたようだ。

二人が出来上がったそれぞれのマスクを被《かぶ》り、俺とセラスにお披露目しに来たりもした。

ニャキと言えば『ニャキも強くなりたいのですニャ！』といきなり奮起。

その件で四戦煌に相談へ行くのに、俺がついて行ったりもした。

他には、セラスと一緒に風呂に入りながら今後の方針を話し合ったり。

無断でそこへ、アーミアとキィルが入ってきたり。

改めてクロサガの集落を訪ねたり。

七煌《しちこう》たちと食事をし、あれこれ話し合ったり。

この時、もう一人のラディスという神獣のことも話し合った。

騒がしい捕虜だがあれはミラへ渡すわけにいかない。

ラディスはこちらで管理したい、とミラへは告げている。

向こうはすでにその条件も呑《の》んでいる。

〝貴国とこうして国交を持った以上、神獣を無理に手に入れる必要もなくなった〟

とのことである。

食事後は、グラトラとも腰を落ち着けて話す時間を作れたりした。

さらにはその夜、リィゼの部屋に呼ばれ、また料理を振る舞われたりもした。

出立までの時間は、そんな風に過ぎていった。

◇【セラス・アシュレイン】◇

セラス・アシュレインは、トーカの蠅王装《はえおう》のローブにそっと針を通した。

丈夫な作りのローブだが、戦いなどを経るとさすがにほつれる箇所も出てくる。

セラスは折を見てそういう箇所を修繕することにしていた。

トーカは同室の椅子に座り、くつろいだ姿勢で縫い物をするセラスを見ている。

座っている椅子は前後逆になっていて、彼は両腕を背もたれの上にのせていた。

セラスは糸を引き、歯で切る。

「……そいつを脱いでても問題ない相手に修繕してもらえるのは、やっぱ助かるな」

「ふふ、私も裁縫を覚えたかいがありました。裁縫と言えば……あのムニン殿とニャキ殿の蠅騎士の仮面も、よくできていましたね」

「ムニンも、ああいうのを作るのが得意みたいだな」

「ニャキ殿ともああしてすぐ仲良くなって……ムニン殿は人当たりもいいですし、私もあの人当たりのよさは見習いたいところです」

この前、ムニンとニャキがお手製の蠅騎士の仮面を見せに訪れた。

二人で決め姿まで披露してくれて、それがまた、微笑《ほほえ》ましかった。

ニャキが楽しそうにしている姿を見られることも、セラスは嬉《うれ》しく思う。

（トーカ殿のおっしゃるように……ニャキ殿は、やはり笑っていてこそですね）

「ニャキ殿といえば、例の特訓の方はいかがですか？」

「その件は、意外にも四戦煌全員が手を挙げてくれたからな。暇を作れる時、交代で見てくれるそうだ」

「他でもないトーカ殿の頼みだから、というのもあるかもしれませんね」

「ま……話を持ってった時、意識して俺がそう誘導した部分もあるがな」

けれどそれも自分のためではなく、ニャキを思ってしていることだ。

セラスはそれをよくわかっている。

「いえいえ、トーカ殿は今やこの最果ての国では時の人ですから」

その分、二人きりでいられる時間は減ったかもしれない。

だからこの前、思い切って二人きりでの湯浴《ゆあ》みに誘ってみた。

トーカは嫌な顔一つせず、応じてくれた。

久しぶりに寝起きと就寝前以外で二人きりの時間を作れて、嬉しかった。

のだが、途中でアーミアとキィルが浴場へ乱入してくるというひと幕があった。

普段、この国でトーカは素顔を隠している。

セラスは〝これはトーカ殿の存在を隠さねばならぬのでは？〟と考え、自分の身体を使ってトーカの素顔を隠す努力をした。最終的には光の精霊の力を借りることで、アーミアとキィルに見つからず、トーカを浴場の外へ脱出させることに成功した。

その時の話をすると、

「ま……今はもうここの国のヤツなら、素顔がバレてもいいのかもしれないけどな」

とのこと。

「も、申し訳ございません。どうにかトーカ殿を隠さねばと思いまして……あの時は、見苦しい姿もお見せしてしまい……」

改めて思い返すと顔が紅潮してくる。アーミアたちに悟られずトーカを脱出させることにだけ気がいっていたとはいえ、なかなかにはしたない姿を晒《さら》してしまった気もする。

「いや、セラスの気持ちっつーか……どうにかしようとしてくれたのには、感謝してる」

苦笑するセラス。

「トーカ殿がそうおっしゃってくださると、どうにか救われますが……」

しかし、どうしてこの人はいつもこうして、すべてを許してくれるのだろう。

なぜこんなに——自分に、優しいのだろう。

こそばゆさに耐えられなくなりそうで、話題を転じる。

「と——ところで、クロサガの集落はいかがでしたか？」

「ああ、ムニンがクロサガの人たちに改めて紹介してくれたんだが……みんないい人たちだよ。初めて出向いた時はよそよそしい空気だったけど、やっぱりムニンが俺を信頼してくれてるってのがでかいらしい。ほんと慕われてるよ、ムニンは」

「私も一度、ご挨拶にうかがいたいところです」

「この前は、外の人間をどの程度受け入れてもらえるかまだよくわからなかった。だから俺一人で行ったが……あの様子なら、セラスが一緒でも大丈夫だと思う」

あのミラとの交渉後、トーカは引っ張りだこである。

皆がトーカの意見を聞きたがる。

先日も七煌が勢揃《せいぞろ》いした食事の席に呼ばれていた。

その時は、セラスも同席した。

トーカが皆から信用され、頼られ、好かれるのは、セラスも嬉しく感じる。

「そういえば先日、七煌の方々と食事を取ったあとにグラトラ殿から誘われて、二人きりで話してきたとおっしゃっていましたが――」

「ああ、話してきた。なんかあいつ、俺に謝りたかったみたいでな……俺がグラトラから謝られるような心当たりも特になかったんだが、本人曰《いわ》く、今回の戦いの前までは意識して俺に冷たく接してたらしい。で、それを申し訳なく思ってたんだとさ」

「なるほど。グラトラ殿は、二人きりで謝罪できる機会をうかがっていたのですね」

今のグラトラのトーカに対する態度は、確かに目に見えて軟化している。

「今回の戦い前と比べての変化といえば……リィゼ殿も大分、お変わりになったと言いますか――」

複雑そうに息をつくトーカ。

「変わったのはいいんだが、しょっちゅうよくわからんタイミングで俺に声をかけてくるのがな……で、何か用かと聞いたら『別になんでもないわよ！』だし……」

「トーカ殿とお話しする機会を作りたいのですよ、きっと」

「ま、あいつの作ってくれる料理は旨《うま》いからな。そこは喜んで、食いに行くが」

昨晩もリィゼは自分の部屋にトーカを招き、料理を振る舞ったらしい。

なんだか、最近。

たくさんの人に、トーカの素敵なところが伝わってきている感じがして。

セラスはまるで自分のことのように、嬉しく思っていた。

「………」

セラスは、裁縫を続けていた手を止める。

(では――)

自分はどうなのだろう、と思うことがある。

リィゼには晒したそうだが、基本トーカは素顔を隠している。

それはつまり。

外見など関係なく、周囲がトーカの中身に魅力を感じているということだ。

（では、私は……中身に魅力を、感じてもらえているのでしょうか……）

時たま、そういうことを考えてしまう。

トーカにもこういう話を打ち明けたことがあったかもしれない。

（私は……果たして、中身の優れたハイエルフなのでしょうか……）

ネーアにいた頃も中身を褒めてくれる者はいた。

嘘《うそ》がわかるのだから、心からそう思ってくれているのはわかる。

しかしそれは、前提として――この外見があるからなのではないか？

そう思うことが、何度もあった。

何度も、自問した。

この外見でなくともそんな風に思ってくれたのだろうか、と。

カトレアは、自分の中身を認めてくれていた……と思う。

けれど、セラスがネーアへ身を寄せた時はどうだろうか。

この容姿が目にとまったからこそ、聖王オルトラは自分を受け入れてくれたのではないか。

黒竜騎士団と戦った時、セラスは聖王の本心を知った。

自分はハイエルフの国の元姫君というだけで拾われたのではない――セラスはあれ以来、そう思うようになっていた。

（この外見を、備えていたから……）

自分の容姿は、稀代《きたい》の美貌なのだという。

その美貌とやらがなければ、カトレアとも出会えていなかったのかもしれない。

自分の価値とは、どこにあるのだろうか。

時々不安になる——怖く、なることがある。

そう……。

今まで自分を自分たらしめていた何かが失われた時、自分の価値もまた失われてしまうのではないか。

その〝何か〟の正体まではわからない。

容姿のような気もするし、別の何かのような気もする。

その何かを失うことが、怖い。突然、言い知れぬ強烈な不安感が、湧き上がってきて

——


「で、何を悩んでる？」

ハッとなって、我に返る。

裁縫の手を半端に止めたまま、どうやら自分は黙り込んでいたらしい。

「あ、いえ……その……」

「悩みでもあるなら、俺でよけりゃ聞くぞ」

セラスはしばらく手を止め、考えた。

そして――

「トーカ殿」

「ああ」

「この上質な蝿王のローブも、こうしてほつれなどが出てきます。もちろんほつれを修繕することはできますが……当然、元の状態とは違ったものになります」

「だな」

「見た目だけは取り繕えますが、それはやはり、以前とは〝違う〟ものであり……元の状態へは二度と戻らぬ、いわば、何かが失われてしまった状態です」

「まあ、な」

セラスは、膝もとに視線を落とした。

「たとえば、その……そのように失われたものがあっても、トーカ殿はそれを、以前と同じものとして――」

セラスは自分の声のかすかな震えを自覚しながら、続ける。

「変わらぬものとして認識することが……できますか？」

「どうなろうと、それは俺のローブだ」

「――――」

セラスは、顔を上げていた。

「修繕の跡だらけだろうが、どんなにひどく破けてようが……それまでの間、俺と共に戦ってくれたローブである事実が消えることはない──決してな」

トーカは、迷いなく続けた。

「共にあるってことは、失われることだけじゃないだろ」

「！」

「共にあって、得るものもある……得られたものがある。それまでに何を得たのか──失われるものより大事なものは、それだと思う」

まあいわゆる思い入れとか思い出ってやつだな、とトーカは言い足した。

「はい、私も……その通りだと、思います」

再び睫毛《まつげ》を伏せたセラスの口もとは、微笑を湛《たた》えていた。

同時に、目には涙が滲《にじ》んでいる。

ふっ、とトーカがセラスに微笑《ほほえ》みかけた。

「……どうした？　わざわざ遠回しな言い方を選んだ感じだったが……ああ、もちろん話しにくいなら話さなくていいさ。忘れてほしいなら、今の話も忘れる」

「いえ、その……たとえば、の話ですが……もし私を私たらしめている何かを、私が失ってしまった時……あなたは私を──以前の私と同じ〝私〟として見てくださるのだろうか、と……そんなつまらぬことを、考えてしまったのです」

セラスは針と糸を置き、ローブを膝の上に置いたまま、頭を下げた。

「申し訳ございません……まるで、聞きようによってはトーカ殿を信頼していないかのような物言い……失礼いたしました」

「何年も一緒にいるわけじゃないが、今まで近くでつき合ってきてりゃわかる。俺にとって――」

トーカは言った。

「おまえをおまえたらしめてるのは、その外見じゃない」

「――――ぁ」

「仮に身体《からだ》の一部を失おうが、顔を焼かれようが……俺にとってセラスはセラスだ。セラス・アシュレインだ」

「トーカ、殿……」

「寿命の違いの部分だけは、どうにもならないと思うが……」

にやり、とトーカが口の端を歪《ゆが》めた。

「この復讐《ふくしゅう》の旅が無事終わった時、おまえがもし望むなら……俺は、最後までセラスと一緒にいてもいいと思ってる――この世界で」

通常ならばそれは、真摯さとはかけ離れた笑みの形。

けれど彼のその笑みはなぜか、とても、真摯な笑みに見えた。

「おまえの言う〝何か〟をもしおまえが失って、たとえ誰がおまえを見放そうと……俺は、最後までおまえの傍《そば》にいてやるよ」

トーカは、フン、と鼻を鳴らした。


「わかるだろ――嘘じゃ、ないって」


セラスは――もう視界が、まともではなかった。

涙のせいですべてが、ぼやけていて。

はいっ……はいっ……、と。

気づけば、しゃくり上げながら、返事を繰り返していた。

そうして、涙と一緒に――次にセラスの口から溢《あふ》れ出てきたのは、感謝の言葉であった。

□

失うことはとても恐ろしい。

けれど、それ以上に何かを得ることは、素晴らしい。

だからきっと——得たものの方こそが、最後に残るものなのだ。

きっと。

◇【三森灯河】◇

俺たちにひと足先んじて出立することになったのが、安智弘《やすともひろ》である。

その日、俺たちは安を見送るため扉の前まで来ていた。

安も今は歩けるようになっており、血色もよくなっている。

失った耳を隠す耳当てや、握力を失った片手。剝がれた爪の部分を保護する手袋や、包帯など……よく見れば所々に痛々しさの爪痕が残っている。

が、普通に動けるくらいには回復していた。

この辺は勇者のステータス補正の力もありそうか。

安は背負い袋を担いでいる。中身は、野宿に必要なものを中心に詰めてある。

路銀もそれなりに渡した。アライオンに辿《たど》り着くくらいまでは十分もつだろう。

戦闘面での危険は——大丈夫なはず。

第六にはいいようにやられたが、安は腐っても固有スキル持ちのA級勇者だ。

そこいらの金眼《きんがん》や野盗程度くらいなら、油断しなければ容易に打ち払えるだろう。

俺とセラス以外には、安の面倒をみていた亜人たちも来ていた。

安を見つけた竜人やケンタウロスたちに、扉を開ける役としてニャキも来ている。

安が足を揃《そろ》え、頭を下げた。

「お世話になりました。本当に、何から何まで」

俺は安の前まで行き、

「これを」

細い紐《ひも》に通した紋章入りのペンダントを、安の手に握らせる。視線を上げる安。

「あの……これは？」

「これを持つ者は最果ての国の客人ですので、見逃してもらいたい——ミラ帝国側に、そう伝えてあります。ミラ領内で通達の行き届いている地域であれば、無用な面倒ごとは避けられるかと。戦争状態のウルザ方面を避けて西へ行くのであれば、有用でしょう」

「ありがとうございます。この恩を、どうお返しすればいいか……」

「今はお気になさらないでください。ところで、最初の行き先は考えてあるのですか？」

「いえ……まだ、具体的には。ただ……南回りでアライオンを目指すと、おっしゃる通り戦火に巻き込まれるかもしれません。今、アライオンとミラの軍がちょうどやり合っているでしょうから。ですので北回りで、ミラ、ヨナト、マグナルと巡って、この世界の人たちをこの目で見てみるのもいいかな、と……」

「ここからはもう、あなたの自由です。よき旅になることと……そして、あなたがおっしゃっていた勇者殿たちと合流し、よき未来となることを、心より祈っております」

「ありがとうございます……ベルゼギアさんにも、よい未来が訪れることを」

次に、安はセラスに礼を言った。ニャキにも礼を述べる。そして最後に安は――ここにいる間面倒を見てくれた竜人やケンタウロスたちに、特に強く感謝の念を述べた。

「元気になられてよかったです、トモヒロさん。どうか道中、お気をつけください」

「ありがとうございます。皆さんもお元気で。受けたご恩は一生忘れません。そして僕も……遅いかも知れないけど、誰かに感謝してもらえる人間になれるよう……がんばってみたいと思います」

「はい……そうなれることを、わたしたちも心から祈っております」

安は一度俺を見てから、ニャキに頭を下げた。

「それじゃあ、お願いします」

こちらをうかがうニャキに、俺は頷《うなず》きを返す。

やがて――外へと繋《つな》がる扉が、開いた。

「それじゃあ皆さん……改めて、お世話になりました。また、いつの日か……自分が心から誇れる自分になれた時に……再び、皆さんにお礼を言えたらと思います。最後に……本当に、本当に、ありがとうございました」

安智弘はこうして、最果ての国から旅立った。

この日、無効化の禁呪をムニンに定着させた。

定着自体は難なく成功。

そのあと王城の一角を借り、試し撃ちも行った。

青竜石《せいりゅうせき》を一つ、消費して。

発動の可否は――――――――問題なく、クリア。

あとは……いつ、近づくか。

どう、近づくか。

どうやって――騙《だま》すか。

「…………」

もう、少し。

もう少しで――届く。

あいつの、首もとに。

クソ女神《クソめがみ》

安智弘の出立から数日後――今度は、蠅王《はえおう》ノ戦団が出立の時を迎える。

「ニャ、ニャキは……また皆さんと無事に再会できるのを心待ちにしておりますのニャ……ッ！　あとあと、主《あるじ》さんたちの旅が終わった時は……ッ」

ニャキはこのまま、最果ての国に残る。俺は片膝をつき、

「ああ。その時は、リズのところに連れて行く」

「はいですニャ！」

「ねぇニャとその妹たちにも、ニャキが無事に過ごしてるのを伝えに行かないとな」

「はい、ですニャ！」

ニャンタン・キキーパット。

ミラ側にニャンタンの特徴は伝えてある。

彼女は仲間の身内。ゆえに彼女と戦う機会があっても決して殺すな、と。

が――〝決して〟などと言ったものの、完全な徹底は難しいだろう。

先の戦いで蠅王の存在を隠し切れなかったように、絶対はない。

が、できることはしたつもりだ。事情があるとはいえ、ニャンタンがヴィシスの徒である以上――幸福な結末となる保証はない。

「もちろん旅の途中で会ったりしたら、しっかり俺から伝えておく」

「ありがとうございますニャ！　でもでも……」

「ん？」

ニャキは笑顔ではあったが、ぎゅっと瞑《つぶ》ったその目端には――涙の珠《たま》が浮かんでいた。

「ニャキは、わかってますのニャ。ねぇニャが女神さまの味方をしている以上、絶対無事

に会える保証なんてないはずなのですニャ。ニャキは、もちろん元気なねぇニャにまた会いたいですニャ……でもそのことで主さんたちに何か迷惑をおかけしてしまうのも、申し訳ないのですニャぁ……」

内心、息をつく。

こういうことを、言うから──客観視できて、しまうから。

自分より、他者を優先できてしまうから。

ニャキの望み通りの結果にしてやりたいと、余計にそう思わされてしまう。

「……そうだな。絶対ってのは保証できない。が、最善は尽くす──もうおまえは、他人じゃないんだからな」

「主さん……ニャキなんかのためにそんな風に言ってくれて……ニャキは、ニャキは……」

リズも、ニャキも、十分辛《つら》い思いをしてきた。

二人は──昔の〝俺〟だ。

きっちり救われなくちゃ、俺が納得いかない。

二人が救われて誰が得をするのか──俺だ。

二人が笑顔になれる未来を手に入れられれば、俺の溜飲《りゅういん》もいくらか下がる。

二人が明るい未来を手に入れられるなら、少しだけ──ざまぁみろ、と。

実の親どもに対し、思える気もするから。

「ま、気にすんな。ニャキのためになるなら、結果としちゃ俺のためにもなる」

「ほニャ?」

傍《はた》で見守っていたセラスが前屈《まえかが》みになって、ニャキに微笑《ほほえ》みかける。

「我が主はニャキ殿に幸せになってほしいのです。ここまでの言葉がすべて本心なのは、嘘《うそ》を見抜ける私が保証いたします」

「セラスさん……」

「それとニャキ、勘違いしてるようだが……旅の目的を果たすまではもう会えない、ってわけでもないぞ」

「ふニャ?」

ヴィシスの本拠地は東のアライオン。

西のミラからアライオンを目指す時、最果ての国は途中で立ち寄れる位置にある。

「ミラで禁呪の件を片づけたあと、一回ここに立ち寄るかもしれない」

「そ、そうなのですかニャ?」

「ま、確約はできねぇけどな。状況次第だ」

「わ——わかりましたのですニャ!」

「こいつらも、ニャキと離れるのを寂しがってるしな」

「ピニュ〜！　ポヨーン！」「パキュ〜！」

ローブからピギ丸が飛び出し、スレイがニャキに駆け寄る。

そのまま、ピギ丸とスレイはニャキにくっついた。

「ピユリ〜……」「パキュ〜……」

俺は立ち上がってその光景を眺める。

最果ての国についてから、こいつらは特に仲よくなった。

……決戦前にもう一度くらい、会わせてやってもいいのかもしれないな。

「ピギ丸さんも、スレイさんも……また会えるのをニャキは楽しみにしてますのニャ！

そにょ……お、お友だちとして！」

「ピギッ♪」「パキュ♪」

ススッ、とセラスが身を寄せてきて耳もとで囁《ささや》く。

「彼らが再びああして無事に会えるよう、私たちも全力を尽くしましょう」

フン、と鼻を鳴らす。

「当然だ」

「――それじゃあ、頼んだわ」

最前列のリィゼが言った。

最果ての国の出入り口である扉の前。

この前は俺たちが送り出す側だったが、今日は送り出される側。

思ったより見送りが多い。

七煌《しちこう》も全員揃《そろ》っていた。ケルベロスのロアもいる。各兵団の兵たちも……。

魔物の姿も多い。初遭遇時は警戒的だったコボルトや、巨狼《きょろう》たち。

そして、この前の戦いを共に戦った数々の魔物たち。こうして見ると、顔見知りも増えた。

ゼクト王が、俺の両手を取る。

「ヨの力不足ゆえ、迷惑をかける……すまぬ。そして、心から感謝している」

「わたくしからも、感謝を」

一歩引いた王の代わりに、グラトラが出てきて一礼した。

「今ではもう、あなたのことは信頼しています。王が信頼しているからわたくしも信頼しているのではなく、わたくし自身が信頼しています……どうか、ご無事で」

俺が頷いて応えると、次は四戦煌が前へ出てきた。

「其《それがし》は貴様の手腕を信じている……頼んだぞ、蝿王。其は……今後を見据えて賢く、より強くあるべく、今まで以上に精進したく思う」

「ああ、がんばれよ」

「うむ！　ニコはがんばるぞ！――ぁ、いや……おっほん！　無事に戻られるのを、祈っている」

ニコの次に出てきたのは、キィル。

「キィル様、軍師みたいな立ち位置になっちゃったから……もっと戦略や戦術を学ばないといけないわねぇ。セラスくんからもっとたくさん、学びたかったわぁ」

「申し訳ございません、キィル殿」

と、苦笑するセラス。キィルは微笑み、肩を竦《すく》めた。

「も～やっぱり真面目くんねぇ。でも、また戻ってきて暇があったら教えてね？」

「はい」

「ふふ、その代わり……おねーさんが別のイイコト、いっぱい教えてあげちゃうわよ♪

蠅王くんの喜ばせ方、とかね？」

「ははは……」

「もう！　セラスくんはやっぱりそーゆー顔するぅ！　予想通りすぎるわよ！」

キィルのその言葉で周りにどっと笑いが起き、空気が弛緩《しかん》する。

と、アーミアが内緒話の距離まで近づいてきた。

「あの二人はあれで相性がいいみたいだな、うん」

「俺とあんたも、相性は悪くないと思うけどな」

「うん、否定はせんよ」

　このラミア騎士は意外と客観的な観察力に優れている。

　謙遜しきりのセラスを囲むキィルたちを、アーミアは見据えた。

「今回キミがムニン殿に同行してくれる件については、私も感謝している。ただまあ……私たちは私たちでしっかりではいかんとな。今回の役回りを押しつけておいてなんだが、いつまでもキミたちに頼り切りではいかん。自分たちの国のことはちゃんと自分たちで決断し、自分たちで運営していかねばならない。今回の件、キミの旅にとっては予定外の負担が増えたわけだろう？」

　セラスやムニン、スレイが、次々と別れの挨拶を交わしている。

　俺はその光景を遠巻きに見ながら、

「個人的な目的のついでで引き受けたが、本音を言っちまえば……まーな。つくづく俺は優しくて、お人好《ひとよ》しな善人だと思う」

「ふふふ……人がいいのか悪いのかよくわからんところが、キミの魅力なのかもしれんな」

「ま、外交関係は当面あんたやジオがリィゼを支えてくって形がいいかもな。あんたとジオは比較的、そっち方面でも目端がきく」

「私はともかく……ジオ殿は頭に血がのぼりやすいからなぁ、うん」

「それぞれの強みを活《い》かせばいいさ。数が多いってことは〝そういう戦い方〟ができるってことだ」

「聞こえてんぞ、アーミア」

ずい、とアーミアの隣に出てきたのはジオ・シャドウブレード。

彼の後ろには、伴侶のイエルマが控えている。

「おおっ、これはジオ殿！　はて？　聞こえていたとは、なんのことですかな!?」

「……わざとらしいんだよ、蛇女が」

「もうジオったら！　アーミアさんの指摘の通り、早速頭に血がのぼってるじゃないのっ」

イエルマが、めっ、する。舌打ちしたジオはやれやれと頭をかき、視線を俺へ転じる。

「悪《わり》ぃな。こないだの戦いに力を貸してもらえただけでも、十分だってのに……今回に至っては、実質的にミラとの外交役を押しつけたようなもんだ」

「外交役はムニンだけどな」

「あのやたら顔の整った顔の皇帝は、そうは思っちゃいねぇだろ」

やはりこの黒き豹人《ひょうじん》は、洞察眼が鋭い。

「言ったはずだ。俺は、死ぬほどお人好しなんだよ」

「……オレたちはオレたちでしっかり牙は研いでおく。今後もしオレたちの力が必要になったら、その時は遠慮なく言ってくれ」

「ああ、いざという時は素直に頼らせてもらう」

実際ジオと豹煌《ひょうこう》兵団の戦力はあてにできる。

そんなやり取りをしつつ――いよいよ、出立の時が近づいてきた。

挨拶関係が一段落したムニンに声をかける。

「他のクロサガとの別れは、もういいのか？」

「ええ。そもそも出立まで期間をもらえていたから、わたしの出立後のこととか、当面の別れを惜しんだりとかは済ませてあるの」

「そうか」

「ムニン」

「あら、フギ」

ちょい、とムニンの服の袖をつまんで声をかけたのは銀髪の少女。

細身。髪はショートヘア。目つきがちょっと、猫っぽい。

美人、と言っていいだろう。ただ、表情に乏しい子ではある。

ムニンを見上げるフギ。

「気をつけて」

淡々と言うフギを、ムニンが抱きしめる。

「大丈夫よ。とっても強い蝿王《はえおう》さんたちも、一緒にいるんだから」

「待ってる」

フギが俺を見る。

「ムニンを、お願い」

「ああ」

フギとは先日クロサガの集落を訪ねた際、顔合わせしていた。

禁呪を使えるもう一人の紋様持ち。

ムニンがフギの頬に、そっと手を添える。

「あなたこそ、わたしがいなくてもしっかりね？」

「がんばる」

「ふふ、フギはわたしにとって自慢の子です」

「ボクも、ムニンが自慢」

傍目《はため》には親子に見えるが、血の繋《つな》がりはないという。

ムニンはいわゆる育ての親で、フギは早くに実の両親を病気で亡くしている。

で、ムニンが甲斐甲斐《かいがい》しく幼いフギの世話をしてきたそうだ。

俺は二人を〝親子〟だと認識している。血の繋がりだけが〝家族〟のすべてじゃない。

この身をもって――それは、よく知ってる。

……ほんの、少しだけ。

叔父さんと叔母さんに会いたいなと——一瞬、思わされてしまった。

「……ベルゼギア」

おずおずと声をかけてきたのは、リィゼ。

「ああ、リィゼか。安心しろ。ミラとの交渉は、どうにかまとめてみせるさ」

「あと、大宝物庫の——」

「わかってる」

ミラの大宝物庫。リィゼたちも、ほしいものがあるらしい。

「こっちはこっちで、今後へ向けたこの国の下地作りをがんばっておくから……アンタは、ちゃんと無事に済ませてくるのよ？　あと……実質的に交渉を任せちゃって、ごめん」

「前も話した通り、俺たちはどのみち別の目的でミラへ行かなきゃならねぇからな。そのついでで交渉やら調印式も済ませられるなら、そっちの方がいいだろ」

「そうね、その通りだと思う」

眉を八の字にし、負けを認めるみたいな苦笑を浮かべるリィゼ。

「……ほんと、素直になったな」

「うっ!?　わ、悪い!?」

「逆だよ」

「ありがと！……もぉ、なんなのよ！　ほんと、アンタってねぇ――」

耳を赤くしてきゃいきゃい喚《わめ》くリィゼを眺めつつ、

「リィゼとの旅も、楽しそうだけどな」

「――だけど、まあ⁉　そういうとこもアタシは⁉　み、認めてあげてるとこがあって――、……ん？　今、何か言った？」

「いや、大したことじゃない」

目的が復讐《ふくしゅう》で蠅王ノ戦団に加わったムニンはともかく。

ニャキと同じく、リィゼに復讐の旅は――似合わない。

さて、と俺は扉の方を見る。

扉の傍《そば》には鍵役のニャキがすでに待機している。

まあ、あれだ……

「そろそろ、出発といくか」

復讐者《俺》にとって――ここは少し、温かすぎる。

◇【十河綾香】◇

大魔帝《たいまてい》との戦いを終えた十河綾香《そごうあやか》は、別行動をしていたグループと合流した。

そして、高雄樹《たかおいつき》が途中でグループから離脱したと聞かされた。

『姉貴のところに行かなくちゃならない』

そう言い残し、離脱したのだという。

樹はカヤ子《こ》たちに謝ったそうだ。

ちなみにその時、彼らはすでにかなりの数の金眼《きんがん》を倒していた。

樹が離脱する頃にはもう生きた金眼が見つからないくらいだったとか。

離脱前に遭遇した金眼――その九割以上を、樹が倒したという。

樹の離脱後、別行動グループが綾香との再合流までに遭遇した金眼は二匹。

たった、二匹である。

その二匹と遭遇したのは、邪王素《じゃおうそ》が消えたあとのことである。

なのでカヤ子たちは城内にいた現地人の騎士や兵とも合流できた。

ゆえに数に任せ、遭遇した金眼は危なげなく始末できた。これを考えると、それまでにたくさんの強そうな金眼を一人で始末してくれていた樹の貢献は、やはり大きい。

だから樹の離脱に文句を言える者など、いようはずもなかった。

一方、綾香もこちらで起きたことを説明した。

言い出しづらかったが、伝えないわけにはいかない。

グループの面々の驚きぶりは予想通りだった。そもそも綾香自身、いまだに信じられないのだ。まさか桐原拓斗《きりはらたくと》が、倒すべき大魔帝側へ回ったなど……。

「で、でもそれは……味方になったふりをして、ほら……それで大魔帝を油断させて……倒すつもり、とか？　な、ないかな……？」

南野萌絵《みなみのもえ》が身を縮め、おずおずと言った。

本心を言えば綾香には、わからない、としか答えられない。

桐原拓斗が何を考えているのか、まるでわからないのだ。

仮にも同じ教室で学園生活を共にしたクラスメイトだというのに。

萌絵が答えを待っている。安心したいのだ——綾香に、言ってほしいのだ。

きっとそうだ、と。

「……ええ。きっとそうだと、信じましょう」

「そ、そうだよね……っ！」

萌絵の顔が明るくなる。

ズキッ、と胸が痛んだ。なんだか純粋な萌絵を、騙《だま》しているようで。

こういう時こそ——

(聖《ひじり》さんに、意見を聞きたい……)

彼女ならきっと道を示してくれるはず。このクラスで誰より物事が見えている人だから。

だけど本当は、わかっている。

(自分の頭で考えなくちゃいけない。頼ってばかりじゃ、対等な関係になんかなれない)

そういえば、と思う。離脱といえば、聖もここから離脱して何をしに――

「ソゴウ、さん♪」

皆の視線がその〝声〟の方へと、引き寄せられる。

にっこりと声の主《ぬし》――女神ヴィシスが首を傾《かし》げた。

「もしかして……大魔帝を、倒したのでしょうか？」


「――――はぁあ？――――」

事の顚末《てんまつ》を聞き終えた女神は、いよいよ綾香が正気を失ったのかと言わんばかりに、眉を顰《ひそ》めた。

「キリハラさんが……大魔帝側に、ついたぁ？」

「はい……あの辺りで、大魔帝と一緒に消えて……」

綾香は消えるまでの成り行きを伝えた。やはり、と女神が呟《つぶや》く。

「大魔帝は、転移石《てんいせき》を手に入れていましたか」

悩ましげに、んん〜、と唸《うな》る女神。

「しかしこれは……どっちなのでしょう？　あえて敵の懐に潜り込んだ……？　まさか本当に……共闘関係を？」

ちっちっちっ、と舌打ちを軽やかに連打する女神。

「そこまで——そこまで、愚かだと……？」

「あの、女神様……」

「過去にも根源なる邪悪が人間を駒として使った例はある……けれど勇者と手を組むなど、前代未聞。どう考えてもタクト・キリハラは大魔帝に始末される——それが、道理。根源なる邪悪が勇者と共闘など、ありえない……あら？　結果として、S級を二人も失った……？　ん〜、私——とっても困りました！　ふ、ざ、け、る、な♪」

女神が両手を広げ、ぱぁ、と満面の笑みを浮かべる。

「んふふ〜♪　これは一体どういう展開なのでしょう、ソゴウさーん？」

「ど、どういう展開なのかと私に聞かれましても……あの……」

綾香は幾分、気圧《けお》されていた。

他の勇者が、気づいている気配はないが——

（なんだか女神様の威圧感が、増してる……？　それに——）

なんだろう。女神から放たれる、この敵意にも似た空気。

暗に〝何をこいつはいけしゃあしゃあと〟――そんな風に、責められている感じすらある。

それから、あの負傷らしき痕跡……金眼の魔物に遭遇し、負傷したのだろうか？

そうだ。女神といえど、邪王素下では弱体化すると聞いている。

（――あ、そうか。聖さんが一時的に離脱した理由って……）

女神の安否を、確かめに行ったのだ。

元の世界へ戻るのに女神の存在は必要不可欠。

万が一女神が死んでしまったら、戻れなくなるかもしれないのだから。

綾香は周囲を一度確認し、

「ところで女神様……聖さんは、どこですか？」

「ですよねー？」

「え？」

「心配、ですよねー？」

「は、はい。あの、聖さんに……何か？」

と、そこで――女神が静止し、意外そうな顔をした。

「あら？」

「？」

何をそんなに、不思議がっているのだろうか。

「あらあら？　あらあらあらぁ？　あららららぁ？　この、反応——本当に、何も知らない……？　アレは……ヒジリは——こいつに目的を隠したまま、私を……？」

再び思案げになる女神。思わず口をついて言葉が出ている——そんな様子。

何か、ちぐはぐな感じがあった。

そう、綾香と女神の認識が、何か食い違っている感じがある。

女神は綾香を観察したのち、

「ソゴウさん……あなたに、伝えておかねばならないことがあります」

そうして女神が告げたのは——高雄姉妹の、裏切りだった。

「聖さん、と……樹、さんが……？　そ、そんな！　どういうことなんですか!?」

心底残念そうに肩を落とす女神。

「どうもこうも、お話しした通りなのですよ……被害妄想が膨らんだ果てに、私がヒジリさんたちを謀《たばか》ろうとしていると思い込んだらしく……神経が弱り切って、正常な判断ができなくなっていたものと思われます……」

「そん、な――」

他の生徒も浅からぬ衝撃を受けている。信じられない、という顔が並んでいる。

（あ――）

別れ際の聖の様子や言葉が、綾香の脳裏を駆け巡る。

そうか。

彼女は女神を〝守り〟に行ったのではなかった。女神を、

（倒しに、行った……）

でも、どうして？

その時、

「――――――」

不穏を帯びた血流が、急速に、綾香の中でその速度を上げた。

「ひ、聖さんは!?　聖さんたちは、どうなったんですか!?　まさか――」

「私に返り討ちにあって、逃亡しました」

「と、逃亡……」

「いえ、正確には……私が見逃して差し上げた、ですが」

無意識に綾香は、女神の左右の腕を摑《つか》んでいた。

「い、生きているんですね!?」

「傷を負ってはいますが……ご安心ください。疑心暗鬼の末にいわれなき弓を引かれようと、あなたたち勇者は私の希望――いえ、この世界の希望なのです。そう簡単に殺したりなどしません。ご存じの通り、私は慈悲の女神ですから」

軽い脱力感と安堵《あんど》に、思わず膝が折れた。

「よか、った……」

「ですが油断は禁物です。大魔帝がまだ生きている以上……大魔帝がこれを好機と見て、私たちから離れたヒジリさんたちを始末しにかかる危険があります」

「！」

そうだ。十分、ありうる。

「ヒジリさんたちは私が手の者を使って、責任をもって捜索させます。ただ、さすがに私を殺そうとした件を不問に付すとまでは――」

「理由、が」

「はい？」

「な、何か……理由があるはずです。だって、聖さん……聖さん、だから……」

けれど、腑《ふ》には落ちた。

だから別れ際――あんな風に、言ったのだ。言ったんだ。

「ご安心ください」

女神がやや膝を曲げ、綾香《あやか》の頭に手を置いた。それから、視線の位置を合わせる。

「まれにあるのです。私は、ほら……誤解を受けやすいところがあるでしょう？　ヒジリさんはどうも、私があなたたちを元の世界へ帰す気がないと思い込んだようでして……」

聖の言葉の端々に、実は綾香もそういったニュアンスは感じ取っていた。

「あの、女神様……大魔帝《たいまてい》の、心ぞ――」

「大魔帝の心臓が巨大な力の源で、私があなたたちを帰還させるのにそれを使わず――自分のものとして手に入れたがっている、と？」

「！」

やれやれ、と女神は首を振った。

「確かに根源なる邪悪の心臓は、巨大な力を秘めています。ゆえに、過去にもそういった被害妄想を抱いた勇者はいました。わかりますよ、そう考えたくなってしまうのは」

「聖さんも、そうやって誤解した……と？」

「特に勇者の方々は日々、巨大な重圧に耐えています。ですが人間の精神は脆《もろ》い。すぐ自分自身に負けてしまいます。そしてそんな自分の弱さを認めたくなくて……最後は自分以外の者に、そうなった原因を求めようとします。被害妄想が膨らんでいき、果てに……自分がこうなった根本原因はあいつに違いないと、見当違いの相手に憎悪を抱くようになったりします。わかるのです。私は人間の弱さを、ずっと見てきましたから」

「ひ、聖さんはそんな人じゃありません！　聖さんはとても強くて……戦いだけじゃなくて、何より心が、強い人で……ッ」

慈しむ目で綾香の肩に手を置く女神。

「わかります。おっしゃるように、彼女は強い……頭もいい。ですが頭がいいゆえに、考えすぎてしまったのでしょう……」

「いいえ」

「？」

綾香は膝を伸ばし、女神から一歩離れた。

「すみません、女神様……私は――あなたよりも、聖さんを信じます。聖さんは……なんの確証もなく、あなたに弓を引くような人じゃない……」

綾香は他の生徒の盾になるようにして、

「何か隠しごとがあるなら……言って、くださいっ……でないと……私もこれ以上、積極的に協力はできません……ッ！」

ゆらり、と立ち上がる女神。

「んふふ……信頼されていますねぇヒジリさん……まったく、同性をたらし込む手管がずば抜けています……」

「私だって――女神様を信じたいです！　元の世界に、戻りたいです！　でも……」

「確かに、ありました」

「え？」

女神の雰囲気がやや、変わった。

「ヒジリさんが私を疑ったのには、確かに、それなりの理由があります。どうも狂美帝《きょうびてい》の手の者が暗に接触し、たぶらかしたようなのです」

「ミラの皇帝……が？」

この大魔帝との戦いのさなか、アライオンに反旗を翻した西の帝国——その皇帝。

「勇者をミラ側に取り込もうと暗躍していたようです。多分〝女神に頼らずとも元の世界へ戻る方法がある〟とでも吹き込まれたのでしょう。あるいは私を倒せば、代わりに信用に足る他の神族が派遣されるから大丈夫、とか」

『女神に頼らずとも元の世界へ戻れる方法があるかもしれない——そう言ったら、どうする？』

過去の聖《ひじり》の言葉だ。

反女神を標榜《ひょうぼう》するミラが聖にそう吹き込んでいたのなら……一応、辻褄《つじつま》は合う。

ミラにとって勇者の持つ力は脅威のはず。味方に引き入れようとしてもおかしくはない。

ふぅ、と呆《あき》れたように息をつく女神。

「ですが実際は、逆召喚の儀は私以外できませんし、ましてや、他の神族など派遣されません。私こそが唯一、この世界の守り手なのです」

　しかしその一方、どこか女神を信用し切れないのも事実で――

「やめましょう、ソゴウさん」

「え？」

「あなたはもう年齢的に、自分の頭で考えられない子どもではないはず……いい加減、なんでも感情や感覚で疑ってかかるのはやめましょう――そろそろ、大人になりましょう？　あれもこれも感情や感覚で判断するのが楽なのはわかります。ですが本来、それが許されるのは子どもまでなんです。感情先行で動くと大抵最後は痛い目をみます……これは、本気であなたのためを思って言っているんですよ？　ここで、あなたを失うわけにはいきませんから」

　いわゆる〝大人〟の表情で、女神が言った。

　空気が、違っている。ニコニコ微笑《ほほえ》んでいるいつもの女神ではなく。

　そう、どこか――演技を解いたような、そんな感じで。

「私の過去の言動を考えると、いらぬ誤解を与える要素はあったのかもしれません。それは、認めましょう。ですが……正直言って、もう今回の勇者――あなたがたには、ほとほと疲れ果ててました」

　再び、女神がため息。

「これほど強力な力を持った勇者も初めてでしたが……ここまで制御のきかない勇者も初めてなのです。はっきり言って、私の手に余ります。このままだといずれこちらの頭までおかしくなってしまいそう……ですので本音を言えば——さっさと大魔帝を倒して、もう、さっさと元の世界に帰っていただきたいのです。これは、本心です」

うんざりした風に、女神はそう言った。

やはり今の女神は——どこか上辺だけに見える普段の女神と、違う。

だから、本音と言われて、どこか納得できてしまうところがあって。

耳に触りがいいだけの言葉じゃない。耳に痛いこともはっきり、口にしていて。

「わかりました。では、不問としましょう」

「え？」

「無事アヤカ・ソゴウが大魔帝を倒したあかつきには、ヒジリ・タカオ、イツキ・タカオによるこのたびの反逆行為……及び、タクト・キリハラの裏切り行為——これらすべてを、不問とします」

「ふも、ん……」

「捜索はさせますが、いずれも罪には問いません」

「！」

「しかし彼らと接触できても、信じてもらえるかはわかりません。ですので場合によってはソゴウさん……あなたに、説得や確保をお願いするかもしれません。いえ――むしろ適役はあなたでしょう。彼らを連れ戻すのはあなたの役目です。イインチョウとは、そういうものなのでしょう?」

「は、はいっ……」

「もしあなたがキリハラさんと戦いづらいなら――彼は、私が確保します」

「女神様、が……ッ?」

「私は邪王素下《じやおうそ》――大魔帝の近くだと極端に弱体化してしまいますが、離れてさえいれば勇者を凌駕《りようが》する力を持っています。事実、弱体化していてもあのタカオ姉妹を退け、ここに立っているのですから」

そうだ。女神は大魔帝の邪王素下にあった。なのに、あの聖たちを退けたという。

「ご安心を。ソゴウさんが望むなら、キリハラさんはなるべく傷つけず確保します。誘いをかけ、彼を大魔帝から引き剝がす手だってあるはずです……そうなった時、私がキリハラさんを確保します。あなたはタカオ姉妹を発見した際の説得と――大魔帝の撃破を。もう一度言います。S級二人が敵側にたぶらかされて姿を消した今……あなたこそが、この世界の最後の希望なのです」

「女神、様……」

女神の表情は、真剣そのものに見える。

「もう、一人として欠けず元の世界に戻る――それがあなたの望みでしょう？」

「は、はい……」

「いずれ、アサギさんたちも戻ってくるかと思います」

「ヨナト方面の西軍で戦ったあと、連絡が取れなくなっていると聞きましたが……」

「連絡が来ました」

「！」

「こちらへ戻る途中でミラの勢力に阻まれ、今は身を隠しているとのことです」

「そ、そんな！　だったら、私が助けに――」

「手紙には〝時間はかかるかもしれないけど、自力で戻るから心配は無用です〟と書かれていました。ですが、座して待つつもりはありませんのでどうかご安心を。手の者を送り、接触を試みます。ソゴウさんは一旦そちらは気にせず、今は大魔帝とタカオ姉妹の件に集中してほしいのです」

「は、はい……あの、それと……」

「はいはい、なんでしょう？」

「――安《やす》君は、まだ？」

安智弘《ともひろ》は特別な任務を与えられたと聞いた。西へ向かった、と聞いたが……。

できることなら――相談の一つでも、してほしかった。

……関係的にやはり、難しかったかもしれないが。

「そちらもアサギさんたちと合流できるよう、私の方で取り計らいましょう」

「ありがとうございます……お願い、します」

「そうして彼らと合流したら――最終決戦への準備を、進めましょう」

（そうだ……）

みんなで戻る――元の世界に。

自分が大魔帝を倒しさえすれば、すべて丸く収まる。

桐原拓斗《きりはらたくと》も、高雄《たかお》姉妹も、生きて戻れる。

自分がやる――やらなくては。

ただ……心配なのは、桐原拓斗。今、彼は敵陣営のど真ん中にいると言っていい。

殺されない保証が、ない。

「綾香、ちゃん……大丈、夫？」

怯《おび》え気味に声をかけてきたのは、南野《みなみの》萌絵《もえ》。

「え？」

「そ、その……なんだか怖い顔、してたから……」

ハッとして周りを見る。他のクラスメイトも一歩、距離を置いていた。

「あ……ご、ごめんなさいっ。短い間に、信じられないことがいっぺんに起きすぎて――

聖さんたちのこととか、桐原君のこととか……まだ気持ちの整理が、つかなくて……き、気負いすぎかもしれないわねっ」

言って、笑みを取り繕う綾香《あやか》。と、そこで一人の生徒が、綾香の手を取った。

「あ――」

「自分で全部、背負い込まないで」

周防《すおう》カヤ子《こ》だった。彼女は、綾香の手をギュッと力強く握り込んできた。

「微力だけど、力になる……聖さんの代わりには、なれないかもしれないけど」

「周防、さん……」

「十河《そごう》さんは、一人じゃない。それだけは、わかってほしい」

「そ、そうだぜ！」

二瓶幸孝《にへいゆきたか》が続く。

「うん！　す、周防の言う通りだって！」

さらに続いたのは、室田絵里衣《むろたえりい》。

「た、確かに高雄ズの話はショック受けたけどさ……っ！　なんか誤解があったんでしょ？　だから女神様だって殺せる力があったのに殺さなかったんだしっ……桐原だって、殺さずに連れ戻してくれるらしいじゃん！　浅葱《あさぎ》たちや安だって、戻ってくる！　だ、大丈夫だって！　今回だって大変だったけど――みんな、生きてんじゃん！」

「そ、そうよね……みんな、生きてる……」

みんなの言う通りだ――まだ、終わってなんかいない。

そして、独りじゃない。

「ありがとう……周防さん、みんな……」

絶対に、守ってみせる――自分を支えてくれる、みんなを。
ク、ラ、ス、メ、イ、ト、だ、け、は、意、地、で、も。
「――――」

綾香はそこでふと、思い出した。

聖から渡されたあのメモ……。

あのメモには、何が書かれているのだろう。

が、ここでは確認しない方がいい気がした。あとで、一人の時に読もう。

女神がいつもの笑顔で、両手を合わせた。

「素晴らしい助け合いの精神です。実に、美しいですね♪」

綾香は、女神を見る。

やはり――違う。

何、か、が、違う。

◇【女神ヴィシス】◇

「ようこそお越しくださいました、ヴィシス様」

「ふふ、お疲れさまです」

ここは、ヴィシス教団の神殿。

神殿はアライオン王都の西区——その端に位置している。

ヴィシス教団は、特に女神を熱心に信奉する者たちの集まりである。

「先の大魔帝《たいまてい》の奇襲ですが、こちらに被害は？」

「不調を訴える者はおりますが、問題はございません」

「ふふ、さすがは私の愛する仔《こ》らですね」

「おぉ……あ、ありがたきお言葉……」

「地下神殿へまいります。重々承知とは思いますが、誰も入れていませんね？」

「はい。ヴィシス様以外は、ネズミ一匹たりとも通しはしません」

「素晴らしい信心です。あなたの死後の魂は、私が必ずや天の救門へと導きましょう」


——コツーン、コツーン——

一人、階段をくだるヴィシス。

下へくだるほど、無音に近い静寂が存在感を増す。

階段をおり切って回廊を進み、ヴィシスは一つの扉の前で止まった。

水晶体に触れ、認証を終える。

同じようにその先に続く二つの扉を開き——入室。

最も硬いとされる稀少《きしょう》な鉱石で作られた部屋。

意匠は最低限。飾り気など必要ない。

部屋の中央にある台座の上では、縦に長い菱形《ひしがた》の石が、淡い光を放っている。

この大陸には存在しない素材で生成されたクリスタル。

ヴィシスはクリスタルの〝色〟を、改めて確認する。

「問題は、なさそうですね」

忌ま忌ましさを胸に踵《きびす》を返し、部屋を出る。

扉を再封印し、今度は回廊を一つ折れて、別の部屋の扉を開けた。

入り口の枠に軽く寄りかかり、

「そうして生まれ変わったわけですが……うふふ、ご機嫌はいかがでしょう？」

「母上？」

「もしかすると近々、あなたの出番があるやもしれません。完璧に仕上げるためにはもう少し、時間がほしかった気もしますが」

「母上……」

「しかし、今のあなたならきっと素晴らしい働きをしてくれるでしょう――オヤマダさん」

「母上」

表向きショウゴ・オヤマダは〝治療中〟となっている。が、実際は微妙に違う。

「他の者も、いずれ目覚めさせます。身の程を弁《わきま》えなかったあの愚かな姉妹のおかげで少々予定が狂って、前倒しになった感はありますが……」

「母上っ」

あのクリスタルが脳裏をよぎる――いや、とヴィシスは考え直した。

ひとまず〝この程度〟なら、問題あるまい。

「ふふ……ま、結果としてはよい契機だったのかもしれません」

「母上！」

経過観察を終えたヴィシスは、神殿の地上部分へ戻るため階段へ足を向けた。

一段一段、地上を目指す。

そろそろ最果ての国を攻略したと報告が入ってくる頃だろう。

禁字族《きんじぞく》を根絶やしにしたら――次は、ミラ。

ミラの反乱も実際は危うい支えの上に成り立っている。

狂美帝《きょうびてぃ》さえ死ねば、勢いは一気に衰える。あそこはそういう国だ。

暗殺向きのあの力を得たジョンドゥなら安心して任せられる。

相手が狂美帝でも、あれならば確実に暗殺をこなすだろう。

「トモヒロ・ヤスは――あの第六のことですから、まあ最終的には殺したでしょう。あれの死は、ミラのせいにしましょうかね」

そうなればきっとアヤカ・ソゴウはミラを恨む。

勇者のことでは想定外も多いが、ある意味〝動かしやすい〟のが残った。

そうして階段をのぼり切り、神殿の地上部分に戻った時である。

神官長が隠しきれぬ焦りを顔に浮かべ、小走りに駆け寄ってきた。

「ヴィシス、様……」

「あらあらあら？　どうしました？　あなたが狼狽《ろうばい》するなど、珍しい」

「そ、その……ヴィシス様の、アライオン十三騎兵隊が――」

深夜――ヴィシス教団の神殿。
その地下の一室に、複数の人影があった。

「このたびは皆さまに重大な極秘任務をお願いしたく、集まっていただきました」

ヴィシスの言葉へ丁寧にお辞儀を返したのは、眼帯の男。

「このたびは我がきょうだいをお選びくださり、感悦至極にございます」

貴族然としているが、どこか小汚さもある男だった。

長い金髪を編み込んでいて、ヒゲは綺麗《きれい》に整えられている。

装い自体には貴族的な典雅さや上品さがうかがえる。なのに、小汚い印象が拭えない。

あらゆる部分から〝取れていない〟ためだろう――血の汚れが。

「ファフニエルきょうだい……通称〝堕ちた番人《ダークウォーカー》〟。私の呼びかけに応じてくださり、心より感謝いたします」

礼を述べるヴィシス。と、ファフニエルの姉がぺこぺこと頭を下げる。

「あっ……ありがとうございます！　わ、わたし……あの聖なる番人《ホワイトウォーカー》より強い自信はあるんですけど……は、恥ずかしがり屋で！　名を揚げるのが大好きだったあの人たちと違って、ちゅ、注目されるのがすごい苦手で！　だから依頼もいっぱいお断りしちゃって……ッ！　ごめんなさいごめんなさい！　でも聖なる番人が死んだって聞いて……ざまぁみろって思って――あっ！　ごめんなさい、ごめんなさい！」

眼鏡をかけた長身の女。ぺこぺこするたび、尻尾めいた三つ編みがぶんぶん揺れる。

腰には――カタナ。

こちらは真っ赤な装束である。ところどころが濃淡様々な、まだら模様の装束。

模様はすべて、戦いで浴びた血によるものだという。

「姉上、落ち着いてください」

「だ、だって……ずっと恥ずかしいって理由で、ヴィシスのお誘いをお断りしてたから……そりゃあわたしたちは、ちょ、超絶に強いけれど……でも、恥ずかしいし……」

「きっと大丈夫です、姉上。今回の任務、僕ら二人は表舞台へ出ることはないとのことですから」

「そ、そうなの？　なら、できそうだけど……」

姉のカイジン・ファフニエル。

弟のランサー・ファフニエル。

堕ちた番人は二人組の傭兵《ようへい》である。

知名度は高くない。

なぜなら、名が表に出ない依頼しかこなさないからだ。ここ数年は特に聖なる番人の陰に隠れていて、彼らの名を知るものは少ない。

ヴィシスもこの姉弟は温存していた。

ここ数年は意図的に彼らの名が広まるのを防いでいた。

また、手駒として使うかどうかも――決めあぐねていた。

とにかく精神が不安定で、勇の剣《ゆうけん》以上に使いにくい。

さすがにここに来て二人を引っ張り出すことにした。

さすがにルイン・シールやジョンドゥには劣る。しかし、強力な手駒には違いない。

と、別の位置に立つ人影が口を開いた。

「異界の勇者は対大魔帝で手一杯だとしても……女神様の下には、あの勇の剣や第六騎兵隊を始めとしたアライオン十三騎兵隊がいるわけですよね？　なのにアタシたちをこんなとこにわざわざ集めたってことは……ひょっとして、そいつらに何かあったんです？」

そう問うたのは赤髪の女で、こちらもカイジンと同じ女傭兵である。

剣虎団《けんこだん》を率いる傭兵団長――リリ・アダマンティン。

「彼らは先日、ミラとの戦いで大打撃を受けてしまいまして」

「まさかとは思いますけど……負けた、とか言うんじゃないでしょーね？」

悄然《しょうぜん》と肩を落とすヴィシス。

「認めたくはありませんが、はい……」

「あの勇の剣と、第六騎兵隊が……？　ちょっと、待ってくださいよ。てことは……まさかあのルイン・シールもジョンドゥも、やられたってことですか？」

「あなたは彼らの強さを正しく感じ取っていましたものね……驚くのも、無理はありません。まだはっきりその二人が死んだと決まったわけではありませんが、おそらくは」

最果ての国の件で、二人からの報告がここまで何も上がってこない以上……。

あの二人も、始末されたとみるべきだろう。

ルイン・シールは女神への信奉度と立場的な依存度から。

ジョンドゥは女神から与えられる権限や自由度、また、報酬の点から。

裏切ったと考えるのは非現実的に思える。

少なくとも、ルインを引き入れてもアレをまともに使える者はいまい。

ジョンドゥにしても、今回の報酬を無闇に捨てるとは考え難《にく》かった。

「私もびっくりで、目玉が飛び出てしまいました……」

訝《いぶか》る顔をするリリ。

「ミラにそこまでの強さがあったなんて、ちょっと驚きだな……」

「爪を隠していたのですねぇ。となると、先の大侵攻の際も手を抜いていた節があるわけで……たとえばマグナル王都での一戦で、ミラはさほど戦力を失っていません」

「要するに……のちの反乱を見越して、ミラがマグナルを見捨てたと？　だとしたら……アタシとしてはちょっと、気に入らないかな……」

「その通りです。皆さんが一丸となって大魔帝軍と必死に戦っている中、ミラだけは今回の反乱を見越して動いていたわけです。あまりに自己中心的で、残念なことです」

「で――」

リリの後ろには剣虎団の中核が揃《そろ》っている。

「ルイン・シールやジョンドゥより格落ちになるアタシら剣虎団を集めて、何させようってんですかね？」

「その前に、もう二人……ご紹介したい方たちがいます。まず、ゼーラ帝……」

「ゼーラ帝？」

記憶を探る顔をするリリ。

「過去のミラの皇帝に、そんな名のやつがいたような……？」

「ふぉ、ふぉ、ふぉ」

気の抜けた、しわがれた笑い声。

影の向こうから現れたのは、大柄な白髪の老人だった。

面長で顔が細い。どこか位の高さを思わせるゆったりした白の装いをしている。

白く長いあごヒゲが、腹の辺りまで垂れていた。

真っ白な髪も負けじと長く、前後共に腰までかかっている。

ただ……目が。

落ちくぼんだ暗き眼窩《がんか》の奥。よく見れば、金の瞳が鈍く光っている。

無数の深い皺《しわ》の刻まれた顔を飄々《ひょうひょう》と歪《ゆが》め、老人はヒゲを撫《な》でた。

「まったき、我こそ第二十六代皇帝――通称〝追放帝《ついほうてい》〟こと、ファルケンドットゼーラ・

ミラディアスオルドシートよ……ふぉ、ふぉ、ふぉ。飾帝名《しょくていめい》は長いゆえ、呼び名はゼーラでよい」

「は？　ま、待て待て……んん？」

混乱した風にリリが面を伏せ、額に手をやった。

「追放帝の話はアタシも知ってる。確かミラを追放されたあとは、行方知れずとされてたはず……噂《うわさ》は様々あったが、ついぞ亡骸《なきがら》は発見されなかったと記録されている……だったか。けど、そもそも……齢《よわい》70を越えていた追放帝が、表舞台から姿を消したのは――」

リリは自分でも何を口にしてるのかわからぬ様子で、

「1、00年以上も前の話だろ？」

「ふぉ、ふぉ、ふぉ。よう知っておるじゃないか、小娘よ。だが、そこの種明かしについて儂《わし》は語る権利を持たぬ――のう、ヴィシス？」

「そうですねぇ。まあ、色々と事情がありましてっ」

ぽんっ、と両手を打ち鳴らすヴィシス。

「このたび追放帝には、この任務のために目覚めていただいたのですねっ。私も成長し、時が来たというわけですっ」

「いや、説明になってないんですけどね……ま、いいですけど。世の中ってのは、不思議なことばっかですから……」

リリは真相を探るのを諦めたようだ。彼女は、そういう女だ。

大切にしている剣虎団が何よりも最優先。踏み込みすぎて虎の尾を踏むくらいなら――

彼女は、退《ひ》く。ヴィシスとしては、そういったところが気に入っている。

「……あのおじいちゃん、強そうです」

ぼそ、と言ったのはファフニエルきょうだいの姉。物欲しそうに指を咥《くわ》えている。

「わたしの方が強いとは思うけど……どうかな……断言は、できないかな……でも、強いのは絶対そう……そうよね、ランサー？」

「ええ、姉上。本物の追放帝なのかどうかはさておき、我々とは何か存在の質そのものが違う感じがします」

「強い人は強い人を見抜けるから……わたしたちもつまり、強いんです……強くて、ごめんなさい」

ファフニエルきょうだいに一瞥《いちべつ》をくれてから、リリが息をつく。

他の剣虎団の様子は十人十色。

驚いて冷や汗を流している者、固唾をのんでいる者、平然としている者、笑みを浮かべている者……。

が、彼らに露骨な怯《おび》えはない。皆、団長のリリを信頼しているためだ。

彼女が健在な限り、彼らの戦意が失《う》せることはない。

リリが、闇の溜《た》まった部屋の隅へ視線を置く。

「で、女神様……残る一人ってのが、そこにいるやつですか」

皆、ずっとそこに誰かいるのには気づいていた。

存在感がありすぎるのだ。追放帝と同等か——あるいは、それ以上か。

「ふふふ、ではご紹介いたしましょう。彼の名は——ショウゴ・オヤマダ！　ぱちぱちぱち〜」

ヴィシスの拍手を浴びて闇の奥から現れたのは、大柄な若い男だった。

「ご存じの方もいるかと思いますが、彼は異界の勇者です」

「このたび、我が母であるヴィシス様のためにこの任務に参加することとなった、ショウゴ・オヤマダと申します。以後、お見知りおきを。母上こそが、最高です」

ぺこ、と姿勢良くお辞儀をするオヤマダ。

「おま、え——あのオヤマダ……だよ、な？」

当惑するリリ。他の剣虎団の面々も困惑していた。

彼らは、魔防《まぼう》の白城《はくじょう》戦以前のショウゴ・オヤマダを知っている。

「女神——母上のおかげで、ワタクシは生まれ変わりました。かつて反抗的で粗暴だった自分を恥じております。今はただ母上のために、この身を捧《ささ》げる所存なのでございます」

「あぁオヤマダさん……ぐす……立派になってくれて、母は心から嬉《うれ》しく思いますよ？」

「母上……母上っ」

顔を輝かせたオヤマダがヴィシスに抱きつく。ヴィシスはオヤマダを抱きしめてやった。引いた顔をするリリ。

「こ、これが……あのオヤマダ？　見た目はそのままなのに、ま、まるで別人じゃないか……何があったんだよ、本気で……」

ヴィシスはオヤマダから視線を外し、

「私の親身な教育によって心を入れ替えてくださったのです。最初は先の戦いで負った心の傷を癒やすだけだったのですが、ふふ、次第にこのようになりまして……オヤマダさんはこの世界に来たあと、ずっと環境が悪かったのですね。最初から、私が一対一で面倒を見るべきでした」

ふむ、とヒゲを撫でながらオヤマダを観察するゼーラ帝。するとカイジンが、

「あ、あの……その方、ちゃ、ちゃんと戦力になるのでしょうか……？」

オヤマダがヴィシスの胸元から顔を剝がし、カイジンを見る。

「はい、ワタクシは立派な戦力なのです。母上による、母上のための」

「で、でも……」

オヤマダはにっこり笑い、手で紳士的に促す。

「どうぞ遠慮なくおっしゃってください。ワタクシたちはこれから共に任務へあたるので

す。わだかまりがあっては、いけませんからね」

「あ、あの……ごめん、なさい……わたし、知ってるんです。魔防の白城の時……な、泣き喚《わめ》いて……情けなく敵前逃亡して……なんの役にも立たなかった、って。ゆ、勇者さんたちの中でも……全然、強いとか……聞こえて、きませんし……正直〝誰？〟って感じで……ご、ごめんなさい！　悪気はないんです！　ただ……役に立つのかな？　足手まといにならないのかな……って、思っちゃって。す、すみません！　正直すぎ、ますよね……ッ!?」

オヤマダは無言でヴィシスから離れ、項垂《うなだ》れた。両肩が小刻みに震え、こぶしをきつく握りしめている。ヴィシスはオヤマダの背に声をかけた。

「オヤマダさん、大丈夫ですか？」

「申し訳、ございません……ッ！」

オヤマダは――泣いていた。縮こまりながらチラッと上目遣いをするカイジン。

「泣いて、反省してるん……ですか？　今更……」

「はい……あの時の自分が、情けなくて……ッ！　心から！」

「あ、あのあの……怒らないん、ですか？　ご、ごめんなさい！」

「いえ、おっしゃっていることは事実ですから！　ご安心くださいカイジン殿！　自分のことをどう言われようとワタクシは気になどいたしません！　むしろ過去の自分を戒めるための、ありがたいご指摘と思っております！　ありがとうございます、カイジン殿……ッ！　おめでとうございます、母上！」

ヴィシスは感動して泣く仕草をする。

「うぅ……本当に立派になりましたね、オヤマダさん。投げ出さず熱心に向き合ったかいがありました……母は心から、あなたを誇りに思いますよ……ぐす」

「で、でも……ッ！」

食い下がるように、カイジンがオヤマダを指差す。

「この人、気持ち悪いです！　この人と一緒に任務なんて、ちょ、ちょっと無理っていうか……ごめんなさい！」

「申し訳ございません、カイジン殿！　そしてやはり、ありがたいご指摘！　粉骨砕身、改善に努めます！」

「ヴィ、ヴィシス！」

オヤマダ相手では話が通じないと思ったのか、カイジンの矛先がヴィシスへと向く。

「あなた……ど、どうかしてるんじゃないですか……？　こ、こんな失敗の代表作みたいな勇者を使うなんて——正気ですか!?　しょ、正直……失望ですよヴィシス！　話に聞くアヤカ・ソゴウならともかく……こ、こんな逃げ出した弱々《よわよわ》……ッ！　せ、戦力になるわけないじゃないですか！　任務の詳細はまだ聞いてませんけど……すみません、彼は足手まといとしか思えません！　ヴィシス！　あ、頭正常なんですか？　普通に頭、大丈夫なんですか⁉　てて、ていうかあれですか⁉　この地下から……か、階段をのぼって地上階へ出たところにある壁……そこにあった、あ、あの深い凹《へこ》みと、でっかい亀裂ッ！　もしかしてあれ、自分のやることなすこと上手《うま》くいかなくてブチッときたヴィシスが、や、八つ当たりとかしてできた凹みなんじゃないですかぁあ⁉　て、ていうかてめぇ――言いすぎかもしれません、ごめんなさいっ――前から、そ、そのニコニコ顔わざとらしくて、ほ、ほほ本気でキモ――「【赤の拳弾《バレット》】ぉおッ！」――ごぶぅっ⁉」

ぐしゃり、と折れ曲がった――カイジンが。

ヴィシスは見ていた。

オヤマダが一瞬で移動し――カイジンの頭上から、攻撃の固有スキルを放ったのを。

頭上からの大質量の衝撃弾。

斜めにひしゃげるようになって、カイジンの膝は、ぐにゃりと潰れていた。

「……だッ――誰に向かってもの言ってやがんだてめぇおらぁあぁッ⁉　おれのこたぁどうでもいいんだよこのクソボケがぁ！　だがよぉ――は……母上に！　母上に、どど、どんな口きいてやがんだこのダボがぁアア！　ぁぁあああぁ゛あ⁉　ぶち殺すぞ【赤の拳弾《バレット》】【赤の拳弾《バレット》】【赤の拳弾《バレット》】ぉお！　わきまえろクソゴミぁぁあああ【赤の拳弾《バレット》】ぉおお――ッ！」

ドッ！　ドッドッドッドッドッ！　ドゥッ！

連続する赤の衝撃弾がカイジンを圧し――〝人〟の形を、剝ぎ取っていく。

「むぎゅ、ぎ……ッ！　ぎ、ぎゅっ……ぃ！」

ほどなくカイジンは、潰死《かいし》した。

が、オヤマダは攻撃を止《や》めない。

「あ――あ、姉上ぇぇぇぇぇ――ッ！　貴様ぁあ殺してやるぅぅううゔ！」

あまりの唐突さに認識が追いついていなかったらしい弟のランサー。

怒り狂った彼が、鎖の付いた二本の剣を手にオヤマダに襲いかかった。

血を浴びたオヤマダがキレた顔で、ガバッと振り向く。

「ふしゅぅぅぅ……、――【重撃の、拳弾《ヘビーバレット》】」

新たにオヤマダのこぶしから放たれた、赤い球体状の拳弾。

ランサーは機敏な反応で自然と回避行動を取る。

が、球体状の拳弾が――弾《はじ》け散った。

拳弾が途中で、散弾と化したのだ。

「ぐっ!?」

近距離での散弾。さしものランサーもこれは回避が間に合わない。

弾けた拳弾が何発かランサーに直撃するも――

「……？」

ランサーは自分の身体《からだ》を確認する。負傷した様子はない。

確かに数発、直撃したはずだが――

「――まあ、いい。貴様をここで……殺すッ！　ごろじでやるぞ……オヤマダぁぁああああ！」

ズンッ！

刹那、ランサーの顔が歪《ゆが》んだ。違和感を覚えた表情。

「な、に……!?　か、身体が――重いッ!?」

「……【増強の拳弾《オービユメントバレット》】」

ドッ！　ドッドッドッ！　ドドドドドッ！

戸惑うランサー。

「……ッ!?　貴様、何を――な、何をしているッ!?」

左右の手に発動させた拳弾。

オヤマダがそれを――己のあごと腹に、撃ち込んでいる。

「き、気でも触れたのか……？　いや、あれは……ッ!?」

ランサーが、気づく。

オヤマダの身体が赤い魔素のようなものを纏《まと》っていることに。

しかも撃ち込むごとにその赤い光が、強くなっている。

やがて……拳弾の撃ち込みが、止まった。

次に赤い光が右腕へとどんどん集まっていき——右こぶしのところで、巨大化していく。

「こいつをてめぇで試してやろうかぁ……あぁあああ!?」

「くっ……！　ヴィ、ヴィシス！」

なりふりかまわぬ形相で、ヴィシスへ呼びかけるランサー。

「こいつを止めろ！　こんな壊れた勇者は使い物にならん！　早くしろ！」

「ふふふ……オヤマダさんがここであなたたち姉弟に返り討ちにあっていたら、それまでかなーと考えていました。しかしさすがは私の愛《いと》しき息子です。んー……お姉さんをあんな風にされてしまった以上、あなたはもうオヤマダさんを許さないでしょう。あなたが狂《きょう》美帝《びてい》みたいに裏切って、敵陣営にいかれても困りますしぃ……」

「こ、このっ——、……ゲロカス女神がぁぁッ！　姉上だから僕は言ったんだ！　こんなインチキクソカス女神、かかわるだけ損だって——」

「————【血染めの、拳弾《ラストバレット》】————」

圧を振りまく大質量の衝撃弾が、放たれた。

ドゥッ！

「！　ぶぎぃや——」

メキッ――ドチャッ！……パラパラ……パラ……

石の壁に貼り付いていた〝それ〟が剝がれ、ベチャリと床に落ちる。

押し潰された〝人間〟だったもの。もうそれは完全に、原形を失っていた。

「ふぅぅぅ……だから言った、だろーがぁぁ……おれはいいがぁ……母上を侮辱するのは、ぜ、絶対に許さねぇぇ……許さねぇぇぇぞぉぉ……ぉぉぉぉ……」

ヴィシスは一つ、両手を打ち鳴らした。

「なる、ほど♪　堕ちた番人《ダークウォーカー》を難なく倒せるくらいには、強くなっていたのですね！　素晴らしい成長ですよ、オヤマダさん！」

「ハッ！　し、しまった！　申し訳ありません、母上！　これから任務を共にするはずだった仲間を……ッ！　その……母上を侮辱されて、つ、つい！」

「んー……まあ、いいでしょう♪　あれが本気の実力だったなら、彼らはこの中では強さ的に最下位だったみたいですし。オヤマダさんの強さがここまで上がっているのも、確認できましたしね？」

「ゆ、許していただけるのですか!?」

ヴィシスはオヤマダに近寄り、

「はい、許していただけるのですよ？　母を侮辱されて、怒ってくださったんですものね？　私は嬉《うれ》しく思いますよ、オヤマダさん」

「あぁ、母上……ぐす……なんと、お優しい……優しいよぉお……」

オヤマダの左右のこめかみに両手を添え、視線を合わせるヴィシス。

「で、す、が」

「――は、はい!?」

「今後もし、あそこにいる剣虎団《けんこだん》さんたちやゼーラ帝が私を侮辱するようなことを言っても、憎んではいけません。殺しても、攻撃しても、いけません。彼らが私を侮辱するような言葉を口にしても、私が認めます。いいですね？」

「……承知いたしました。他でもない母上が、そうおっしゃるのでしたら」

「ふぅ……まさかあなたの私への愛情が、これほどとは。ああ、皆さんも――」

ヴィシスはオヤマダから視線を剝がし、剣虎団やゼーラ帝に呼びかける。

「万が一もありますので……私への侮辱的、敵対的発言にはお気をつけくださいね？　一応今言って聞かせはしましたが……急ごしらえなのもあって、まだ教育が〝完全〟ではないかもしれません」

「……本音を言わせてもらうなら」

一連の流れを見ていたリリがヴィシスに笑みを向ける。冷や汗を流しながら。

「その勇者殿は精神的にまだ不安定みたいだし、降りれるなら降りたいとこだけどな。だが、アンタの命令にアタシたちは逆らえない……」

リリはそれ以上の何かを言いたげだったが、彼女も今のひと幕を目撃している。

大丈夫とは言ったものの、やはり少し——警戒している。

女神に対する言葉を、選んでいる。

「うちら剣虎団の身内……居場所も含めて、すべて女神様に把握されてちゃな……」

彼らはわかっている。

女神に背けば、剣虎団の本拠地——あるいは、王都や各地に住む血縁者たち。

皆、ひどい目に遭うと。

「大丈夫です。身内の把握は、あくまで予防のようなものですから……その分、あなたたち剣虎団が私の期待に応えてくれた際には、それなりの見返りをお渡ししてきたつもりですよ？　今回だってそうです。いえ……今回の任務を成功させてくださったら、一生暮らせるだけの地位と報酬を保障いたしましょう。これが私との最後の仕事と思ってくださってけっこうです。この仕事を成就させたあとは……どうぞご自由に、豊かに平穏に、お暮らしなさい」

以前勇者の教育係を依頼された時、彼らは知ったはずだ。

あれを引き受けた剣虎団はかなりの報酬を受け取っている。

最低でも一、二年ほど傭兵《ようへい》稼業を休んでも身内すべてが食い繋《つな》げるほどの報酬だった。

ヴィシスはリリに、気持ちの整理をつける時間を与えた。そうしてそれなりの長い沈黙のあと――覚悟を決めたように、ふぅぅぅ、とリリは息を吐いた。

「……中断してたが、肝心の質問に話を戻そうか。で、アタシたちはあそこの追放帝《ついほうてい》らしきじーさんとそこのアンタの〝息子〟と組んで――何をすりゃあいい？」

最果ての国の侵攻は、ミラの横槍《よこやり》で失敗に終わった。報告からすると両国は今回の戦いで手を結んだと考えられる。聞くに、最果ての国もそれなりの戦力を有しているようだ。

そして今、最果ての国には反アライオンの動機がある。

ならば両国は今後も手を結び続けるのではないか？

とすると、最果ての国への〝再入国〟の手段――〝鍵〟を狂美帝は手にしたはず。でなければあの狂美帝のことだ。ニャキなりラディスなりを手もとに置いているに違いない。

ちなみに最果ての国攻めの報告はまだ完全には出揃《でそろ》っていない。

が、ヴィシスにもそのあたりはおおよそ想像がつく。となると――

「それはもちろん……神獣の奪還、あるいは最果ての国の扉を開くための〝鍵〟の入手……そして――」

にっこりと、ヴィシスは微笑《ほほえ》む。

「狂美帝の、抹殺です」

3. 帝都ルヴァへ

最果ての国を発《た》った俺たちは、西へ向かっていた。

目的地はミラの帝都ルヴァ。

俺たちは進むほど険しさの和らいでいく丘陵地帯を、ずっと西へ移動した。

この丘陵地帯を抜けると、こちらもあまり深くない森林地帯に入る。

「受け取った地図によると、この森を抜けると帝都へ続く街道に出るようですね」

第二形態のスレイに乗ったセラスが言った。

後ろにはムニンが乗っていて、地図を覗《のぞ》き込んでいる。

俺はアライオンの騎兵隊が使っていた馬で移動していた。

ムニンは鴉《からす》状態でもいいのだが、変身すると少なからず負荷がある。今は翼も出したままだ。収納できる便利な翼だが、ずっと収納しておくとやはり負荷がかかる。

スレイをそっと撫《な》でるムニン。

「ごめんなさいね、スレイさん。二人も乗せていると疲れるでしょ？」

ブルルッ、と元気な返事。俺は自分の馬とスレイを見比べ、

「二人乗せてても、こいつより元気そうだけどな」

「ブルルルッ！」

「ふふ、頼もしいわね。ありがとう、スレイさん」

二頭の馬のサイズはそこまで変わらない。しかし、スレイは明らかに俺の乗る馬よりパワフルだった。荷物だって向こうの方が多い。

とはいえ俺が今乗ってるのも大分いい馬らしい。力強い感じの馬である。

この馬は、確保した馬の中からセラスが選んでくれた。

一番いい馬を選びました、と言っていた。

が、スレイはそんな馬もはるかに凌《しの》ぐパワーがあるらしい。

てか……スレイは見た目こそ馬だが、そもそも普通の馬じゃないしな。

ちなみにスレイが褒められて、なぜかピギ丸も「ピニュィ〜♪」と一緒に喜んでいる。

見上げる空は夕暮れどき。いわし雲が、ゆっくり流れている。

「森を出る前に、ちょっと休憩してくか」

「移動は暗くなってからにしますか？」

「だな。今の時点で、人目につきすぎるのは避けたい」

そういえば、人里らしい人里には久々に出て行く気もする。

今はみんな特に変装もしていないが、人通りも多くなる街道に入ればそれなりに素顔を隠しての移動になるだろう。それはどこか、魔群帯に入る前を思い出す。

そういうのも久々だが――まあ、すっかり慣れたものだ。

俺たちは野宿の準備をし、夕食を取った。

そして夕食後、

「もぐ……ご、っきゅんッ──トーカさん！」

ほっぺに手をやってキラキラと目を輝かせるムニン。

「この〝もんぶらん〟ってなんなの!? 何ごとなの!?」

「何ごとなの、と言われてもな」

族長の口の端には、紫色のクリームがついている。

色は紫芋のものだ。つまり、紫芋のクリームを使ったモンブランケーキ。

で、今日、魔法の皮袋から出てきたものだ。ちなみに昨日はトクホ系のお茶とおやきだった。

今日がセラスお待ちかねのスイーツだったわけだ。

このモンブランはムニンも相当お気に召したらしい。

それとムニンだが……彼女はもうこの旅の〝共犯者〟に等しい。

すでに、俺の本名も教えてある。異界の勇者であることも。

ムニンなら知っておいていい、と判断した。

そんなムニンが、ずずい、と膝立ちで俺の方へ迫る。

「どういうことなの!?」

「……まあ、食ったまんまだが」

「外の世界は今、こんなすごい甘味で溢《あふ》れているのね!?」

「いや、こいつは一般的に流通してない俺特製の甘味……ってとこだ。なんつーか……たまにご褒美感覚で、セラスたちに振る舞ってる」

「なな、なんてこと！　それはとっても素晴らしい才能よ、トーカさん！　今度フギにも作ってあげてください！」

「残念だが、ほぼ再現はできない」

「あら？　そ、そうなの？」

材料が特殊だから、と説明する。

つーか。これはいつもこの皮袋を使うと思うわけだが……才能があるのはそのケーキを実際作った誰かであって、俺じゃない。褒められるのはその〝誰か〟である。

「ピム、ピム……ピムーンッ♪」「ハム、ハム……パキューンッ♪」

ピギ丸とスレイにも好評。

セラスは――幸せそうに目を細め、ほっこりしていた。

「もぐ、もぐ……♪　むぐ、むぐ……ほふぅ……幸せなのです……」

なんかキャラにまで、微妙に影響が出てないか？

ジーッ、とムニンが物欲しそうに指を咥《くわ》えている。

……甘味程度にそんな顔しなくても、とは思うが。

「？　ムニン殿？　いかがされましたか？」

「そっちのは、あ、味が違うのかしら……？」

セラスが食べてるのは一般的な栗《くり》のモンブランケーキ。

色違いの味がムニンは気になるらしい。ハッとしたセラスがフォークを取り出す。

まだケーキは半分残っている。セラスはケーキの端の方から一切れ、切り分けた。

そしてケーキの下方にてのひらを添えると、ムニンにフォークごと差し出す。

「お食べになりますか？」

「い、いいのかしら？　いえ、じ、実はそれを期待して質問したのだけれど……」

苦笑するセラス。

「どうぞ」

「じゃあ、失礼して――」

ぱくっ、と差し出されたケーキに食いつくムニン。

「んんん、おいしい――ッ！　ここで旅が終わっても、悔いはないわ！」

いや、それは普通に困るんだが。

「ありがとう、セラスさん。じゃあ、あなたも――」

ムニンの紫芋の方もまだ半分残っている。

彼女は同じようにして、フォークに刺さった一切れをセラスの方へ差し出した。

「よいしょ、っと……はーい、あーんして？」

「あ――ええっと……」

俺の方をチラチラ見てくるセラス。恥ずかしいようだ。

が、目の前にある未知の甘味の誘惑からは逃れきれず――

「申し訳ございませんっ――あむっ」

極力上品になるよう気をつけた感じに、食いついた。はむはむはむ、と味わう姫騎士。

「んん――――ッ」

左右の手を両頬に添えるセラス。表情で感動が伝わってくる。伝わりすぎるほどに。

……こういう時、セラスは年相応な可愛《かわい》さが強く出る気がする。

ま、普段が大人びすぎてるのか。

「ね？　美味《おい》しいわよねっ？　じゃ、ええっと――、……はい、トーカさんっ」

同じようにして、紫芋のケーキを差し出してくるムニン。

「俺は食い慣れてるから、そっちで食っていいぞ」

そう頻繁に食った記憶はないが、セラスたちに比べれば〝食い慣れてる〟と言える。

「――だめですっ。ほらトーカさん……はい、あーんっ？」

うふふ、と笑顔でケーキを近づけてくるムニン。

……この空気で拒否するのもな。

「わかった——はむっ」

もぐもぐ……。

——この甘さは、染みる。もちろん虫歯とかじゃなく、美味しいって意味で。

「いや、これ旨《うま》いな……、——で、おまえもか？」

「ハッ!?」

セラスの動きが、ストップした。なかなかに面白い姿勢で。

自分のケーキの残りをフォークに刺し、俺に差し出す準備をしていたらしい。

「あ、いえ……せっかくですし……」

「あ——す、すみませんセラスさん……わたし、つい出しゃばってしまって。ふふふ……トーカさん、ここはセラスさんを立ててあげてくれませんか？」

つまり、セラスもやりたくなったわけか。

結局、セラスの方も食わせてもらった。

「…………」

甘すぎない栗のクリームと土台のサクッとした甘いパイ生地が、ほんと合うな……。

「で、俺たちの切り札である無効化の禁呪だが——」

腹を満たした俺たちは焚き火《たび》を囲んでいた。
一応、黒い幕を周囲に張って焚き火の火が見えづらくしてある。
また、近づく気配があれば俺かピギ丸、セラスあたりが真っ先に気づくだろう。
「トーカさんの麻痺《まひ》のスキルと同じくらいの射程距離、となるわけよね？」
あのまま狂美帝《きょうびてい》たちと同行しなかった理由の一つ。
最果ての国にいる間に一度、禁呪の試し撃ちをしておきたかった。
発動は成功している。
ムニンの腕から九本の黒い鎖が放たれ、対象へ向かって飛んでいく禁呪。
発動時には〝縛呪《ばくじゅ》、解放〟と使用者が発声しなくてはならない。
ちなみに〝縛呪〟と〝解放〟の間に、やや〝間〟を取る必要があるようだ。
試したが、早口や、間を一切取らずの詠唱では発動しなかった。
また、使用者は対象を視界に捉えていなくてはならない。
ここは俺の状態異常スキルと同じ。
放たれた鎖は対象を通常の鎖のように縛らない。
鎖は、対象へ吸い込まれるようにして消える。
で、対象の全身に一度鎖状の光が浮かび上がり――再び、消える。
おそらくはそれが〝成功〟を示す合図だと思われる。

最初なので対象は無機物を使ったが、過程などの確認はできた。懸念していた〝相手が神族でなければ試し撃ちできない〟みたいなことはなく、そこは助かった。

それから、発動時には青竜石《せいりゅうせき》を手中に握り込んでいた。

発動後、手中の青白い光が腕に浸透していくのが見えた。

禁呪が発動したあと、青竜石は消えていた。

これで一つ消費となるが、まだまだ数には余裕がある。

何より、事前に行う試し撃ちの一つは無駄使いとは言えまい。

「俺の麻痺スキルと同じで超遠距離から、ってわけにはいかねぇな……あの合体技でピギ丸とムニンが繋《つな》がれば射程問題も解消できるかと思ったが、無理だったしな」

あの合体技には適合の可否があるようだ。

どうも、初めて融合した相手以外とは接続自体ができないらしい。

「つまりある程度、ヴィシスとの距離を詰める必要がある。それに――」

「ただ近づくだけではだめ、ね？」

確認するように、ムニンが俺をうかがう。

「ああ。短いとはいえ、最後まで詠唱を言い切る必要がある。ここも俺のスキルと同じだ。しかもこの間、ヴィシスを範囲内にとどめつつ、発動者であるムニンの身も守らなくちゃならない」

セラスが伏せるスレイを撫《な》でながら、

「ヴィシスを範囲内に留《とど》めておく役と、盾役が必要になるわけですね」

「……だな」

不意打ち——つまり意識外からの発動と、意識逸《そ》らしが必要になる。

空隙《スキ》は必須だろう。

完全に決めるためには、やはりそれを作り出す必要がある。

「ヴィシスがどこまで頭が回るか、にもよるな。ムニンは面識がないが……セラスも、ヴィシスと直接会ったことはないんだったな？」

「はい……ただ、直接会ったことのある姫さまから聞いたことはあります。用心深いところは用心深く、めざといところはめざとい……そんな相手だとおっしゃっていました。権謀を巡らすだけの頭も備えている、と」

「あの姫さまの言うことなら、まあ、信用できるだろうな」

そこはエリカの説明したヴィシス像とも一致している。

エリカはクソ女神の近くで生活していた時期がある。以前、ヴィシスの話はエリカからかなり聞かせてもらった。けっこうな罵詈雑言《ばりぞうごん》つきで。

ただし、とセラスが付け足す。

「神族以外の者……特に人間を過剰に下位の生物と捉えている節があり、ヴィシス個人のまさに人並み外れた戦闘力も相まって、驕《おご》りが見え隠れすることもある——と」
そこもやはりエリカの印象と同じ、か。
「足を掬《すく》うなら、そのへんが使えるのかもな……」
神が人間なんぞにやられるわけはない、と。
上位存在が下位存在に脅《おびや》かされるなどありえない、と。
ずっとそうやって、生きてきたのだろうか。
俺の廃棄にしてもそうだ。
〝今までがそうだったんだから、今回もそうに違いない〟
経験則、前例主義……これは人間でも変わらない。
〝今までそれで大丈夫だったのだから、これからもそれで大丈夫に違いない〟
ゆえに、驕りが生まれる。
突き崩すなら——そこか。
ただ、唯一の天敵である大魔帝《たいまてい》がヴィシスを完全な傲慢には至らしめない。
脅威が存在するということは、驕り切れないということ。
見方を変えりゃあ、根源なる邪悪は神族の襟を正す存在でもある。
「普段は素の自分を隠してるっぽい、みたいなことをエリカが言ってたが……」
「表には出さぬ面や隠しごとも多そうだ、と姫さまもおっしゃっていました」

「演技派ってことか」

上っ面だけの――あのクソみたいな笑顔。思い出すだけでも、薄ら寒いものが走る。

あの苛《いら》つく顔を苦痛や悔しさで歪《ゆが》められるなら。

禁呪を求める旅をした価値はある、と思える。

「そういや、定着時に使った詠唱の中にあった文からすると……禁呪は本来〝原初呪《げんしょ》文〟って呼ばれてたみたいだな」

そりゃそうか。

禁止――禁呪と名づけたのはクソ女神。つまり元々はちゃんとした名があったわけで。

ふぅむ、とやたら絵になる仕草で思案するセラス。

「原初呪文とは……もしかするとこの世界に存在する術式や詠唱呪文における、始祖的な立ち位置にあるかもしれませんね」

俺は片膝を立てて座ったまま、ムニンを見る。

「ともあれ、俺の状態異常スキルでクソ女神を叩《たた》き潰せるかどうかは、すべてあんたの原初呪文……禁呪にかかってる。もちろん禁呪をかけられるよう、全力で補助はする。頼んだぜ、ムニン」

「ええ、任せてちょうだい」

ムニンが睫毛《まつげ》を伏せがちに、穏やかな笑みを浮かべて胸に片手をやった。

「この命に代えても、わたしはあなたに繋ぐ道を作ってみせる……あなたが状態異常スキルを付与するための〝道〟を。わたしたちの――いえ、すべての未来のために」

それは――決意めいて、というより。

覚悟と、見える。

普通ならここで――

〝そんなこと言っちゃだめだ！〟〝命を粗末にしちゃだめだ！〟〝待っている人のことを考えるんだ！〟〝だめだ！　みんな必ず、無事に生きて帰るんだ！〟

みたいに、あとのことを考えた言葉を返すべきだ。それが、正しい。

けれどクロサガの結実した覚悟と、そこへ至るまでの年月を知ってしまったら。

生半可に〝正しい〟ことも、言えなくなってしまう。

俺の考えでは――ここでの〝正しさ〟は、ムニンへの否定でしかない。

さらにはその復讐心《ふくしゅうしん》を今日《こんにち》にまで繋いできた、幾人ものクロサガたちへの。

彼らの積み重ねてきた覚悟を、俺は否定できない。軽いものじゃないからだ。

想像もつかぬほど重いからこそ、命が最優先じゃない。

だから俺も、

「俺も、すべてを賭ける」

つまり――命、すらも。
数日後、俺たちはミラの帝都ルヴァに入った。

「も、申し訳ございません。今しばらく、お待ちください」

帝都ルヴァの正式な入り口は第三区画の東門にある。

壮麗な彫刻の施された巨大な白亜の大門。

上から包み込むような高いアーチがその威容を見せつけている。

俺たちの姿を認めると、複数人の門兵が駆け寄ってきた。

特級証を見せると、すぐに問題なしと判断されたようだった。

到着時の動きも決まっているらしく『すぐに城より迎えが来ることになっておりますので、どうかしばらくお待ちをっ』と言われ、門の傍《そば》にある詰め所へと迎え入れられた。

そのまま詰め所の部屋の一つに通される。詰め所のドアは、開け放たれたままだった。

椅子に座り待機していると、詰め所内の兵士たちの声が聞こえてくる。

「あれが噂《うわさ》の……」「ああ、蝿王《はえおう》ノ戦団と蝿王ベルゼギア……」「例の、元アシントの……五竜士《ごりゅうし》や側近級を、呪術で殺したという……」

ちなみに聞こえてくるのは部屋の外から。こちらをそこから遠目にチラ見している兵士たちの声である。俺たちの傍にいる兵は立場を弁《わきま》えてか、必要なこと以外口を開く気配がない。が、遠目に見ている兵たちの声は届く。

「し、しかしあれがセラス・アシュレインか……実物を見たの、初めてだ……」「出回ってる手配書とか、肖像画の写しなんかと比べものにならないな……実物の方が上とは……」

セラスが蠅王ノ戦団の一員なのは今や周知の事実。

それは魔防《まぼう》の白城《はくじょう》の一戦で大陸中に知れ渡った。そのセラスの容貌も手配書や肖像画の写しなんかで各国に知れ渡っている。道中はともかく、帝都まで来れば顔を隠す必要性は薄い。

さらにセラスの存在は、ここにいる蠅王ノ戦団が本物であるという証明にもなる。

「ただ、もう一人の銀髪の女も……美しいな」「か、身体《からだ》の方は……おれは、セラス・アシュレインより好みかもしれん……」「おお、銀髪の方がこっちに笑顔で会釈をしてくれたぞ……！」「……本気で、好きかもしれん」

ムニンも素顔を晒《さら》している。

今のところは、黒い翼さえ収納しておけば禁字族《きんじぞく》と結びつきはしまい。

調印式に出る以上、ずっと顔を隠しておくわけにもいかないしな。

なら、素顔を覚えてもらって顔パスの機会を作っておく方がいい。

「そんな雰囲気のある美女を二人も傍において……何者なんだろうな、あの蝿王ベルゼギアって男は……」「アシント自体、謎の多い集団だったらしいからな……」

というわけで、仮面をつけ素顔を隠しているのは俺のみ。

蝿王装も俺だけで、セラスとムニンも今は蝿騎士装ではない。

「し、しかし我がミラと手を結んでくれたのは心強いな……」「ああ……やはりこの戦い、陛下のおっしゃるように天界のご加護があるのかもしれん」

狂美帝《きょうびてい》が蝿王ノ戦団と手を組んだ情報は出回ってる、か。

あえて狂美帝が流させてる、って線も考えられるが。

と、足音が近づいてきた。現れたのは、

「お待たせいたしました、皆さま」

交渉の場にいた、あの丸眼鏡の補佐官。確か名は――

「改めまして、ルハイト様の筆頭補佐官を務めておりますホーク・ランディングでございます」

ホークが姿を現したのに合わせ、俺はすでに立ち上がっていた。

「お久しぶりにございます、ホーク殿」

「お待ちしておりました、戦団長ベルゼギア様……その副長、セラス・アシュレ――」

ホークの言葉が、途切れた。

フリーズしたようにセラスを凝視している。

それから、じわりと染み渡るように、彼の顔に赤みが増していく。

ややあってホークはわずかにズレた眼鏡の位置を直し、

「し、失礼いたしました……前に交渉の場でお会いしてはいますが、本物のご尊顔を拝見したのは……ほ、本日が初めてだったもので……」

そういやセラスは、この前の交渉の場で素顔は晒してなかったか。あの時マスクをつけさせたのは、下手にセラスに注目がいくと交渉の邪魔になると考えたからだったが。

「ふふ、わかります。セラスさんを初めて目にした時は……わたしだってそんな風に、しばらく衝撃を引きずっていましたから。お気持ちは、とてもよくわかります」

フォローするように言ったのは、ムニン。

ホークは控えめな感謝の照れ笑いを浮かべてから、顔を引き締めた。

「そして……最果ての国の外交官であられる、ムニン様。ようこそミラの帝都ルヴァへお越しくださいました。皆さまを、心より歓迎いたします」

ホークは挨拶もそこそこに懐中時計を確認し、

「では早速、城へご案内いたします」

やや急《せ》かすように、部屋の出入り口を手で示した。

「外に馬車を用意しております。そちらにお乗りください」

促され、詰め所から出る。

停《と》まっていた馬車は大きく立派なものだった。豪奢《ごうしゃ》で清潔そうな白い馬車である。

各所に銀細工があしらわれ、車輪すらもどこか高級感があった。

引く馬の毛並みも白く、手綱一つとっても上品な感じだ。

と、詰め所の脇の簡易厩舎《きゅうしゃ》からセラスがスレイを連れてきた。

「私は馬車に同乗せず、スレイ殿に乗って城までまいろうかと思うのですが……よろしいでしょうか？」

ホークが馬車に視線をやってから、やんわり答えた。

「いえ……城までの道中、あなたですと必要以上に人目を引きかねません。あまり目立つのもいかがかと思いますので……そちらの馬は、兵に城まで届けさせましょう」

いや、と俺は断った。

まずスレイには第二形態のまま馬車についてくるよう言う。

そして〝この馬は問題なくついてくる〟とホークに念押しした。

ホークは馬車とスレイへ視線を交互に素早くやったのち「かしこまりました」と、素直に受け入れた。俺たちは、馬車の方へ足を向ける。

ホークもせかせかと小走りに馬車の方へ向かった。

彼は先に馬車の傍らに位置取ったあと、ドアの取っ手に手をかけ、俺たちを待っていた。

「………………」

「ベルゼギア様？　あの……いかがされましたか？」

「いえ、とても立派な馬車だと思いまして」

「我が国にとって、あなたがたは大事な客人です。このくらいの馬車を用意するのは、当然でございます」

俺は礼を述べた。上品に微笑《ほほえ》み返したホークが、ドアを開ける。

「ようこそ、帝都ルヴァへ」

そうして馬車の内部へ目をやると、片側の座席に、軽く姿勢を崩し腰をおろしている男がいた。

「──再会を嬉《うれ》しく思うぞ、蠅王」

狂美帝だった。俺はできる限り姿勢を整え、かしこまるように一礼する。

「このような形で、陛下直々にお出迎えくださるとは……予想外のことに驚きこそしておりますが……それ以上に、光栄に存じます」

「後ろの二人の反応と比べると……そちは余がこの馬車に乗っているのを、予想していたようにも思えるがな」

狂美帝はそう言って、少し嬉しそうに頬を緩めた。

「まあ、余がここにいる理由もちゃんとある。移動中の馬車内は聞き耳を立てられにくいのでな。内密な話をしたい時には、重宝する」

馬車は外見だけでなく、内装も上質な感じだった。

まあ当然か。何せ、皇帝の乗る馬車なのだ。

窓は厚い絹のカーテンで覆われている。

風景は楽しめないが、皇帝がお忍びで乗っているのだ。仕方あるまい。

座席は広い。俺の座る側の両脇に、セラスとムニンが座れるほどには。

対面席の中心には、狂美帝が座している。

ホークは狂美帝に命じられ、その右に姿勢よく腰をおろしている。

乗り込んだ直後はとてつもない緊張感が漂っていた。

特に、完全に虚をつかれたらしいセラスとムニンは動揺していた。

迎えの馬車内にまさか皇帝が乗っているとは、夢にも思ってなかったのだろう。

ただ、俺は狂美帝の指摘通り乗り込む前にかすかな違和感を覚えていた。

まず、抑えてはいたものの——ホークは妙にせかせかしていた。

早く馬車に戻らねば、みたいな感じがあった。

外に出てからもしきりと視線で馬車を確認していた。

そりゃそうだ。俺たちより遥《はる》かに気を遣うべき相手が、乗っているのだから。

「蠅王よ、道中はどうであった？」

「特級証の力はすごいものですね。おかげで、驚くほど滞りなくこの帝都に辿《たど》り着くことができました。通過する際の待遇も、実に手厚くしていただけて……」

「素直に関所を通ってくれたようで、何よりだ」

何より、か。

俺が帝都へ続く街道の関所を通ったのは〝あえて〟である。

向こうが特級証を渡したのは親切心だけじゃない、と深読みしていたからだ。

特級証は稀少《きしょう》で持つ者が限られる。なら、提示する者も数が限られる。

で、提示した者の情報はすぐさま帝都へ送られる――多分、軍魔鳩《ぐんまきゅう》なんかで。

向こうは領内での俺たちの動きを把握したかったのだ。

関所を避けて通るのも今の俺たちなら可能だったが、関所を避けての移動はそれはそれで不信感を抱かせかねない。つまり俺は〝ミラ側を信用している〟と示すために、あえて関所を通っての移動を決めたのである。

つまらない駆け引きかもしれないが、こういう地道な積み重ねが活《い》きることもある。

俺は素直に特級証の力を賞賛し、また、感謝する姿勢を見せつつ話題を転じた。

「ところで、ウルザとの戦いの情勢はいかがですか？」

道中、その戦いの話はいくらか耳に入ってきた。しかし今、目の前にいるのは戦争を起こした皇帝本人。比べものにならない情報を持っているはずだ。

「そちは、ウルザのゾルド砦《とりで》陥落のことは？」

「聞き及んでおります」

その砦についてはセラスからも説明を受けた。ウルザにとって重要な砦の一つらしい。

「ゾルド砦を落としたあとも、我が軍はじわじわと前線を押し広げている。ポラリー公爵率いるアライオンの援軍が到着してからは、わずかに進軍速度が落ちてはいるが」

ポラリー公爵。あの魔防の白城の戦いに参戦してた貴族か。

「とはいえ、我が軍がポラリー公を打ち破るのも時間の問題であろう。これは、そちたちと最果ての国があのアライオン十三騎兵隊を壊滅状態に追い込んでくれたのが大きい。こうなると……やはり警戒すべきは、異界の勇者が出てくることであろうな」

狂美帝はそこで反応をうかがうようにして、

「ところで……一時的とはいえ、ポラリー公は先の戦いでそちたちとも共闘した仲と聞く。思うところがあっても仕方あるまい。ただ……アライオンと敵対する側についた以上、ぐっと飲み込んでもらう感情も出てくる。たとえば今後、かつてそちたちと戦場を共にしたバクオス帝国、引いては――」

ゆったりと、しかし鋭く、セラスへ視線を転ずる狂美帝。

「敵として、ネーア聖国が出てくることも想定せねばならない」

こちらの覚悟を、確認したいわけか。

揃《そろ》えた膝の上に手を重ね、細い睫毛《まつげ》を伏せるセラス。

「それは、覚悟の上にございます。ですが——」

「案ずるな。ミラ東部における戦いの一切は、我がミラ軍と、最果ての国の軍勢で押さえ込むつもりでいる」

セラスは黙り込んだまま、動かない。

もう未練はないと言ってはいたものの、複雑な感情が渦巻いているのは手に取るようにわかる。間接的にとはいえ、ネーアの姫さまと敵対するかもしれないのだ。

ムニンの視線が俺を通り越し、セラスへ置かれていた。

セラスを覗《のぞ》き込むように、気遣わしげにしている。

俺はやや上体を前へ倒し、正面の狂美帝に言う。

「ワタシとしては、ネーア聖国は貴国と組むに値する相手であると考えます」

弾《はじ》かれたようにセラスが顔を上げる。

狂美帝が片足を組み、ふっ、と女狐《めぎつね》のような笑みを浮かべた。

「それだ」

そこでちょっとカーテンをずらし窓の外を見たホークが、

「いかがいたしましょう、陛下？」

「しばしこの者たちとの会話に興じる。いつもの経路を、しばらく流せ」

ホークが背後の壁の小さな蓋を開き、鈴を三回鳴らした。

すると、馬車が進行方向を変えたのがわかった。ルートを変更したのだろう。

狂美帝《きょうびてい》が、話を継続する。

「余はネーアのカトレア・シュトラミウスを買っている。非礼を承知で言うが、とてもあのオルトラ王から生まれたとは思えぬ。反女神側についた方が得だと思わせられれば、あの賢明な姫君ならこちらの陣営になびくはず……余は、そう考えている」

「しかし……国の地理を考えれば、今ネーアが表立って反女神を標榜《ひょうぼう》するのは難しいかと」

「で、あろうな。だが――」

「水面下で話を通しておけば……潮目が変わった際、すぐさま反女神の旗を立ててもらえる――と？」

俺が言うと、狂美帝は満足げに目もとを緩めた。

「そうだ。そちは地理が問題と言ったが……逆に言えば、ネーアはウルザの背後をつける位置にあるとも言える。戦略的な価値が、ある」

何より、と再度セラスを見やる狂美帝。

「セラス殿もかつて仕えた姫君や、かつて率いていた聖騎士団との敵対は本意ではあるまい。余も、蠅王《はえおう》ノ戦団の腹心にそのような気兼ねがあるのは、今後を考えてもよくないと考えている」

今のは気遣いに溢《あふ》れた言葉にも聞こえる。

が、視点によっては少し意味合いが変わってくる。

だからネーアの姫さまを引き込むのに協力してほしい――とも、取れるわけで。

……使えるもんはとことん使ってやろうってタイプだな、この皇帝。

ネーアの話題を出した時点で、この流れを作る予定だったに違いない。

「まあ、その件はまだ仮定の話として頭の隅に置いていてくれればよい。ネーアが参戦する気配ありという報告も、まだ上がってはきていないのでな」

「では、バクオスについては……陛下はいかがお考えですか？」

俺が問うと狂美帝は一つ、ふむ、と唸《うな》った。

「あの皇帝は……読めぬな。ただ、あれは版図を広げたがっている。こちらに味方し勝利したあかつきにはウルザ東部やアライオンの土地をいくらか譲る……そう約束すれば、戦況によってはなびくやもしれぬ。ただ、五竜士《ごりゅうし》と黒竜騎士団の大半を失った今のバクオスは、今や大きな脅威とは言えぬ。余は、そう見ている」

「マグナルはどうです？」

「あそこは、白狼《はくろう》騎士団次第であろうな」

「現在、王が行方不明なのでしたね？」

「世間では死んだとも言われているようだな。余は、白狼王《はくろうおう》はそう簡単に死ぬ男ではないと思っているが……しかし仮に死んでいると考えた場合、次の王座は実弟である白狼騎士団長〝黒狼《こくろう》〟ソギュード・シグムスが継ぐこととなろう」

「そのマグナルは、アライオン寄りの国なのでしょうか？」

セラスからは、そう聞いているが。

「ソギュードの方も、女神とはそれなりに懇意にしているようだ。マグナルは地理的に、根源なる邪悪との戦いにおいていつも最前線を受け持つ。それゆえか、アライオンからの支援は手厚い。そういう点でも、アライオンとの結びつきは強いと言えるであろう」

「では、ヨナトはいかがです？」

「あの国もアライオン寄りであろうな。決してアライオンに好意的とは言い難い国だが、ヨナトはそれ以上に我が国との関係が良好ではない。ただし先の大魔《たいま》帝《てい》軍との戦いでの消耗が尋常でないのは、周知の通り。主力の殲滅聖勢《せんめつせいせい》の立て直しには、時間がかかる」

狂美帝は前髪を指で巻きつつ、続ける。

「さらに秘蔵の戦闘兵器であった聖騎《せいき》兵《へい》は破損し、唯一の騎手である聖女も重傷とのこと。ゆえに当面、大した脅威とはなるまい。同じ意味で、ヨナトの四《し》恭聖《きょうせい》やウルザの竜殺《ドラゴンスレイヤー》しが脱落したのは我が国にとって幸運であった。ただ……」

狂美帝の面に惜しみの色が差す。

「叶《かな》うなら、四恭聖と竜殺しは余の陣営にほしかった。水面下で誘いはかけていたのだが……あれらは実力、人格ともに申し分なかった。特に竜殺しなどは、魔戦王《ませんおう》にはすぎたる男だ」

そういや十河《そごう》もその男にはかなり感謝していたな。魔防《まぼう》の白城《はくじょう》における竜殺しの経緯《いきさつ》は俺も聞いている。いつもそうだ、と俺は思った。

そういうまともなヤツほど身を粉にし、脱落していく。

「つまり異界の勇者を除けば、残る警戒戦力は……黒狼騎士団と、ヴィシスの徒といったところであろうな」

ヴィシスの徒。

そこにはニャキの〝ねぇニャ〟――ニャンタン・キキーパットがいる。

「――いや、もう一つ」

思い出したように、あごへ手をやる狂美帝。

「剣虎団《けんこだん》がいたな……あれらも一応、実力的には申し分ない者たちか」

……のちにそこそこ有名な連中だと知ったが。

ここで狂美帝から名が出るほどのヤツらだったか。

初めて会ったのはミルズ遺跡。その時、俺のことを気遣ってくれた連中でもある。

常識的というか、大分まともそうな集まりに見えた。

ただ――言うほど、戦士としての凄《すご》みは感じなかった。

今まで出会ってきた強敵と比べれば明白だ。シビトどころか、勇《ゆう》の剣《けん》やジョンドゥを凌《しの》ぐ脅威とは思えない。もちろん、あの頃より強くなっているケースもありうるが……

「あれらは自前の拠点を持つ傭兵団《ようへいだん》でな。特に集団戦闘に秀でている。あれもヴィシスとは懇意にしていたはずだ。参戦するなら、敵側であろうな」

敵側、か。

にしても……各国の動向はこれまでもちょくちょく更新してきたが、国のトップから直接話を聞ける機会はやはり貴重だ。

皇帝となると視点や洞察も違ってくる。ここで更新しておく価値はあるだろう。

「各国の状況や、有力な戦力がどちらにつきそうかの傾向は理解しました。それで……失礼ながら陛下の――ミラの戦力は、アライオン側に対抗するだけの力がおありなのでしょうか？」

狂美帝は特に気分を害した様子はなく、

「我が軍は主力の輝煌戦団《きこうせんだん》にとどまらず、かなりの兵が練度の面で他国を凌いでいる。そのように自負している。統率力のヨナトや実戦経験の豊富なマグナルの軍にも引けはとらぬはずだ。ただ……敵側も愚王揃いとはいかぬゆえ、油断はできぬがな」

狂美帝はそこからセラスを一瞥《いちべつ》し、

「たとえば……ネーアの姫君がこちらの陣営に来るだけで、大分楽にはなるが」

ここで応じるのは、俺の役目。

「その件はのちほど、ワタシがセラスと話し合ってみましょう。ただ……もし我が戦団が陛下の側についたと知られているなら、カトレア姫との接触それ自体が危険と言えます。それはもちろん、カトレア姫にとっても」

「確かにな……あのヴィシスがそれを放っておくとも思えぬ。まあ、その件について急《せ》かすつもりはない。ゆっくり考えてくれればよい」

「……、──対神聖連合戦《しんせいれんごう》、勝てますか？」

唐突に俺の口から出た、その問いに──

「勝算はある」

狂美帝は、即答した。

「不安要素をあえて挙げるなら……再三言うように、異界の勇者であろうな」

「大魔帝は、不安要素とはなりませんか？」

「それを打ち倒すであろう者が異界の勇者だからな」

「すべては異界の勇者の動向次第、と。それを除けば……先に陛下が述べた通り、ミラ優位と分析しておられるのですね？」

「マグナルの〝黒狼〟やカトレア・シュトラミウスが敵に回ったとしても、な。確かに楽には勝たせてはくれぬ二人だろう。しかし両者共に、率いることの可能な精鋭戦力がミラと比べあまりに少ない」

「つまり――異界の勇者以外の不安要素は、今や取り除かれている」

五竜士、四恭聖、竜殺し、聖女、大魔帝軍の側近級トップ3、ヨナトの聖騎兵、勇の剣、アライオン十三騎兵隊、そしてジョンドゥ――すでにかなりの役者が、脱落している。

こうなると……案外、ミラはアライオンまで攻めのぼるかもしれない。

なら、ヴィシスは嫌でもミラの動きに意識を取られる。

特にこの前の最果ての国の一件がある。

禁呪のことがある以上、ヴィシスはミラを絶対にスルーできない。

そこへ大魔帝軍が再侵攻でも起こせば、事態はさらに混沌《こんとん》と化す。

狂美帝の対アライオン戦が激しくなるほど、女神サイドの勢力を追い詰めるほど……

それが、俺が女神へ近づくための目くらましとなる。隠《かく》れ蓑《みの》として、利用できる。

先ほどのネーアの件。

狂美帝もこちらを利用しようとしている。

ならばこちらも、そちらを大いに利用させてもらおう。

ド派手に暴れてもらい――存分に、女神の気を引いてもらうとしようか。

「それで……陛下は勇者を説得し、こちらへ引き込む方針なのですね？」

「実は——すでに余の手の者が、アライオンのとあるS級勇者と何度か裏で接触している」

これには、俺もそれなりの驚きを覚えた。

接触を図ろうとするとは思っていたが……すでに、成功していたのか。

「この話は、特に内密に願いたい」

「承知しました。しかし、すでに接触に成功していたとは……」

「大魔帝軍の大侵攻の予兆が出始めた頃から、アライオンの王都へ間者を潜り込ませるのがそれなりに可能になってきたのだ。大魔帝が本格的に動き出したことで、女神も足もとを見ている余裕がなくなってきたらしい」

大魔帝は女神の天敵と聞く。なら、最優先で意識を向けるのも当然か。

しかし——S級勇者か。

「ワタシが面識を持つのは、S級勇者ですとアヤカ・ソゴウという女勇者ですが……接触しているのは、その者ですか？」

「その者の名は——ヒジリ・タカオという」

高雄《たかお》姉か。

「今のところ、手応えはありそうだ。どうもそのヒジリというS級勇者も、あまり女神を信用できていないらしい。向こうからの返事が色よくなってきたのは〝女神に頼らず元の世界へ戻る方法がある〟と伝えてからだな。今、ヒジリからは〝S級勇者のアヤカ・ソゴウにも機を見つつ話してみる〟と、間者を通して連絡を受けたところだ。次の報告は、まだ届いておらぬが……」

十河も引き込もうとしてるのか。

やれる、かもしれない。

高雄聖《ひじり》なら。上手《うま》く——やるかもしれない。

「報告を聞く限りヒジリは賢い人間に思える。また、A級の妹も姉である自分についてくるだろうとのことだ。ただ……余もまだ完全にヒジリ・タカオを信用できているわけではない。アサギ・イクサバと違い、直接会っていないのでな。S級勇者を抱き込もうとして逆にこちらが女神に踊らされるのだけは、避けねばならぬ」

「その話しぶりですと……陛下がアサギ・イクサバたちを味方に引き込んでいる件は、まだ伝えていないのですね？」

「直接会えなければ証拠を提示しようがないのでな。説得するにしても、直接会える場を作るまでそれを明かすわけにはいかぬ」

……裏では、そんな動きがあったのか。

もし十河が敵とならず高雄姉妹と共にこちら側につくのなら。

女神討伐における懸念材料は、一気に減る。特に十河の懸念が消えるのはでかい。

高雄姉次第では、クラスメイト連中の方は案外綺麗《きれい》におさまるかもしれない。

「つまり勇者さえどうにかできるなら……この戦い、残る不安要素は女神だけとなるのですね？」

「その通りだが、あの女神についてはわかっていないことも多い。ゆえに、仕留めるなら確実にやらねばならぬ。だから余は、禁呪の秘密を手に入れたいのだ」

ここで初めて、狂美帝《きょうびてい》が視線を明確にムニンへ置いた。

ムニンは姿勢よく、適度な緊張感を持ちつつも、ふんわり座っている。

「そこで例の封印されたお部屋、ですね？」

深刻になりすぎない調子で、ムニンが柔和に問う。

「うむ。伝え聞くところでは、禁呪の中には神族の防御機能を奪うものがあるという」

おそらく俺の持つ〝無効化の禁呪〟のことだろう。

「封印部屋にその禁呪の呪文書があれば、アサギ・イクサバの奥の手の確実性を高められる。余は、そう考えている」

戦場浅葱《いくさばあさぎ》の奥の手――固有スキル、か。

……そっちも、探りを入れる頃合いかもな。

「奥の手、ですか……陛下は交渉時〝あれも神をも引きずり降ろす力だ〟といったことをおっしゃっていましたが……」

「そうだ。あの者の持つ奥の手はある意味――神をも、殺す」

それほどか。たとえば、状態異常系統でなければ……

あの忌々しい【女神の解呪《ディスペルバブル》】にも、問題なく効果を及ぼせる？

なら、禁呪がなくとも浅葱は固有スキルを女神に決められることになる。

が、狂美帝はやはりその詳細な効果まで明かす気はなさそうだ。空気でわかる。

「しかし……驚きました。まさか異界の勇者である者が、女神を裏切るとは」

「アサギは女神よりは余の方が元の世界に戻れる確率が高いと踏んでいるそうだ。本人から、そう聞いた」

まあ、狂美帝がクソ女神より信用できそうなのは同意だ。

……戦場浅葱。

やはりあいつは、どことなく俺に似てる気がしなくもない。

本来の自分とは違うキャラを、演じている感じがあって。

しかしきっと――あいつは、それだけじゃない。

ただ気の赴くままに見えて、実はすべて計算し尽くしているような感じもある。

常に曖昧な印象で、本意がどこにあるのかわかりにくい。感情も、読み取りづらい。

前からぼんやり、感じていたのかもしれない。

異世界に来て——この前、再会して。
戦場浅葱に以前から覚えていた、ある種の違和感。
普通に見えて、普通じゃない。
内心、ため息をつく。
狂美帝に、戦場浅葱。
この国にいる間はこれまで以上に、気が抜けないかもな……。
このあとは、俺の使う呪術について尋ねられた。
俺は、勇者の固有スキルとバレぬよう前から用意していた説明をした。
嘘《うそ》ではないが、隠すべきところはごまかす——いつものやり方。
他にはピギ丸の存在を明かしたりもした（狂美帝も気になっていたらしい）。
そのあとは、ミラ周りのことについて狂美帝からいくつか話を聞いた。
これから城についたあとの話も、この馬車内でホークから説明を受けた。
そうして正午をすぎた頃——馬車は、ようやく城の門を潜《くぐ》った。

車停《くるまど》めのロータリーを思わせる広場まで来て、馬車は停止した。
出迎えの者がぞろぞろと城の扉から出てくる。

まずはホークが下車し、次に狂美帝。続いて俺が降りる。

ここでやることは主に三つ。

〝ムニンの調印式〟

〝リストアップした大宝物庫の品を譲り受ける〟

〝禁呪の秘密が眠ると言われる封印部屋――その封印を、解く〟

ついてきていたスレイが、甘えるようにすり寄ってくる。

ずっと馬車についてきていたが、ちょっと不安だったらしい。

スレイを撫《な》でてやりつつ俺は視線を転じる。

馬車でのぼってきた、なだらかな石畳の坂。

今いるその坂の上からは、俺たちのいた詰め所がある帝都の東側が見渡せた。

帝都の中央には豪壮かつ絢爛《けんらん》な城がそびえ建っている。

上空から見ると、この城は三重の防壁で囲まれる形になっている。

外側から第三壁《へき》、第二壁、第一壁と中心へ向かっていき、帝都の中央に白亜の城が鎮座する。

元いた俺の世界で言うと外側から三、二、一の郭《くるわ》――そして、本丸って感じか。

城は全体的に白ベースだが、何もかも白一色というわけでもない。

たとえば壁の溝に走る金銀のライン。それらがアクセントをつけるようにして、所々で白地を鮮やかに彩っている。……なんか洒落《しゃれ》たデザイナーとかが造った城、って感じだ。

城の周りには環状の城壁、物見の尖塔《せんとう》、矢狭間《やざま》などが見える。

さて、帝都を囲む無骨で堅牢《けんろう》な防壁の内側には、大別して三つの区画がある。

皇帝の居城、その血縁者、位の高い貴族の住まう中央区画。

これが第一壁の内側にある。

その中央区画の外側に広がる区画が、そこそこの地位の貴族や有力な商家——

つまり、中堅の地位を持つ者たちの住む第二区画。

そんな第二区画を守る第二壁の外側が、それ以外の者が住む第三区画となるそうだ。

ただ、壁の外にも農業、畜産、狩猟を生業《なりわい》とする者たちの一部が点在している。

大雑把に分けるとそんな感じらしい。

城壁を見るに帝都の防備は強固そうだ。帝都要塞、といった趣である。

ちなみに城の敷地内に入る頃には『もうよいだろう』と、狂美帝がカーテンを開けさせていた。

なので、今以外にも帝都の様子を眺める機会はあった。

戦時下のはずだが、思ったより空気はピリッとしていなかった。

まあ、イヴと会った頃のウルザの王都辺りと比べたらもちろん緊張感はあるが。

と、長衣を着た文官風の男が「陛下」と、足早に狂美帝へ近づいていくのが見えた。

「急ぎか？」

「……少々、問題が。あ、その……お耳もとを、失礼いたします」

文官風の男は声量を落とし、耳打ちを始めた。

イヴなら聴き取れるかもしれないが、さすがに俺の耳では話の内容まではわからない。

その時だった。別の方向から、おぉ、とさざ波のように感嘆が起こった。

ムニンのあとに降りたセラスに対する反応だった。

あの狂美帝を見慣れてる連中でも、やっぱり初めて生で見るとああなるもんか。

「ふふ。あなたも毎度ながら大変ね、セラスさん」

降車時にセラスの手を取っていたムニンが、くすりと微笑《ほほえ》む。

ほんのり朱を両頬に滲《にじ》ませながら苦笑するセラス。

「私もやはり、我が主《あるじ》のように仮面をつけるべきでしょうか……」

その時、

「失礼ながら、余は急用ができた」

狂美帝が言った。場の注目が、そちらへ集まる。

「ホーク、このあとの蝿王《はえおう》ノ戦団の案内は任せる――すまぬな、ベルゼギア殿」

「いえ、今は戦時下にございます。こちらも、事態の急転は想定しておりますので」

「そう言ってもらえると助かる。ああ――例の件と大宝物庫の品の譲渡には問題ないゆえ、案ずる必要はない」

例の件とは、封印部屋のことだろう。

狂美帝はそのまま家臣と護衛を引き連れ、城内へ消えた。

皇帝の後ろ姿を見送ったホークが、俺たちに向き合う。

「まずは、あなた方にご滞在いただく迎賓館へご案内いたします」

俺たちが連れて行かれたのは、メインの城館の傍《そば》に建てられた館だった。

イメージ的にはちょっと豪華な離れって感じか。

このエリアには、似た館が大小様々いくつか点在していた。

俺たちは館へ案内され、館内の一室に入った。

ここでようやく、ひと息つける空気となった。

「さすがに、贅《ぜい》をつくした感じですね……」

所在なげに長椅子にちょんと座り、きょろきょろと室内を眺めるセラス。

今いる部屋は間取り的に、リビングみたいなもんか。

「ピギー！　ピギ！　ピギ！　ピギー！　ピニュイー！」

ピギ丸がそこかしこを跳ね回っている。

「ポヨンポヨン！　ポヨヨーン！」

広さのせいか豪華さのせいか、やけにテンションが高い。高すぎるだろ。

ホークはここと城内で過ごす際のあれこれを説明し、少し前に辞去した。

なので今、ここには蠅王ノ戦団の面々しかいない。

凝った彫り物が脚に施された長椅子に、俺は腰掛けた。

「つーか、セラスも昔は王宮暮らしだったんだろ？　そのセラスから見ても、そんなそわそわする感じなのか？」

セラスは感触を確かめるように長椅子の羽毛を撫で、

「手のかけ方が、まるで違いますね……素材一つとっても。噂《うわさ》には聞いていましたが、これほどとは……」

「一番いい館を割り当ててもらったのかもな」

荷物を置いたムニンが「はぅん」と、上質な布をはった椅子にしなだれかかった。

「疲れたか、ムニン？」

「翼を隠したままだと、やっぱり普段より疲れるわ……」

かくん、と頭《こうべ》を垂れるムニン。長い銀髪が清流のように、ふぁさ、と流れた。

「ここなら、カーテンを締めておけば出しててもいいんじゃないか？　翼を出してる姿はこの前の交渉でも晒《さら》してるわけだし……俺たちしかいない場所なら、問題ない」

疲れは適度に取っておかなくちゃならない。

「そう？　やった♪　では早速、翼を出しておけるこちらの普段着に――」

「ちょっ――ム、ムニン殿ッ!?」

「あらセラスさん？　何かしら？」

「お着替えになるのでしたら、せ、せめて我が主に見えないところで――が、よろしいかと……ッ！」

「あ、あらやだ♪　そ、そうねっ……わたしったら♪　すっかり、主様に心を許してしまって……はぁー、恥ずかしいっ……」

「…………」

「うぅ……そ、そうよね……何より、ベルゼギアさんだってこんなおばさんの着替えを見せられても……」

「そんなことはないから、さっさと向こうで着替えてきてくれ」

「はーい♪」

着替えを抱えたムニンが隣の部屋へ消える。パタン、と閉まったドアをひと息ついた顔で見つめるセラス。彼女は次いで、フォローするみたいな微笑みを浮かべた。

「ムニン殿は無邪気で茶目っ気があると言いますか……純真な方ですよね……」

「……苦手なタイプだ」

カチャッ
「ちょっと、主様っ!?　もしかして今、わたしの陰口言ってたんじゃないかしら!?　もう！　だとしたらひどいわ！」

　肩の辺りが微妙にはだけたムニンが、ドアから半身を覗《のぞ》かせた。

「……あんた、本気で怒ってるわけじゃないだろ」

「ふふふ、バレてしまっては仕方がない♪　ふふ……すぐに着替えてしまうから、ちょっとだけ待っててね？」

　パタンッ、と再びドアが閉じられる。

　あれはあれで、ほらあれだ……ムードメーカーってヤツだ。

　族長なんてのをずっとやってるからだろう。

　空気が深刻になりすぎないように、俺たちに気を遣って──

「きゃー下がきつくて脱げない！　あ、まずいっ……セラスさん！　お願い、脱がすの手伝って──」

「ム──ムニン殿!?　まだ着替え途中じゃないですか！　わ、私がそちらに行きますから！」

「セラスさん、これって……わたし太ったのかしら!?　もしかしてわたし、下半身が太い!?」

「そ、そんなことを、私に聞かれましてもっ──」

　…………俺たちへの気遣い、だよな？

俺たちはそのあと、館内をざっとチェックし終えた。

特に怪しい様子はない。普通に客を招くための建物のようだ。

「自由に出歩いていい、と言われてたな……」

といっても、入っていけないと言われている場所も当然ある。窓際から俺は外庭を見て、

「中を覗きはしないようだが、さすがに監視はつけてるか」

まあ、あの狂美帝《きょうびてい》だ。俺が監視に気づくのも織り込み済みだろう。

ムニンはソファにもたれ、ぐったりしている。

不慣れな外の世界。

翼の収納による身体的疲労だけじゃなく、精神的にも疲れたのだろう。

当人は気を張って悟られないよう努力していたようだが。

声の調子や会話の反応速度から、疲労は察していた。

ムニンは、少し休ませた方がよさそうだな。

「上のベッドで寝てきてもいいぞ？　そこじゃ疲れも取れないだろ。調印式も今日ってわけじゃないだろうし……」

セラスは今、スレイを連れて裏手の簡易厩舎《きゅうしゃ》を見に行っている。

ムニンが上体を起こした。つられるように、翼がふわりと広がる。

「この椅子、ふわふわで居心地いいから……ふふ、ここでもしっかり休めてるわよ？　お気遣いありがとうね、主様。でもそうね……翼の収納で疲れたのもあるけど……それ以上に、やっぱり外の世界の情報量がすごすぎて、まだ処理が大変……って感じかしら」

監視役が外にいるのを気にしてか〝トーカ〟の名は呼ばぬようにしているようだ。

「俺も、最初は慣れるのに大変だったよ」

「あ、そうよね。あなたも元は――」

ムニンはもう、俺が異界の勇者だと知っている。

「けど、セラスに会えたからな。この世界について、たくさんのことを教えてもらった」

「頼りになる人がいるって、いいことよね」

「俺やセラスも、あんたにとって頼れる人になれてると嬉《うれ》しいが」

「なれてるわよっ……うふふ♪　あなただって、わたしを頼ってくれていいのよ？　もちろん……甘えてくれても、ね？」

ムニンが、なぜ指でハートマークを作っているのかはわからないが。

「そういうあんたは、どうなんだ？」

「ほへ？」

「ほら、あんたは族長だろ？　そういう立場でも、心から弱音を吐ける相手とかは必要だろうし……その、結婚とかはしてないんだよな？」

　ムニンは頬に手をやって、

「そ、そうねぇ……夫や恋人がいれば、わたしも甘える相手ができるのかもだけど……言われてみれば、本気で甘えられる相手っていなかったかもしれないわね。フギなんかは比較的、本音を話せる相手だけど……」

「気軽に聞いていい話題かわからないが……伴侶を見つけるとかは、考えなかったのか？」

「そうね……いずれは、と考えることもあるけど。まあ、それはわたしよりまずフギかしらね。重荷を背負わせて悪いと思うけど……平和な家庭を築いて〝次〟へ繋《つな》ぐ役目は、フギだと考えていたの。次の族長もね。その、わたし……実を言うとね？　いずれは一人で外へ出ることを考えていたのよ。禁呪の呪文書を、探すために。そうなると……いつ死ぬかも知れないでしょ？　だから、相手にも悪いかしらと思って」

　……そこまでの覚悟をもって、族長として生きてきたのか。

　改めて、クロサガの族長としての覚悟に畏れ入った気がした。

「そういう意味だと、今回のお話は本当にありがたかったのよ？」

　今の話を聞くと、俺の申し出をあっさり受けたのも頷《うなず》ける。

「なるほどな。けど……だからこそ、俺やセラスには頼ってくれていい。まあ、その……甘えてくれても、いいっちゃいいが……」

「あら、いいの？」

「けど、年下に甘やかされるってのもどうなんだ？」

ちなみにムニンの実年齢は知らないが、曰《いわ》く、俺やセラスよりは年上だそうだ。

「むぅ……年上だから甘えちゃいけないってのも、どうなのかしら？」

ちょっと拗《す》ねた風に言って、両手を左右の腰にあてて立ち上がるムニン。

「ふふふ、でも主様《あるじ》だって……さっき言ったようにわたしに甘えてくれていいのよ？　いつも気を張っているし、弱いところを普段わたしたちに見せないからこそ……辛《つら》くなったら、いつでも——、……と、あらら？」

ふらっ、とムニンがよろめく。俺は咄嗟《とっさ》に立ち上がり、ムニンの身体《からだ》を受け止めた。

「ピギュィッ」

ムニンを受け止めた際、ローブ内のピギ丸が苦しげに鳴いた。

「あら、わたしたちの間に挟まって——ご、ごめんなさいピギ丸さんっ!?　主様もっ……」

「座るなり寝るなりして、もうちょっと休んでおいた方がよさそうだな」

「の、ようね……ふふ、でも——」

ちょっと嬉しそうな上目遣いで、俺へ視線を送るムニン。

「こうして、弱った時に受け止めてくれる人がいるって……ちょっといいな、って思ったかも」

「……だろ？」

「ビギュィイ……ッ」

「あ——ごめんなさいピギ丸さんっ……は、挟まれて苦しいのよね⁉」

咄嗟に離れるムニン。

「プ、プギュリ～……」

俺とムニンの胸の間に挟まれて強い圧がかかり、苦しかったらしい。

「あら、ら——」

と、ピギ丸を気遣って離れたムニンだったが、やはりふらつきはおさまっておらず。

今回は俺から駆け寄り、身体を支えてやる。

位置的に、今度はピギ丸にも配慮しつつ。

「主様……さ、再三ごめんなさいね？　わたしったら……」

「前から薄々思ってたが……普段はけっこう抜けてるとこあるよな、あんた」

「むー、ひどいわ！」

ぷくぅ、と両頬を膨らませるムニン。

「怒ってるわりには、ずいぶん愛嬌《あいきよう》が出てるが」

「ふふふ、そうよ？　お戯れですもの♪」

「――戻りました、我が主」

ガチャッ

「あ、あらセラスさん――あ、いえ！　こ、これは違うのよ!?　そのっ……これは抱き合ってるんじゃなくて、ふらついたわたしを、主様が支えてくれてるだけで――」

「……そう焦って説明すると、後ろめたいことがあってごまかしてるみたいに聞こえるぞ」

セラスが嘘《うそ》を見抜く能力を持っているのは、幸いだったかもしれない。

「――しかし、ムニン殿は大分お疲れだったのですね……いえ、無理もありません。初めて行く土地などでも初日は疲れるものです。私が嘘を見抜く力を使って、もっと前に休ませるべきか判断しておくべきでした……申し訳ありません」

そのムニンはというと、すぐそこのソファで寝息を立てている。

「いや、多分ここに到着して疲れがドッと出たんだと思うぞ」

自律神経が交感神経から副交感神経に切り替わった、って感じか。

いわゆる、旅行や仕事から家に帰ってくると急にドッと疲れが襲ってくるアレだ。

「まあ……確かにもう少し、俺たちに甘えてくれてもいい気はするけどな」

「道中でもむしろ年長者としてか、私たちに細かな気配りをしてくださっていましたからね。本当に、思いやりのある方なのだと思います」

「他のクロサガから好かれてて、あのフギって子が好いてるのもわかるな……」

「私も、ムニン殿は好きです……だからこそ、もっと距離を縮めたいと思います」

俺はソファに深く腰を沈めた。首を後ろへ倒し、ちょっと疲れた風に額に手をやる。

「ある意味、俺もさっきは距離がすごく縮まったけどな……」

実際、ちょっと疲れた。……悪印象こそないが、ムニンはまだちょっと苦手だ。

「……わ、私も」

「ん？」

「あなたと……今以上に距離を縮められたらと……思い、ます」

肩を張り、両膝に手をやって視線を伏せるセラス。その頬はかすかに上気していた。

「──ああ、俺もだ」

「あ、ありがとうございます……はい……」

それから俺とセラスは、室内に訪れたその心地いい沈黙にしばらく身を任せていた。

◇【セラス・アシュレイン】◇

目を覚ましたムニンを、セラスは湯浴《ゆあ》みに誘ってみた。

トーカを一人にして少し休ませてあげたい、という意図もあった。

「そうね、いきましょうか♪」

どうやらムニンも意図を察してくれたらしく、承諾してくれた。

先ほど館内の確認をした際、湯の用意はしておいた。

浴場には特殊な魔導具が置いてあり、魔素を流し込むとじんわり浴槽内の水が温まっていく仕組みのようだ。魔素の注入は、館内を見て回った時にトーカにお願いした。

広い脱衣場で服を脱ぎ、二人で浴場に入る。

身体の前面を布で隠しながら、セラスは純粋に感嘆を漏らした。

「これは……」

やはり広い。

ネーア時代の頃の浴場と遜色がない――あるいはそれ以上に格調高い造りである。

清潔さはセラスが知る中でも随一で、掃除も行き届いている。

香料入りの洗体液や、湯に浮かべるとおぼしき柑橘《かんきつ》類や花びらの入った瓶詰めまである。

「やっぱり、綺麗《きれい》ねぇ……」

背後のムニンが言った。

「ええ……見ているだけで、惚《ほ》れ惚《ぼ》れしてしまいそうです」

「いえ、セラスさんの後ろ姿がよ？」

「え？　わ、私のですかっ？」

「こうして見ると、ほんと無駄のない整った体形……羨ましいわ」

「そ、それを言いましたらムニン殿こそ……肌も白雪のようで、実に均整の取れた身体つきをしていますし……」

「わたしがセラスさんに勝ってると言えば、これの大きさくらいかしら……」

ムニンが両手で自分の左右の胸を持ち上げる。

どう反応したものか照れまじりに言葉を探すセラス。

「けどほら、あなたならわかってくれると思うけど……正直、胸っておっきくて得なことってないのよねぇ。褒めてくれる男の人はいるし、おっきなお胸が好きな男の人が多いのもわかるんだけど……そこを褒められたり好きと言われても……わたしとしては、肩が凝るし、衣類が大きさの関係でぐぬぬと合わなかったりするし……」

「……わかります」

カトレアは『それも男が持たぬ女の武器の一つなのですわ。前向きにお考えなさい』と言っていたが……正直、ムニンの意見の方が共感できてしまう。

「この前もほら、道中でセラスさんに近接戦の特訓をしてもらったでしょう？　わたしも以前から戦闘技術はそれなりに磨いているのだけど……時々、これがなかったらなぁって思うもの。思わない？」

むにむに、と唇を尖《とが》らせながら自分の胸を触るムニン。

セラスはちょっとしみじみと、

「はい、それもわかります……おっしゃるように、これがなければもっと回避が簡単になると思うことはあります……弓を引く時も、姿勢が限定されますし」

「きゃーうれしいっ！　理解者がいてくれてっ」

ムニンが急接近してきて、両手でセラスの左右の手を取った。

ぴょんっ、と跳ねるムニン。

セラスより年上なので失礼かも知れないが――こういうはしゃいでいる姿を、なんだか可愛《かわい》らしいと感じる。そう、ムニンは可愛らしい女性なのである。

ただ、この勢いに戸惑うこともあって――

「ム、ムニン殿っ……床が磨かれているのと、す、水滴で滑りやすくなっていて――」

「きゃぁーっ」

つるん、とムニンが足を滑らせた。

セラスは、彼女を受け止めようと――

「しまっ――」

自身も、かかとを滑らせ転んでしまった。

バサァッという音のあと――水音だけが静かに鳴る時間があって。

「……ご、ごめんなさい。大丈夫、セラスさん……？」

「あ……大丈夫です。ムニン殿こそ、お怪我《けが》はありませんか？　それと――」

下になっているのは、ムニンだった。

セラスがムニンの上に覆い被《かぶ》さり、互いの身体が密着する体勢になっている。

転んだ際、ムニンは収納していた翼を咄嗟に広げた。そして自分が下になるよう動き、背中から床に倒れ込んだ際の緩衝材として、その翼を利用したのである。

「お気遣い、ありがとうございます……ムニン殿」

「わたしが悪いんだから、いいのよ。それにしても……こうして密着してると、セラスさんの肌ってほんと滑らかで、スベスベで……ふふふ、しばらくこのままでいたいくらい」

苦笑いするセラス。

「お、お褒めにあずかり光栄です……」

それから二人は身体を洗ったあと、並んで湯船に身を浸した。

久々の湯浴みに幸福感を覚える。しかし交わされる会話の方は、次第に真面目な内容へと移っていく。今、会話は近接戦闘の特訓へと移行していた。

「わたしの難点って、やっぱり体力面よねぇ……」

「そうですね……先ほどの反応もですが、瞬発力については素晴らしい才をお持ちだと思います。しかし、長時間動き続けるのは今の体力だと難しいかもしれませんね……」

激しい動きを連続させると、ムニンは早々に息が上がる。

道中で行った近接戦の特訓時も、手と膝を地面につき——

『ぜぇっ……ぜぇっ！　ちょ、ちょっと休憩させてもらって……いいかしらっ？　はぁっ、はぁっ！　けほっ、けほっ！　こ、これが外の世界なのねっ……』

最後のひと言は微妙に的がずれている気もしたが、やはり厳しそうな感じだった。

「戦闘技術はそれなりに磨いていたつもりだったんだけど……体力作りは思った以上にできてなかったのねぇ……反省だわ。わたし、もう年なのかしら？」

「そんな風には、見えませんが……」

「あら、そう？」

一転、上機嫌になるムニン。だが次の瞬間、彼女は申し訳なさそうに苦笑した。

「あ、セラスさん……これもあれも、あとで全部わたしがちゃんと綺麗にしておくから……気にしないでくださいね？」

ムニンが指先で摘《つ》まんだのは、水面に浮かんでいた一枚の黒い羽根。

見れば、湯殿内には水を吸った黒い羽根が何枚か散らばっている。

「いえ、その際は私もお手伝いします。どうか、お気になさらず」

先ほど、転んだセラスを守るために出してくれた翼。

せっかくなのでその翼も出したままでいいのでは、とセラスは提案した。

翼も洗いたいはずだと思ったからだ。しかし、ムニンはこうして羽根が散らばるのを気にしていたようだ。だから最初、翼を収納して浴場に入ってきたのだろう。

実はセラスも脱衣場の時点で収納について言及すべきか、悩んでいた。

と、感傷に浸るように指先の羽根を左右に回転させるムニンが、ぽつりと呟《つぶや》いた。

「……この黒い翼って。外の世界の人から見たら、どうなのかしらね？　口伝で残ってる話だとね……深い闇みたいな色で怖い、って外の世界で言われたことがあったらしくて。人はほら、夜を……闇を恐れるから」

「私は、ムニン殿の翼の色は好きですよ？　落ち着いて、上品な感じがしますから」

「そ、そう？　そうかしら……ふふふ、照れるわね♪」

「トーカ殿も同じはずです。以前、あの方はおっしゃっていました。自分にとって闇は仲間でしかない、と……むしろ闇の方が自分は安心する、とも」

「……ふふふ。本当に……嫌いになる要素のない人ね、トーカさんって……ふぅ……」

休むように目を閉じたムニンに、それはあなたもですよ、とセラスは心の中で思った。

◇【三森灯河】◇

「少し、その辺を散策してくる。二人は疲れてるだろうから、休んでおけ」

ムニンはもうちょっと休ませておきたい。

が、クロサガである彼女を一人にもできない。

「承知いたしました。では、私はムニン殿とここでお待ちしております」

護衛として残ってほしいという意図を、セラスはすぐ察してくれたようだ。

「頼む」

「はい、どうかお気をつけて」

どのみち動き回るにも、俺一人の方が動きやすい。

三人でぞろぞろ行っても悪目立ちするだけだろうしな。

セラスの真偽判定は欲しい気もするが……ここはムニン優先だろう。

館を出た俺は、花壇と植え込みの横を通り抜け、そのまま石畳を進む。

迎賓館のエリアを出てから、右手へ折れた。

その先にあった小さな庭を抜けて、渡り廊下に足を踏み入れる。

廊下の先には扉があって、衛兵が二人立っていた。

兵たちはいささかの緊張をもって、

「蝿王《はえおう》ベルゼギア様、でございますね？　何かご用でしょうか？」

「城内を見学したいと思いまして。陛下の許可はいただいておりますが」

「ええ、あなたが来られた時にはお通しするよう言われております――どうぞ」

兵が扉を開き、俺はすんなり城内へ足を踏み入れることができた。

絨毯《じゆうたん》の敷かれた長い廊下。床はこれ……大理石か？

掃除の行き届いた大きなガラス窓。窓枠一つとっても上質な素材が使われていそうだ。

外はまだ明るいからか、等間隔で壁に配された掛け燭台《しよくだい》に火は灯《とも》っていない。

廊下の壁に一度背を預け、懐から城内の見取り図を出す。

ホークから渡されたものだ。入ってもいいエリアが色分けされている。

ま、この城内の見取り図は〝客用〟だろう。

そんな見取り図に、城内のすべてが素直に記述されているわけはない。

「………………」

監視は三人。

気配を消すのが上手《うま》いのが一人いるが、イヴほどじゃない。

俺は気づいた素振りを見せず、廊下を進む。

開けた場所に出た。

天井の高い広い空間。

象牙色の手すりの階段があって、上へと続いている。

二階までは、吹き抜けになっていた。

「おり?」

で、階段をのぼった先——二階部分。

ちょうど階段を下りようとしていたらしき人物が、俺に気づいた。

「誰かと思えば。その悪堕《あくお》ちヒーローみたいなお姿は、蝿王ちん」

「ああ、あなたは確か……」

俺はその方向を見上げたまま、彼女の名を口にした。

「アサギ・イクサバ殿」

4．白き軍勢と、闇なる黒き蝿

「あっちに小さめな第三食堂ってのがあって、雑談すんのに向いてますよ。アタシたちも元の世界の学食に雰囲気似てて居心地いいんで、よく使うんすけど……一部の城の人からは煙たがられてるなりー。まーアタシらで占拠気味になる時もあるんで、仕方ない」

先ほど遭遇したのち、浅葱《あさぎ》は食堂での雑談を持ちかけてきた。

俺は今、食堂への案内人となった浅葱の後ろを歩いている。

元々浅葱とは接触するつもりだった。自然な形で向こうから好機がきたとも言える。

浅葱の考えは俺も探りたかった。可能なら奥の手——固有スキルの正体も。

そして、俺の正体にこいつらが気づいているかどうか。

会話を交わすのは正体隠し的にリスクだが、そのリスクを飲み込んででも探りは入れておきたい。

リスクを減らせるかどうかは——俺の演技力次第か。

まあ、正体バレの方で探りを入れる本命は今のところまだ鹿島小鳩《かしまこばと》。

こちらの浅葱相手となると、やはり固有スキルの正体に探りを入れたい。

浅葱は食堂に入るなり慣れた調子で調理番に軽食を頼んだ。

次いでトノア水《すい》の入った木製の杯《さかずき》を手にし、食堂の隅をあごで示す。

「んじゃ、あそこで」

隅の席に行き、俺たちは差し向かいに座った。

座るなり「ささ、まずは一杯」と、手で促す仕草をする浅葱。

「ああ、先に言っておくべきでしたね――」

「飲まんですか」

「申し訳ありませんが」

俺の前に置かれたトノア水。飲むのにマスクを外すか否かを、試してきたか。

「正体を隠すのも大変ですなぁ。暑くないので？」

「見た目より通気性はよいのです」

「女神様、嫌いなんだ？」

……前置きなく、いきなりぶっ込んできたな。

「好ましいとは言えませんね」

「蝿王ちんの身内を預かる最果ての国を攻めたから？」

「ええ。あれこれ聞くに、あまり褒められた素行の神族でもなさそうですし――ちなみに、あなたはどうなのです？」

「トノア水うめーっ！　元の世界で売りてぇーっ！　ん？　アタシ？」

「異界の勇者なのでしょう？　何か理由があって、女神の敵側に？」

「んー、女神様は大魔帝《たいまてい》倒したらアタシらを元の世界に戻すっつってんですけどね？　どうにも浅葱さんには、女神様がその約束を素直に守るようには思えんのですよ」

「それは、確証に至る何かがあって？」

「うんにゃ、ないっす。そうねぇ……人間観察の結果的な？　ま、相手は人間じゃなくて神族なんじゃが」

「確証がないとおっしゃるわりには、自信がありそうに聞こえます」

「あるよ？」

浅葱は、言い切った。さらに、

「神様っつっても、感情とか行動の指向性はうちらとあんま変わんないっぽいし」

「ふむ」

「こっちの世界の神様ってのは、ほら、ギリシャ神話とかの神様に近いんでねーかな？　神様なのに、感情の動きがいやに人間っぽいとことか」

「〝ぎりしゃ神話〟とは、あなたの世界の神話なのですね？」

「おっと……アタシらの世界のことはグルメ系や名前系以外はあんま知らん方がいいらしーっすよ？　こっちの世界の人が知りすぎると、災いが降りかかるって」

「ですね。深掘りは、やめておきましょう」

その件は、エリカやセラスから聞いてはいた。

こちらの住人を演じるなら、こう答えるしかない。

「――話を戻しますと、あなたはこれまでの人間観察の経験から、女神も人間的性向を持っていると判断した。そして、信用ならないとの結論に至った」

「かもしれないですにゃ。まーあなたが真実と考えるものが〝真実〟なので……人間、信じたいもんを信じりゃいいんじゃないっすか？　自己責任で」

と、軽食が浅葱の前に置かれた。

炙《あぶ》った小ぶりの骨付き肉。刻んだ香草が添えられている。同じ皿の上には潰したポテト。細く緑色のソースがかかっている。皿には他に、切った果物がいくつか載っていた。

……にしても今、浅葱は意図的に結論をぼかした気もする。

まるで〝真偽判定〟を、避けるみたいに。

「ともあれあなたは異界の勇者でありながら、女神と敵対する道を選んだ」

果物を飲み込んだ浅葱が、骨付き肉を一つ差し出してきた。

「食います？　やっぱマスク外すの嫌っすか？　蠅王さんの正体は何者？」

「元アシントです」

「呪術って何？　術式とか詠唱呪文とかアタシらのスキルと何が違うんすか？」

「そうですね……呪神《じゅしん》の力を借りた魔術、とでも言いましょうか。分類としては、エルフの使う精霊術に近いものなのかもしれません」

「呪術って、アタシにも使えるんすか？」

「いえ、呪術とは呪神に見初められて生来備わるものだそうです」

「つまり、生まれながらに持ってる魔法？」

「はい」

「……ほんとーにぃ？」

「ワタシも、そう伝え聞いただけですので」

「その呪術でシビト・ガートランドを殺したんすよね？」

「強かったですよ、彼は」

「マジに人類最強でした？」

「おそらくは」

「でも、蠅王さんは勝った」

「ええ。幸運によって」

「運がよかっただけ？」

「最後の最後で勝敗をわける要素は、やはり運かと」

あの戦いは賭けでもあった。

勝率は限りなく上げたつもりだが、絶対に勝てる保証はなかった。

浅葱は「ふーん」と親指についた肉の脂を舐《な》め取り、

「蝿王さんは決して自信家ではない。けど、卑屈な謙遜家まではいかないかな。冷静に、事実のみを見ている」

「人間分析がお好きなのですか？」

「それなりに。ただし興味を持った相手じゃないと、浅葱さんはやる気が出ない。まるで」

「では、狂美帝《きようびてい》に興味は？　持ったのなら、あなたの人物評を聞いてみたいものです」

浅葱は親指を服の袖で拭きつつ、

「能動的な人たらし、かね？　冷徹だけど、身内への目配りはしっかりやれる。理想と現実の狭間《はざま》で奇跡的に上手くやってる……そう、すっげぇ曲芸的な綱渡りをやってる人って感じ。で、超美形っすな。何あの耽美《たんび》世界の住人。元の世界に連れてって、コスプレさせようぜぃ」

……後半はともかく、前半部分は俺が抱いた印象にかなり近い。

いや——言語化は浅葱の方が、俺より上手い。

「彼は女神より信用に足る、と？」

「浅葱さんの口からはなんとも。ま、味方してるってことはそうなんじゃない？」

はぐらかしが巧みだ。意図的に、断言を避けている。

「いずれにせよ、あなたの方は彼の信用を得て、例の奥の手と呼ばれた力を用い——女神を引きずり降ろそうしている」

　ポテトをフォークの裏でさらに潰しながら、

「アタシの奥の手を知りたいようだねぃ？」

「ええ、興味はあります。あなたがワタシの呪術の正体に、興味を持ったように」

「にゃるほど、ギブアンドテイクと言いたいわけでしゅか——ま、いいでしょう」

　押しつけたフォークの隙間から、ぐにゅ、とポテトが飛び出した。

「固有スキルってやつ」

　あっさりと、浅葱は答えた。

「それは、異界の勇者が持つという特別な力の中でも、さらに特別な力のことですね？」

「考えようによっちゃ、むっちゃ強い。多分、効けば女神ちんすら倒せる……アタシの固有スキルの能力を知ってからここでも待遇が上がったくらいだ。S級勇者の説得役から筆頭戦力に格上げになったのよん。期待の星じゃな。ただにゃあ……どうもあの【女神の解呪《ディスペルバブル》】ってのが、浅葱さんは気がかりでありんす」

「狂美帝もおっしゃっていましたね。あなたの奥の手の確実性を上げるために——封印部屋の秘密が必要かもしれない、と」

「つっても、アタシの固有スキルが状態異常系統なのかっつーと……実は、何気に違うと思うんだよねぇ……」

その時——浅葱が視線を横に逸《そ》らし、片眉を上げた。

「……ん？」

まるで、そう……何か、気づきを得たみたいに。

「三森《みもり》君が廃棄される直前、女神は……そう、状態異常スキルを使った時だ。こう言った。あの女神バリアが〝状態異常系統を無効化する〟って……そして他の系統についちゃそれ以降、特に言及していない。攻撃系は効くっぽいし……他系統の自動バリアは、やっぱないのか？　てことは、案外……ずっと昔は状態異常系統の能力が猛威をふるってた、とか？　ネトゲとかで強すぎた新職に運営側が極端なナーフをかますみたいに……あえて使えないもんにされた、とか？　つまり使える枠から……外された？　そうだね……でないと〝クソ弱設定の状態異常系統を無効化するバリア〟なんてのがわざわざ女神に標準装備されてるのの、説明がつかない……気がする」

勇者のコモンスキルは五つの系統に分かれる。

これは、召喚直後に女神から説明を受けている。

分類は【攻撃系】【防御系】【治癒系】【能力強化系】【状態異常系】の五つ。

攻撃系は効くらしい、と浅葱は今ほど言った。

防御系では〝女神を倒せる〟という表現にはなるまい。治癒系もこれに同じ。

で、状態異常系も違う気がすると言っている。

つまり浅葱《あさぎ》の固有スキルは、残る【能力強化系】と推察できる？

そこにはいわゆるデバフ系……弱体化も、含まれるのだろうか？

神をも引きずり降ろす力——特殊なデバフ能力か？

……それにしても、さっきの浅葱の話。

独り言めいてはいたが、口にした洞察は面白い気がした。

役立たずとされる状態異常系統の力。

しかし女神はなぜかそれに対抗するバリアを〝わざわざ〟持っている。

対状態異常のみに特化——限定された神の防御機能。

……っても、どのみち現状は禁呪なしじゃ効かないわけだ。

ここでその浅葱の洞察を深掘りしても、今はあまり意味がないだろう。

奥の手についての探りは、こんなとこか。

「ところで、イクサバ殿」

「あー……できれば呼び方は、アサギ殿でいいっすか？　そっちの呼び方、嫌いなんで」

「では、アサギ殿……この前の交渉時、隣に具合の悪そうな少女がいましたね」

「バトちん？」

「？」

「名前がコバト・カシマ。だからバトちん。またの名を、ポッポちゃん」

「彼女も勇者なのですか？」

「そっすよ」

……ここで俺が鹿島《かしま》に固執する感じは避ける。

「他にも勇者の仲間が？」

「五本の指以上の人数は」

「皆、女神を裏切ることに納得を？　いえ……させたのでしょうね。アサギ殿は、説得が得意そうですから」

「やることねーからね」

後頭部を左右の腕で抱えるようにし、ギシッ、と背もたれに体重を預ける浅葱。

「自らにミッションを課し……達成できるように最善と思う〝操り〟を行っていく。リアルでやる操りほど面白いことはないよ。たとえば操りだけで自殺まで追い込めれば……自らの手を汚さず――間接的な人殺しだって、できるわけ」

まるで、それをしてきたかのような……そんな物言いにも、聞こえる。

ぺろ、と浅葱は舌を出した――真顔で。

「アタシの実の父親ね？　自殺させ――、……しちゃったんすよ」

あえてか、否か。

浅葱は途中で、言い直した。

「お気の毒に」

「死にやがった」

舌をちびっと出しつつ、数回ほど乾いた拍手をする真顔の浅葱。

その目だけが、にこっ、と不気味な弧を描いた。

「おかげでママは守られました。めでたし、めでたし……くかかか。あいつ、マジに自分から——死にやがった」

浅葱の家庭事情など俺は知らないが、おおよそ察しがついた気もした。

こいつを〝俺と似てる気がする〟と思った理由も、わかった気がする。

おまえもそうか——クソ親、だったか。

俺と違い、母親は味方側だったようだが。

しかしだとすれば、その境遇への共感もなくはない。

が、だからどうした——とも言えるが。今の状況ではあまり意味のない情報だ。

浅葱が目を瞑《つぶ》り、指で眉根を揉《も》む。

「……むー、むむむ？　なぜにアタシは突然こんなサイコな身の上話を？　まー……今のは同情を引くためのかまってちゃんな即興創作ってことで。そう、浅葱さん実は虚言癖持ちなんすわ。あー、えっと……まあ、こっちの勇者はみんな納得してくれましたんで。最後は他の勇者たちも合流して丸く収まればいいなぁ、と！　ぬふふ。さっきの浅葱さん、怖かった？　でも、呪い殺さないでくり〜」

「ベルゼギア様っ――、……と、アサギ殿もおられましたか」

食堂に入ってきて俺たちの姿を認めたのは、ホーク。

俺を呼びに来た、って感じだが。

「ワタシに何か？」

「陛下がお呼びで――、……ッ！　へ、陛下っ⁉」

「歓談中、失礼する」

この城の規模で言えば決して大きくはない食堂。

そこへ品よく入ってきたのは――狂美帝。

慌てて近づきかけた調理番を「よい」と狂美帝は手で制し、

「アサギも同席していたか」

「アタシはお邪魔そうなので、席外しマース」

「いや――この際だ。アサギもそのままで頼む」

席を立ちかけた浅葱を、こちらも狂美帝が制した。

近くの椅子を引き、たおやかに腰掛ける狂美帝。

「順を追って話そう」

狂美帝は、やや唐突に説明を始めた。

「北に動きがあった」

「おや、また大魔帝《たいまてい》ちんが動き出しましたかい」

「いや……ヨナトが出兵し、我がミラの国境近くに布陣した」

「ありー？　大魔帝でなくヨナトっち？　ヨナトはこの前の戦いでズタボロで、そんな余裕ないはずでは？」

「そうだ。ゆえに余もヨナトへの出兵は考えていなかった。実際、偵察の者によると国境近くに陣取ったヨナトの戦力は貧弱なかき集めが大半で、恐るるには足らぬらしい」

「にゃら、驚異ではないのデハ？」

「その布陣に、白狼《はくろう》騎士団が加わっている」

「おっと、マグナルさんの主力じゃないっすか。けど、白狼さんたちのいたマグナル東部の砦《とりで》はいいんすかね？　あそこはアライオンにとって、対大魔帝における守りの要だったのでは？」

　俺は、

「潮目が変わる何か、が、大魔帝側に起こった」

　そう口を挟んだ。うむ、と狂美帝。

「つまり〝しばらく大魔帝は動かぬはず〟と想定できる〝何か〟が、神聖連合《しんせいれんごう》側で起こった。ちなみに……先日アライオンの王城で、何やら騒ぎがあったそうだ」

「あー、その騒ぎがあれか……つまり、大魔帝サイド関連だった？」

「情報が錯綜《さくそう》中でまだ正確な情報は取れていない。しかし、急襲してきた大魔帝とその戦力をアライオン側が撃退したらしい、との報告がいくつか入っている」

「てことは……綾香《あやか》たちＳ級勢が、いよいよそこまで育ったわけっすか。こりはアタシも……ちぃっと、Ｓ級諸君への認識をアップデートせねばならんかなー」

つまり、十河《そごう》たちが大魔帝を撃退した？

クソ女神は……今の神聖連合の動きを聞く限り、死んじゃいねぇか。

「となると陛下、その戦いで大魔帝が死んだとも考えられるのでしょうか？」

「いや……マグナル北部の大誓壁《ナイトウオール》に集結している金眼《きんがん》たちがまだ統率を保っている。根源なる邪悪が消滅した場合、金眼は目に見えて統制を失うそうだ。消滅後は、個々が勝手に動き出すらしい」

「それが確認されていないということは、大魔帝はまだ生きている……」

「おそらくな。しかし先のアライオンでの騒ぎで〝しばらく動けまい〟と判断されるほどの打撃を受けた可能性は、かなり高い」

「にゃるほどねぇ。まあ撃退できるくらい勇者たちも成長したから、そんなら白狼騎士団はこっちへ回してもだいじょうび、と女神ちゃんは考えたわけだ。あり？　もしかしてツィーネちん……蝿王《はえおう》ちんたちに白狼騎士団をやっつけてほしいとお願いに？」

「いや、北部国境付近の対処にはルハイトが向かった。あれには精鋭のグリーズ騎士団と、帝都に残していた輝煌戦団《きこうせんだん》を一部預けてある。白狼騎士団は強いが、数がそれほどではない。ヨナト勢が質の悪いかき集めな以上、数の面でこちらに分がある。こちらの出した戦力も白狼騎士団にこそ劣るが、質は低くない。互角以上に戦えるはずだ」

それでもやはりあの白狼騎士団が相手となると、こちらもルハイトを出さねばさすがに安心できぬ――狂美帝《きょうびてい》はそう補足した。

現在ミラの主力は東部でウルザと戦争をやっている。

主力の大半を構成する輝煌戦団のほとんどはそちらへ投入中……。

そして温存していた有力な残存戦力を――今、北部の白狼騎士団の方へ送った。

「ん？　ちょい待ち？　その北の白狼さんたちに対処できるんにゃら、特に問題ないのでは？」

浅葱が問うた。それは、他の問題が起きているのを見透かした上での質問だった。

「ルハイトたちの布陣した、そのミラの北部……そして、ここ帝都のほぼ中間にあたる地域に――金眼の魔物が溢《あふ》れ出てきたとの情報が入った」

浅葱が頬杖《ほおづえ》をつく。支える手で、頬の肉が笑みのように歪《ゆが》んでいた。

「へぇ……このタイミングでねぇ……」

「その情報と同時に入ってきたのが――謎の〝白き軍勢〟の出現だ」

浅葱が少し、ぽかんとなる。

「は……？　白き軍勢？　急になんすかそれ？　そいつら、脈絡なくどっから出てきたの？　白狼騎士団とはまた別ってこと？　てか、いきなり新情報量が多すぎません？」

「白狼騎士団ではない……いや、そもそも人ではないかもしれないとの報告も入っている」

「魔物？」

「金眼、との報告がある」

白に、金眼。まるで——あのクソ女神を連想させる組み合わせ。

「その白き軍勢は、この帝都との間にある要塞都市や砦、町を次々襲いながら——ここルヴァを目指すかのように、徐々に南下してきているそうだ」

「北へ向かったルハイト殿たちの軍とは、鉢合わせしなかったのですね？」

「うむ。まるで、動き出す機を図ったかのようにな」

金眼も、白き軍勢も、出現のタイミングが絶妙すぎる。

まさに、ルハイトたちが北部へ通り過ぎるのを待っていたかのような。

今回のヨナトと白狼騎士団の布陣……。

ミラの温存勢力は、そいつらのいる北部へおびき出された風にも見える。

おそらく——すべての動きは、連動している。

「最初に白き軍勢から襲撃を受けた砦の兵たちは撤退した。また、都市や町の者たちも比較的余裕をもって避難できている。奇妙なほど、死傷者が少ない」

「謎の軍勢は倫理観ある、思ったよりいいやつらじゃった？　ぬふふー……んなわけないっすよねー？　デスヨネー？」

「いや……そちの認識は、まったくの見当違いとも言い切れぬやもしれぬがな」

「ほう？」

「白き軍勢を指揮しているのは、剣虎団《けんこだん》とのことだ」

剣虎団？

ここで、あいつらの名が出てくるのか。

剣虎団は女神側だと、狂美帝が言っていた。

「……へぇ。アタシらに集団戦をお教えくださったリリさんたちが……敵として、立ちはだかりやすか。あの人のいいお歴々がねぇ……なるほど、そりゃあ無闇な虐殺なんてしねーか。あの人たちは、そーゆーお人らだ」

そういや剣虎団は先の戦いでヨナトにいたんだったか。

魔防《まぼう》の白城《はくじょう》での戦いのあとにも、ちらっとその話は聞いた。

「あの人らはね……敵に回すとなかなか厄介っすよ」

浅葱《あさぎ》の今の言葉——響きに、冗談っぽさがない。

つまり、あの戦場《いくさば》浅葱も過小評価しない実力があるわけだ。

であろうな、と狂美帝が引き継ぐ。

「捕虜を取らず、兵の撤退は許し……都市や町の者も含め、刃向かわない者は見逃している。あの剣虎団らしい振る舞いと言えるな」

しかし、だ。

どうなる？

住む場所を追われた者たち……いわば、溢れかえった難民と化した者たち。

次々と安住の地を奪われ——最後に、残るのは。

ここならばと、助けを求めるのは。

彼らはどこへ——行き着く？

しかし、と俺は口を開く。

「このままでは——逃れた者たちがすべて、この帝都へなだれ込んでくるのでは？」

「うむ、そうだ。剣虎団は単に良心だけで見逃しているわけではないだろう。おそらく敵は——」

「どちらへ転んでも勝てるように、仕掛けてきている」

俺は先んじて、答えを口にした。狂美帝がかすかに、弾《はじ》かれたような反応を見せる。

「蝿王、そちは……そこまですぐに、考えが至ったか」

「え？　どゆことっすか？　今のは、アタシにはちっと……」

二人が俺へ回答を促す空気を出す。

「避難民を帝都に受け入れねば、陛下に対する民の忠誠心が著しく低下するでしょう」

ああそゆこと、と浅葱が思い至る。俺はそのまま続けて、

「こたびの反アライオンの戦い……陛下は、民の支持を狂信的に集めているからこそ戦争に踏み出せた」

「そこは〝これは女神を救うための戦いだ〟と喧伝《けんでん》しているゆえの、民の安心感もあるがな」

……なるほど。

〝神聖連合の国々が女神を利用している〟

反女神ではなく、女神を利用している国々を成敗する。

そんなロジックを、作ったわけだ。ここにはテレビやネットみたいな、俺がいた世界のような喧伝技術――情報技術がない。たとえば本人が今いる場所から動かず〝世界同時配信で弁明、あるいは真実を伝える〟みたいなこともできない。

虚偽を正す重大な真実を広く伝えるには、本人が姿を現し、自ら伝えるしかない。

つまり、場合によっては女神をホームのアライオンから引っ張り出せる。

女神討伐が、やりやすくなる。

そこまで考えてそんな〝大義〟を流布したのだとすれば、大したものだ。

「ともあれ、民の支持を失えばミラは内部から崩壊しかねない。陛下への絶対的な信頼があるからこそ、この反アライオン戦争は成り立っている」

「ここで帝都へどっと雪崩《なだ》れ込んでくる避難民を助けなけりゃ、ツィーネちんはこの戦争を続けられなくなるかもしれない……そりゃそうだ。いざ窮地に陥ったら民を見捨てる皇帝と思われちまったら、民の多くが反ミラに寝返ることもありうる」

「しかし避難民で帝都が溢れ返れば、敵の手の者がそこに紛れ、帝都内へ忍び込みやすくなる」

狙うは狂美帝の命か——はたまた、ムニンか。

そうだ。禁字族《きんじぞく》をミラが得た前提で向こうが動いているケースも想定せねばならない。

「避難民を受け入れても受け入れなくても、我がミラは窮地に陥るわけだ」

「さらに危惧されるのは……ここで、こちらが剣虎団と白き軍勢の放置を選んだ場合です。たとえば放置した結果、その白き軍勢が南下をやめ——北上を始めたら」

俺の懸念にピンときた狂美帝は、

「今度は、ルハイトたちが剣虎団と白狼騎士団から挟み撃ちを受けてしまうか。なるほど……考えたな、向こうも」

「けど、その白き軍勢とかいうのはさすがのツィーネちんも想定できなかったでしょ？

前置きなくいきなり現れる敵側の新戦力ってのは、いつの時代もマジ卑怯《ひきょう》千万《せんばん》っすなー。備えられねぇっつーの。想定外で済ませらんねー」

白狼《はくろう》騎士団や溢れた魔物の群れの討伐くらいなら、狂美帝も余裕をもって対処できたのかもしれない。想定も、していたはず。

が、白き軍勢とやらは想定外でも仕方ない。前情報がなさすぎる。

しかしこの敵の動き……刻一刻と状況は悪化していく。

こちらが動くのが遅れれば、その分、避難民が増える。

後方からの支援も薄くなり、ルハイトたちの背後の危険度も増す。

悪くなる一方だ。

「朗報もある」

と、狂美帝が言った。

「その白き軍勢だが……どうも数だけで、さほど強くはないと多数の報告が入っている。練度の高い兵なら十分対処できるようだ。しかし――剣虎団がとにかく、手に負えぬらしい」

「……まーね。あのヨナトの激戦であの人らかなり活躍しましたけど、一人も死者出してないっすもん。集団戦を仕掛けてきた時の実力はホンモンやと浅葱さんは思いますよ？」

「交戦した者の話によると、彼らもどこか死に物狂いな様子だったそうだ。おそらく、全力で彼らも今回の戦いに挑んでいる」

「で、白き軍勢を動かしてるのも——どうも、その剣虎団っぽいと」

要するに、と俺は割り込む。

「剣虎団さえどうにかできれば、白き軍勢の方はミラ兵だけで対処できるかもしれない……と？」

現状、と状況を整理し出す狂美帝。

「ルハイトとその軍は、ミラ北部で白狼騎士団と睨《にら》み合っていて動けない。輝煌戦団の主力や選帝三家《せんていさんか》の戦上手たちは東のウルザへ出払っている。宰相のカイゼは戦が不得手……つまり今、あの剣虎団に対抗できそうな戦力は——」

「ツィーネちんとその私兵的な近衛兵団《このえへいだん》に、うちらのグループ……で、蝿王《はえおう》ノ戦団の三つってわけっすか」

「余が近衛兵団を率いて出張ってもよいのだが……ただ、近衛兵団はこの帝都の防備において最後の要……」

「何より今ツィーネちんを失ったら、この国は総崩れっしょ——んじゃ、浅葱さんたちがやってあげましょっか？」

「いや……相手が剣虎団となると、そちたちは相性が悪かろう」

「まあ——うん。あのリリさんたちと本気で集団戦をやるとなると……さすがに、こっちも死傷者を覚悟しなくちゃならねぇ。つーかぶっちゃけ、あの人ら相手だと今のアタシらで勝てるかわかんねぇ。うちらのグループもね、得手不得手があるんすわ……アタシの奥の手とも、ちと相性が悪い」


総大将の狂美帝《きょうびてい》が剣虎団討伐に出向くのはリスクが高すぎる。非現実的だ。

が、狂美帝は浅葱も出したくないだろう。なぜなら戦場浅葱は対女神の切り札。

また、浅葱自身も剣虎団とは相性が悪いと認識している。

かつて両者は激戦を共にした仲だ。剣虎団の実力も正確に把握しているとみていい。

つまり浅葱は出たくないというよりは純粋に〝勝機は薄いし、自分が死んだり捕まったりする可能性も高い〟――現実的に、そう分析しているのだ。

そうしてここでようやく話が初めに戻ってくる、と。

ホークが――狂美帝が、俺を捜していた理由。

今回の剣虎団の件。

つまり比較的身軽であり、かつ、対抗可能な戦力として白羽の矢が立ったのが……

「我が蠅王ノ戦団に、剣虎団をどうにかしてほしいと――そういうわけで、ございますか」

迎賓館に戻った俺は、セラスたちに事情を説明した。

「——なるほど。剣虎団さえ無力化できれば、白の軍勢は残るミラの戦力で掃討できるだろうと……そして、我が主《あるじ》は狂美帝のその頼みを引き受けるつもりなのですね？」

「ああ」

「でしたら私は——その決定に、従うまでです」

懸念をにおわすこともなく、あっさりセラスは了承した。

「ミラの動きは女神への煙幕として活用できる。ここでミラに瓦解されると、今後俺たちが動きにくくなりそうだ。当面、女神の意識は狂美帝の方へ向けさせておきたい」

「狂美帝への支援が、結果的に復讐《ふくしゅう》を果たす上で私たちの利となる……確かに。ちなみに今回の戦いですが、蠅《はえ》王ノ戦団として目立つことは問題ないのですか？」

「問題ない、と俺は考えてる」

女神の注目が蠅王ノ戦団へ向けば向くほど。

注目度の膨れあがった段階で蠅王ノ戦団の〝影〟に隠れ——こちらはいよいよ〝三森灯河《透明な存在》〟として、動き出せばいい。

戦団の存在を隠さない方針に変えたのも、まずこの狙いがある。

蠅王装と蠅騎士装さえ用意できれば〝替え玉〟も用意できるわけだしな。

「でも、わたしたち蠅王ノ戦団だけというのはどうなのかしら？」

疑問を呈したのは、ムニン。

「ああ、ちなみに今回の件だが——セラスとムニンには、ここに残ってもらう」

何か言いかけたセラスとムニンを手で制し、

「今回の敵の動き……陽動な気もしてな。剣虎団《けんこだん》の動きの情報が、こちらに容易に入ってきすぎてる……そこに、違和感がある」

「言われて、みれば……」

「剣虎団は撒《ま》き餌《え》かもしれない。だがさっき説明した通り、放置し続けても、時間経過と共にこっちの状況は悪くなり続ける」

うぅん、と困ったみたいに唸《うな》るムニン。

「でもツィーネさんはこの国の皇帝だし、そのアサギさんという方たちは対女神の切り札だから……なるべく危険に晒《さら》したくないわけね？　そうなると……」

「蝿王ノ戦団に、頼りたいわけだ」

「けれどその白き軍勢は数も多いのでしょう？　さっきの話だと剣虎団も複数……せめて、わたしとセラスさんが支援に回った方がいいんじゃないかしら？　ほら、わたしなら鴉《からす》に化けられるから、偵察だってできるし……っ！」

ぎゅぅ、と脇を締めて主張してくるムニン。が、

「いや、向こうの狙いが狂美帝だけとは限らない。ムニン……あんたが狙われてるって線

も、捨て切れないんだ」

「あ――」

「クソ女神が最も始末したいのは究極的にはあんただからな。それに、鴉の姿で偵察してる時に何かの拍子で射殺されないとも限らない。まあ……俺としては今回、一人の方が動きやすいってのもあるが」

「移動の途中などで、どんな潜伏した未知の敵戦力が現れるかわからない……我が主は、それも危惧しておられるのですね？」

「移動中に突発的な――死角的な一撃を受けて、ムニンを失う……これは避けたい。いわば〝攻め〟の時ってのは隙ができやすい。一方〝守り〟の時は、意識を行き渡らせやすい」

「つまり、私たちはここに残って〝守り〟に徹してほしい……そういうことですね？」

「これも残すのがセラス――おまえだから、安心して任せられる」

「――ぁ、ありがとうございますっ。はい……そこまでおっしゃっていただけるようになって、光栄です……嬉《うれ》しい、です」

照れて恐縮するセラス。……いつまで経《た》っても謙虚なもんだ、この姫騎士は。

「あと、スレイも置いていく」

ポニー状態で同室にいるスレイが「パキュ？」と顔を上げた。

「敵戦力や策が今出揃《でそろ》ってるものですべてと言い切れない以上、さらに何か仕掛けてくるかもしれない。もしここに居続けるのがまずいと感じたら、迷わずスレイに乗って脱出しろ。俺は今回、ミラの軍馬を一頭借りていく」

心配そうに「パキュ～ン……」と目を潤ませるスレイ。俺は屈《かが》んで撫《な》でてやり、

「こっちは大丈夫だ。それより……セラスたちのことは、頼んだぞ」

「パキュ！」

「ピギーッ！」

ピギ丸も、エールを送ったらしい。俺は立ち上がって、

「セラス、もし帝都を脱出した場合……合流地点は、ここへ来る道中に決めた通りだ」

「そしてどの地点でも合流できそうになければ……最後は最果ての国の扉付近で合流、ですね？」

帝都へ入る前にミラ側から襲撃を受ける事態も想定していた。

その際、仮に散り散りになった際の合流地点をいくつか決めてあった。

「ムニンも、それでいいな？」

「ええ、あなたがそう言うなら従うわ。ふふふ、じゃあ……無事戻ってきたら、抱き締めながら思いっきり甘やかしてあげちゃいましょうか♪」

「じゃ、頼む」

「もぉ、だと思った——、……えぇぇえええ————ッ!?」

跳び上がるムニンをスルーしつつ、俺はセラスの方を向く。

「あとを頼む」

「お一人で……大丈夫ですか?」

「や、や、やりきるさ」

俺は、マスクに手を添える。

「安心しろ——さっさと片をつけて、戻ってくる」

「わかりました。あなたがそうおっしゃるのなら、もう心配はいたしません。ただひと言だけ……どうか、ご武運を。こちらはお任せください」

セラスは誓いを立てるように、

「必ずや、ムニン殿は守り抜いてみせます。騎士の誓いにかけて」

「守るのは、おまえ自身もだ」

姫騎士の表情がゆるく綻ぶ。

「はい。ただ、あの……」

セラスは大分、言い出しにくそうな顔をしていた。

「遠慮しないで言ってみろ」

「敵側の者が剣虎団……というのが、その……ミルズ遺跡であなたは、彼らから親切にし

ていただいたと……」

「……まーな」

「……申し訳ございません。出立前に、意気を削《そ》ぐようなことを」

「いや――おまえにその感覚があって、安心した」

今回の戦いは、まず正面きっての戦いにはなるまい。潜入任務みたいなもんだ。

おそらく今回の戦いは、勇《ゆう》の剣《けん》と戦った時と近いものになる――そんな気がする。

ただまあ……今回はあの時と大きく違う点が一つ。

相手が、これまでのただのクズどもとは少し違うってことだ。

□

あの時――ミルズ遺跡に一人で潜っていた時のこと。

駆け出し傭兵《ようへい》みたいな風体をした見ず知らずの俺に、剣虎団がかけてくれた言葉。

『おせっかいかもしれないけど、きみも早く上へ戻るのをお勧めするわよぉ？　なぁに、調査なんてハークレーのおやじの私兵に任せりゃいいのよ。あのおやじ、どうしてもアノ杯《さかずき》が欲しいようだし』

『あー、アレか。魔物から逃げてるうちに、身の丈以上の階層に迷い込んだパターンか。

どうする？　おれたちと一緒に上へ戻るか？』

『わかった。けど、無茶はするなよ？』

◇【剣虎団――リリ・アダマンティン】◇

これは、ミラの北部に接するヨナトとの国境に、ヨナト兵や白狼《はくろう》騎士団が布陣するより前のことである――

△

剣虎団はショウゴ・オヤマダ、ゼーラ帝と共に北回りでヨナト公国に入った。
先の大侵攻の際、剣虎団はヨナトで戦った。再び戻ってきた形となる。
彼らの来訪は女神からヨナト側へすでに伝わっていた。
ゆえに、ヨナト領内は簡単に通過できた。
先の戦いで共に激戦を潜《くぐ》り抜けた剣虎団は、特にヨナト側の者から歓迎を受けた。
剣虎団らは、しばらくヨナトで作戦実行の準備を整えた。
この間、白狼騎士団が女神の勅命でヨナトの王都に入った。
そこには、ヴィシスの徒であるニャンタン・キキーパットも同行していた。
剣虎団も彼女とは久方ぶりに顔を合わせた。
一応、かつて共に勇者たちと魔群帯に入った仲でもある。

ニャンタンは、オヤマダの変貌ぶりに珍しく動揺を垣間見《かいまみ》せていた。

「キミは……オヤマダさん、なのですか？」

「生まれ変わったワタクシに驚かれるのも無理はありません、ニャンタン殿。その節は大変失礼な態度を取ってしまい申し訳ございませんでした。心より反省しております。あなたは母上の大切な部下ですのに……過去の愚かな態度を、どうかお許しください」

ニャンタンの表情からかすかにうかがえるそれは、同情か。

「リリ・アダマンティン、彼は……」

「女神様のおかげで、生まれ変わったんだとよ」

「………」

「アタシらはアタシらの仕事をするしかない。それは、アンタだって同じだろ？」

ニャンタンは離れていくオヤマダの背を見つめながら、ぽつりと呟《つぶや》いた。

「そう、ですね……ええ、その通りです」

それからヨナトは女神の指示通り、数だけかき集めた兵をミラとの国境線へ送った。

白狼騎士団とニャンタンもこれに続いた。

さて、剣虎団ら――狂美帝《きょうびてい》の抹殺部隊である。

ミラの意識が北の国境へ向く中、彼らはこっそりミラ領内へ入った。

魔群帯に接する東部沿いに南下し、身を隠すのに適した森へ身を隠した。

その数時間後のことである。偵察をすると一時離脱していたゼーラ帝が戻ってきた。

「ふむ……北の国境の方へそれなりの戦力が出向いたようじゃ。ふぉっふぉっふぉっ、さすがは伝統ある北の勇——白狼騎士団じゃな。その名は今も健在……否、あの頃よりさらにその名は強者《きょうしゃ》として轟《とどろ》いておるようじゃて」

「んで……帝都の戦力は予定通りおびき出せたわけだが、アタシたちだけで帝都に潜入して狂美帝をやるのか？　無茶だね。今回は作戦の内容的に少数精鋭かつ、そこそこの数ってことで剣虎《けんこ》団《だん》の選《よ》りすぐりをアタシを含め十三人連れてきたわけだが……アンタとオヤマダを加えても総勢十五名。この人数で帝都に侵入なんて、無謀すぎる」

「ふぉっふぉっふぉっ——それをどうにかするために、少々出てくる」

言って、ゼーラ帝は再び離脱した。

女神からは暫定的に指揮を執るのはゼーラ帝だと言われている。

つまりこの作戦、全権はゼーラ帝に委ねられている。

あれほど女神を盲信していると見える——オヤマダではなく。

オヤマダと言えば、こちらもやはり不気味であった。

性格が一変してしまっている。

が、あの姉弟への過剰な激昂《げきこう》ぶりにはオヤマダらしさが残っていた。

オヤマダについて、リリが思考を巡らせていた頃だった。

ゼーラ帝が戻ってきた——大量の金眼《きんがん》の魔物を引き連れて。

「ゼーラ帝っ……どういうことだよこいつは!? まさかこの金眼どもを、帝都を混乱させんのに使おうとでも言うのかい!? 馬鹿か！ 金眼の魔物に言うこと聞かせられりゃあ苦労はしねーんだっての！ 大魔帝《たいまてい》じゃねぇんだから！——全員、迎撃態勢！」

リリが指示を出す前に、すでに剣虎団の面々は各自動き出している。

オヤマダはゆったりと大剣を構えながら、

「ゼーラ殿に任せるよう母上から言われております。ワタクシは、ゼーラ殿を信じております」

「ふぉっふぉっふぉっ、案ずるな。任せい」

ゼーラ帝は高齢に見えるが素早い。彼は、すぐ背後に飛びかかってきた小型の金眼の魔物——その顔を、摑《つか》んだ。

「ぎ、ア？」

魔物の顔面の方がゼーラ帝の手より大きい。ゆえに、指が痛々しく魔物の顔面に埋没する形になっていた。魔物がもがくように、手足だけをじたばた動かす。その時、

「——変、転——」

ゼーラ帝がそのひと言を口にした途端、追放帝《ついほうてい》の金の瞳が——妖しく、発光した。

「ぎ、ギ……ぃエえ……？ ギゃ——」

ギュルッ、と急速に肉がねじれるような音がして。
瞬間、魔物がまるで圧縮されたかのように、人の頭部より小さくなった。
直後、肉塊が膨張したかと思うと――
ベタンッ！
と、人型の〝何か〟が地面に膝をついた。
膨張した肉塊が分裂し、計四体の人型を成したのである。
リリは飛びかかってきた小型の魔物を切り捨てながら、
「なん、だ？　圧縮された魔物が……人型に、変化した……？」
その人型の白い生物には、目だけがついていた。
ゼーラ帝と似た、落ち窪《くぼ》んだ黒目の眼窩《がんか》の奥に――無機質な金眼。
鼻もなければ口もない。耳もなく、毛髪や突起物も見当たらない。
四体の白い生物が、ほぼ同時に立ち上がる。
大柄で、身長はこの中で最長のオヤマダよりも高い。
白き者の金眼が同色の目を持つゼーラ帝を、ジッ、と見下ろす。
「ふぉ、ふぉ、ふぉ……よしよし、成功のようじゃな。小型で四体は、悪くない」
「どういうことだ？　アタシたちは、何も説明を聞いてないんだが？」
リリの問いに答えることなく、ゼーラ帝が白き者の厚い胸板に手をやる。

「手に負えそうな金眼の魔物を、儂《わし》が行くまで押さえ込んでおけ。危害を加えてきそうな魔物がいたら叩《たた》き伏せてかまわん……できれば、生かしたままが理想だが。とはいえ自分の生命活動重視じゃ――ゆけ」

すると、四体の白き者がちょうど飛び出してきた金眼たちへ狙いを定めた。

駆け出していき、押さえ込もうとする。

そちらと逆の方向では、オヤマダが大剣で魔物を斬り倒していた。

オヤマダは倒れ伏した魔物を踏みつけ、押さえつけた。

「ぐェえッ!?」

「さあどうぞ、ゼーラ帝。さあ、遠慮せず」

ゼーラ帝は一足にオヤマダの方へふわりと跳び、着地。

息も絶え絶えなオヤマダの足下の魔物に手を触れ、

「――変、転――」

ギュルッ！

再現。

魔物が急速に圧縮され、ねじれた肉の塊となる。

そして次の瞬間――やはり肉塊が、数体の白き者へと変態した。

先ほどと同じ指示を新たに生まれた白き者へ出すゼーラ帝。

こちらへ狙いを定めた魔物目がけ、追加された白き者たちが駆け出していく。

「ちょっとばかり、読めてきたかもしれないねぇ……」

言って、すれ違いざまに魔物を斬り払うリリ。

同時に魔導具の攻撃術式で仲間を援護しつつ、

「金眼の魔物を〝材料〟に、その不思議な力でアタシらの兵隊を生み出そうって腹かい……ッ」

ゼーラ帝は好々爺然《こうこうやぜん》として笑い、

「模造聖体《もぞうせいたい》じゃ」

「？」

「こやつらの名称らしい。あの女神の命名じゃよ」

「あぁ……母上の完璧かつ、美しいネーミングセンス……光る……完璧に、光りすぎている……やはり母上は神……」

「こいつは女神が儂に与えた能力じゃ。言うなれば、女神の力を分け与えてもらっとるようなもんかのぅ。さて、これをする目的は――」

ゼーラ帝はさらに別の魔物を白き者――模造聖体へと変化させながら、

「お嬢さん、そちが先ほど口にした通りじゃ」

ゼーラ帝をひと睨《にら》みするリリ。

「この近くに地下遺跡かなんかがあって、アンタ……中にいた魔物をあえて引き連れてきやがったな？　その模造聖体ってのを生み出す〝材料〟に、するために……」

「ふぉっふぉっふぉっ、ご明察っ」

ゼーラ帝はミラの帝都ルヴァの方角を見やり、

「さすがに十五名ぽっちで動いて近づけるほど儂の子孫も間抜けではあるまい。聞くに、狂美帝は歴代皇帝の中でも飛び抜けて出色の人物のようじゃ。ふぉ、ふぉ、ふぉ……相まみえるのが楽しみじゃわい――それ、続々と後続が来るぞ。お嬢さんたちは自分の身を守りつつ、できれば息の根を止めずに戦ってみてくれ。なぁに、殺しても文句は言わん――まあ死体じゃと変転の成功率が格段に下がるし、質も下がるそうじゃから……できれば生かしたままの方がよい。生きてさえいれば質は変わらんそうじゃ……魂力《こんりょく》の関係、とか女神は言っておったがの」

魂力とは、勇者を段階的に成長させる力の源と聞く。

「大魔帝の生み出した魔物を使って、従順な生物兵を生み出すとはね……ったく……」

こんなもんがあるならもっと早くやっとけよ、とリリは内心舌打ちする。

ゼーラ帝は次々と模造聖体を生み出していく。ただ、地下遺跡から溢《あふ》れた魔物の数も相当である。すべてを模造聖体へ変転することはできなかった。

そして今、この辺りはすっかり静かになっていた。魔物の気配はもう近くにない。

かなりの数がリリたちのいる場所と違う方向へ駆け抜け、ミラ領内へと入っていった。

あるのは――沈黙し、ずらりと整列している聖体軍団のみ。

彼らは言葉を発することがなく、耳もない。しかし音は聞こえているようで、言語も解するようだ。そして、変転させたゼーラ帝の命令には忠実に従う。

「逃した魔物どもは魔物どもで、帝都の者たちの手間を一つ増やす駒となってくれるじゃろ」

オヤマダは、感極まった様子で聖体たちを見ていた。

「聖体たちから母上の聖なる力を感じます。光栄なことです。母上に会いたい……」

「ふぉっふぉっふぉっ、ともあれけっこうな数を確保できたわい。さて……」

荷物から地図を取り出したゼーラ帝が、手招きする。

リリとオヤマダは近づき、地図を覗《のぞ》き込んだ。

「見ろ。ミラ領内にはこれだけの地下遺跡が点在しておる。で、儂は特殊な〝声〟を出して金眼を呼び寄せる力を女神から与えられておる。というわけで――」

剣を鞘《さや》にしまい込み、両手を擦り合わせるゼーラ帝。

「一度、二手に分かれようかい」

リリとオヤマダは顔を上げた。

「このあと作戦の全容を説明したのち、儂は単独で行動する」

「単独で、ですか？　それは、母上の指示ですか？」

「うむ、そうじゃ」

「はい、ならばよし。あぁ……母上の柔らかな胸にまたお会いしたい……、――では、かしこりました。ワタクシはワタクシで、がんばります」

ゼーラ帝の視線がリリへ。

「さて、お嬢さん」

「……ああ」

「儂が先ほど生み出した聖体軍は、すべてそちたち剣虎団に与える」

「え――いやいや、待ってくれ。あいつらは、生み出したやつの命令しか聞かないんだろ？　アタシらに預けられても……」

「ふぉっふぉっふぉっ、問題ないぞい。儂が〝今後は剣虎団の命令に必ず従うこと〟と命じれば、今後はお嬢さんたちの命令を聞くようになる」

はんっ、と思わず意地の悪い笑みを浮かべるリリ。

「そいつはまあ……ずいぶん、ご都合のいい便利さなことで……」

「今回の作戦、お嬢さんら剣虎団の働きもかなり重要じゃからな。気張ってもらうぞい」

「………」

「おや？　何か気になることがあるようじゃな？」

「ん、いや……話すようなことでもないさ。気にしないでくれ」

「いやいや、遠慮せず話してみるがよい」

んー、とリリは指先で鼻の頭をかく。

「その、さ……そんな力があるなら、アンタらやあの聖体軍を……はなっから対大魔帝の戦力として使っときゃよかったんじゃないか、と思ってね？」

「そいつは無理じゃ」

長い白ヒゲを撫《な》でるゼーラ帝。

「儂は元々この世界の人間じゃからな。邪王素《じやおうそ》の影響を受ければ、弱体化してしまう」

「あの聖体どもは？」

「ん？」

「元々は邪王素による弱体化を受けない金眼の魔物なわけだし……あれを後方でアンタが生み出しまくって、大魔帝軍の方に延々と送り込めばいい。さっき戦闘中にちらと聞いた話じゃ、飯も睡眠もいらない兵なんだろ？」

「ところが、そうもいかんのじゃ」

「？」

「言ったじゃろ？　今の儂は〝女神の力を分け与えられている〟と」

「あ――」

「そうじゃ、お気づきの通り。聖体どもは〝神族〟の力を与えられた儂が生み出した存在……どういうことか、わかるじゃろ？」

「女神と同じく……邪王素による弱体化の影響を受けちまう、ってことか」

合点が、いった。

ゼーラ帝は人並み外れた能力を持つが、しかし対大魔帝《たいまてい》には使えない。

だからこうして、対ミラへ回されたのだ。

しかしである。オヤマダは邪王素の影響を受けないはず……。

（いや……人が違ったようなこの洗脳っぷりだと、他の勇者に会わせるわけにはいかないのか。特にあのＳ級……アヤカ・ソゴウが許すとは思えない……）

だから他の勇者とは別の場所へ赴かせ、使うことにした。

当然、人質を取られているリリたちがソゴウに告げ口しないのも織り込み済みで――

（――ってわけだ。大魔帝討伐はオヤマダを除いた勇者たちでやる、って腹かもな）

その後、ゼーラ帝が作戦の全容についての説明を終えた。

丸めた地図を、しまい込むゼーラ帝。

「というわけで――作戦、開始とゆこうか」

剣虎団《けんこだん》は聖体軍を率い、ゼーラ帝と分かれた地点から最も近くにある砦《とりで》を制圧した。

砦にあった武器や防具を聖体軍に与え、武装させる。

砦の兵たちには撤退を促し、退却する者はそのまま逃がした。

これも作戦通りである。

兵たちを続々と帝都へ向かわせる。

これは、帝都へ向かう途中に存在する都市や町も同じ。

襲撃し、制圧し——避難を許す。

目的は避難者を溢れさせ、帝都へ向かわせること。

「ちっ、えぐいことしやがる——、……いや、やってるのはアタシらか」

作戦は順調に進行した。が、一つだけ想定外が起こった。

オヤマダが、姿を消したのである。

リリは逃げ惑う人々の声を遠くに聞きながら、副団長のフォスに尋ねた。

「いたか?」

「いや、いない」

フォスは褐色肌で、髪を後ろに撫でつけている。バスターソード使いで、副団長ながら剣虎団の切り込み隊長でもある。戦闘で主に先陣を切るのが彼の役目だ。

「最後にオヤマダの姿を見たやつは?」

「ビグだ。ここの北門近くで見たきりらしい。この都市の中でオヤマダの姿を見たやつはいない。襲撃自体、参加してなかったのかもしれないな……悪い、みんなにも目を離すなとは言ってあったんだが」

「ま、仕方ねーさ。下手に止めようとして、うちの連中がやられても困る。アンタも見ただろ？　キレたオヤマダの、あの豹変《ひょうへん》っぷりを」

フォスは腰に手を当て、ため息をついた。

「……まあな」

二人の視線は都市内をうろつく聖体、火の手、黒くたなびく煙を見ている。

リリは暗澹《あんたん》とした気分になりながらも、気持ちを切り替えて尋ねる。

「どう思う？　オヤマダは、逃げたと思うか？」

「あのオヤマダが……逃げた、とはちっと考えらんねぇな。あれだけ女神のことを信奉してる風だったんだ。作戦は、何がなんでも遂行するはずだ。ただ……あいつはそもそも、おれたちと必ず行動を共にすると口にしてたわけじゃない。女神もゼーラ帝もその点は、何も言ってなかった」

「元々オヤマダはオヤマダで独自に動く予定だったってことか。で、まだ近くにいるかもしれないし……いないかもしれない、と」

「すまん」

「だから、いいって。アタシらはアタシらの役割をこなすだけだ」

「団長ぉ、もうこの都市に人は残ってない……と思うわよー」

とんがり帽子を被《かぶ》った魔術師風の女――ドロワーが歩いてくる。

艶《つや》っぽい顔立ち。身体《からだ》つきも男ウケすると言える。

装いの露出の多さは視線誘導のためっ、とは本人談。

彼女に続くのは顔立ちの優しげな青年――ユオン。

ドロワーより背が低く、並ぶと彼女の弟みたいにも見える。

「いやぁ、今回の作戦……うちの団でも過去最大規模の案件かもしれないですねぇ。さすがの僕も、緊張してますよ」

「まーでも仕方ないべ！　姉御が決めたことだ！」

ユオンの次に現れたのは短髪の男。快活で笑顔の似合う彼は――ポジック。

「あーもう三人とも待ってくださいよー、早いですってー……むかつくー」

てってってー、と小走りでその三人についてくるのは小柄な女――イゼルナ。

語尾に時々ぼそっと小柄な毒を吐くのは、相変わらず。

「……すまんな、団長。ワシがもう少し、しっかりオヤマダを見とくべきだった」

気まずげに登場したのは、先ほど名前が出たビグ。

今回の作戦では最年長にあたる。今の剣虎団にとっては、古株の一人だ。

フォスがビグの肩を叩《たた》く。

「気にすんなって、ビグさん。あんたがずっと土台となってどっしり支えてきたから、今の剣虎団があるんだ。貢献度を考えりゃ、まだまだ失敗できるぜ」

「つーか、いつも言ってるだろ」

リリは言った。

「意図した悪意の失敗か、そうじゃないか——で、能力不足が原因なら、次に同じ失敗をしないようにどう対策するか。個人で改善するか、適材と交代するか、みんなで手を貸すか……そして反省の言があってその気持ちも伝わったなら、もうそこは、誰かを責める段階じゃない。先に進んだ方がいい」

「うふふ、私……やっぱり剣虎団のこういうとこ好きっ」

「ドロワーさん、わたしもこういうとこ助かってますよー……」

「ねぇ？」

「ですねー」

ポジックが腕を組んで、がははっ、と笑う。

「なぁに！　ビグ爺《じい》さん、気にするこたぁない！　オレ様だって余裕で失敗続きだからな！　なあ、姉御!?」

ポカッ！

「ぐごっ!?」

「アンタはもう少し、失敗から学べっての！　ポジック！」

「は、はひ……」

和やかな笑いが起こる。ぐいっ、と兜《かぶと》を目深にするビグ。

「……気を遣わせちまってすまんな、みんな」

剣虎団の中核は今ここにいる七人。

そういえば、とリリは思った。

奇《く》しくも——ウルザのミルズ遺跡に潜った面々が、これだった。

けっこう前のことなのに、なぜだろう。

ふと、そんなことを思い出した。

こんな時でも雰囲気を暗くすまいと笑い合う皆を見ながら、リリは目もとを緩める。

(一人も死なずに……なんてのは、すぎたる願いだな。ま……やることが虐殺じゃなかったのだけは、救いかもしれないね……ただ……)

リリは首に手を添え、ごきっ、と鳴らす。

(叶《かな》うならやっぱり帰りたいもんだね……みんなで)

やがて他の六人も合流し——剣虎団は、次の目的地を目指す。

白き軍勢を、引き連れて。

◇【剣虎団――フォス】◇

剣虎団は聖体軍を率い、さらに南部へ向けて侵攻を行った。

ゼーラ帝やオヤマダからはいまだ連絡がなく、動向も不明。

今、剣虎団は町を一つ落としたところだった。

小雨が降っている。日が落ち、辺りはすっかり暗くなっていた。

湿った夜気が頬を撫でる嫌な夜だ。

最前線で指揮を執る副団長のフォスのところへ、フードを被ったユオンがやって来る。

「おう、ユオン」

「どうも、フォスさん」

沈黙ののち、ユオンが聖体以外ひと気のなくなった夜の町を見やった。

「この戦いで勝利しても……剣虎団の名はずっと、ミラの人たちの記憶に悪い意味で刻まれるんでしょうね」

「……覚悟の上だ。ユオン……もしそれが気になるなら、悪いことは言わねぇから――」

「待った、フォスさん。僕は降りませんよ。僕は何があっても団長についていくって決めたんですから。それに……わかってますよ、みんな」

ふ、と覚悟の笑みを浮かべるユオン。

「僕らはアライオンにいる家族や仲間を人質に取られてるようなものだ。それは、僕らにとってかけがえのないものだから……団長だって、それを守るために仕方なくやってる。ミラで汚名を被るのを、覚悟でね」

今回の作戦は、剣虎団の存在を誇示するよう指示されている。

いやが上にも剣虎団の名はミラの者たちの耳に入ってくるはずだ。

「気にすんなよ、ユオン。世界的に見りゃ、こんな時期に戦争をおっぱじめたミラが悪いって見方が大半なんだ。ま、女神に思うところがあるのはおれも同じだがな。いずれにせよ、おまえの言ったようにおれたちはリリについていくだけさ。にしても……」

かすかに前傾した姿勢で立ち尽くす聖体を、フォスのランタンが照らす。

「不気味なやつらだな……おれたちの命令を完了したあとは、ああやって待機状態みたいになる。で、指示以外のこっちの言葉には反応しない。近くで誰が怒声を発してようが、泣け叫んでようが、指示じゃなけりゃあ反応すらしねぇ。いわばこの、一方的な意思の疎通ってのが……どうもな」

指示を出す剣虎団の誰かがいなければ、木偶《でく》の坊《ぼう》と一緒。

雷が鳴ろうと、反応しない。

また、複雑すぎる指示には対応できないようだ。

なので、単純で解《わか》りやすい指示を出さねばならない。

聖体軍は便利だが、司令塔がやられればすぐ役立たずになるとも言える。

「ですねぇ……糧食も睡眠も必要ない。便利っちゃ便利ですけど、一緒に戦ってる仲間って感情は抱きにくいですよ」

「死に方もな」

近くで死んでいる二体の聖体を見下ろすユオン。

雨水に、白濁としたものが溶け込んでいる。

聖体の体液は白く、流しすぎると人と同じように死ぬようだ。

そして聖体は、死ぬと眼窩《がんか》の奥から白い翼のようなものが勢いよく飛び出す。

これが死亡の合図とも言える。

もう一つ不気味なのは、こと切れる寸前の共通した行動であろう。

互いに手を繋《つな》ごうとするのだ。

何が目的なのかはわからない。意味があるのかも、わからない。

ただ、死が近づいたらしき聖体は他の聖体と手を繋ぎたがる。

ゆっくりと……腕が細くのび、手を取り合おうとする。無言で。

「得体が知れない、ってのはやりづらいわな」

「いきなり僕らに牙を剝《む》いてこないか不安ってのもありますね。一応、本来命令を聞くのはゼーラ帝なわけですから」

「あのゼーラ帝もきな臭いよな。もう寿命でとっくに死んでるはずの元ミラ皇帝が、神の力を分け与えられ生きている……ったく、無茶苦茶だ。神族ってのは、そんなことも許されるのか？」

「そういえば、なんで呼称が〝追放帝《ついほうてい》〟なんでしたっけ？」

「アライオンの王に国を移譲しようとした、とかって話じゃなかったか？　ミラの初代ファルケン帝と二代目ドット帝……この二大皇帝の呪いを解かねばならない、とかゼーラ帝が言い出して。で、当時の第二皇位継承者と選帝三家《せんていさんか》によって皇帝の座を奪われ、ミラを追放されたとか……歴史をかじった程度の知識だと、そんな感じだった気がするが」

「フォスに……ユオンもいたか。ちょっといいか？」

「どうした、ビグさん」

しとしとと降る雨に濡《ぬ》れたビグが、フードを手でのけた。

「金眼《きんがん》の魔物の群れがこっちへ向かっておる。ゼーラ帝が変転しきれんかったやつらのようじゃ。一度皆で集まって、そっちの対応をするそうだ」

「僕らは聖体を増やせませんからね。今後を考えると、できるだけ数は減らしたくない……となると、僕らがやった方がいいか。でもま、魔物をやる方が今はよっぽど気楽に感じますよ」

「うむ、ユオンの言うとおりじゃな。よいか、フォス？」

「わかった。おれはここらの聖体に指示を出してから、あとで追いつく」

ビグとユオンが、けぶる雨の中へ消えていく。

フォスはこの辺りの聖体たちを一か所にまとめるため、指示を――

「誰かぁ！」

声……近くの家屋からだ。

「誰か助けて！　父さんが！」

若い男の悲痛な声。そこへ、若くはない別の太い声が続く。

「よせ、タラム！　やつらに見つかる！　おれは大丈夫だ！　おまえは早く逃げろ！」

「い、嫌だ！　父さんを見捨ててなんていけない！　せめてこれをどかして……ぐ、ぅ！

誰かっ……誰かいませんか!?　助けて……ぐすっ……お願い、だから！」

「やめろ、タラム！　頼むから、逃げてくれ！」

「嫌だ！　絶対に、嫌だぁぁあああ！　僕は……諦めない！　ぐっ……くそっ！　上がれ、上がれよぉぉおおおお――――ッ！」

――あの、崩れかけの家か。

襲撃時の被害で家具か何かが倒れ、父親が下敷きになったのか。

状況をそう分析したフォスは、しかし、と考える。

罠《わな》かもしれない。ミラ側の何者かが、自分をおびき出そうとしている……。

ありえなくはない。
けれど――フォスは、そちらへ足を向けていた。
見捨ててはおけない。
聖体を連れていくのは――だめだ。怖がらせるだけだろう。
フォスの足は、声のする建物を目指す。
葛藤を抱きつつ大股で歩きながら、ぐっ、と歯噛《はが》みする。
（……町を襲ったことへの罪滅ぼしのつもりか、おれは⁉）
揺らぐ気持ちに整理をつける前に、気づけばもう屋内へ足を踏み入れていた。
入る前に中へ呼びかけることもなく。
普段の自分らしからぬ浅慮な行動である。
本来なら、今の行動を仲間の誰かに告げてから動くべきだ。
仲間と離れすぎた場合、単独行動も極力避ける。剣虎団《けんこだん》のその方針すら、破っている。
「おい、助けに来たぞ」
抜き身の剣を手に、そろりそろりと進む。
助けを求める声が――止《や》んでいる。
ランタンで暗い屋内を照らすも、人影は見当たらない。
「どこにいるっ？　助けに来たぞっ」

返事はない。フォスは、己の短絡さを恥じた。

やはり、罠なのか？　それとも……町の襲撃者だと警戒し、息を潜めたか。

「助けが必要なら言ってくれ！　安心しろ、危害を加えるつもりはない！　襲撃しておいてなんだが、この町の人たちも大半はすでに避難していて無事なはずだ……っ！」

声量を上げて呼びかけてみるも、やはり返事はない。

その時、外の雨の勢いが一気に弱まった。板張りの床を踏みしめ、隣の部屋に入る。

ギシッ、という自分の足音。今なら、小さな足音も聞き漏らすまい。

これで近づく者がいれば、気配や音で察知できる……十分、対処できる。

雨が弱まって助かった。天候が、フォスに味方した形である。

「――――」

……いる、何か。

いる、近くに。

自分の体温が急速に低下していく感覚。

どこだ？　どこにいる？

気配の位置がわからない。必死に耳を澄ます――音も、しない。

ピタッ、とフォスは停止。

頭上……？

上か、上か？

しかし——上は、天井ではないのか？　隠された屋根裏の部屋？

浅い呼吸音——自分のもの。それ以外、聞こえない……。

かすかな雨音にかき消されるほど、上にいる何かの呼吸音は小さいのか？

……はっ、はっ、はっ……

聞こえるのは自分の呼吸音のみ。息が、白い。

雨を吸った衣服……寒い。まるで、冬のよう——

……上にいるやつは、何をしている？　なぜ、仕掛けてこない。

いや……実は極度の緊張から〝いる〟と思い込んでいるだけなのかもしれない。

あるいは、あの父と息子の声ですら——

心の奥底の罪悪感から来る幻聴、だったのかもしれない。

罪滅ぼしの機会がほしい、なんて。

思ってしまったのかも、しれなくて——

「…………ッ！」

いや、いる！

……ひゅーっ、はっ、はっはっ、はっ、はっはっはっはっ……

呼吸の間隔が、短くなっていって。

「はっはっはっはっはっはっ、ひゅーっひゅーっ、はぁぁ、はっはっはっはっはっはっ
……ひゅーっ、ひゅーっ……」
……確認、しなくては。
観測、しなくては……でなければ何も、わからなっ――
バッ！
フォスは勇気を振り絞り、天井を、見上げた。
闇の中に目……赤い、目が――
「ギャッ」
ドサッ

◇【剣虎団――イゼルナ】◇

「今の、フォスさんの声じゃないですか!?」

「雨のせいで明瞭に聞き取れんが……可能性は高いのぅ」

イゼルナとビグは、フォスを捜していた。

剣虎団は金眼の魔物に対処するため、一度集合した。

しかし一向にフォスだけが来ない。

途中で遭遇した金眼の魔物に苦戦しているかもしれない。が、リリたちの方に来た金眼の魔物も数が多かった。リリたちは結局、聖体もいくらか投入して対処にあたった。

そんな中、イゼルナとビグが一時離脱し、フォスの捜索へ赴くこととなったのである。

多数の魔物との遭遇も想定して、二人も少しばかり聖体を引き連れてきていた。

「あ、あの建物の方から聞こえました！」

「の、ようじゃな。助けを求めるフォスの声は二人とも聞いておる。幻聴や聞き間違いではなさそうじゃ」

「さっきの声を聞いた感じ、足を怪我《けが》して動けないようですね」

「……フォスを失うわけにはいかん。ワシは行く」

「わ、わたしも――行きます、絶対！」

「ふふ……イゼルナはそうじゃろうな。フォス、となればな」

「い、今そんな話はどうでもいいじゃないですか！」

イゼルナは、尊敬するビグには毒を吐かない。

二人は聖体を待機させて出口を確保し、建物の中に入った。

「フォスさーん！　どこですか!?」

「フォス！　どこじゃ!?」

建物内を捜し回る。けれど、フォスの姿はない。声も、聞こえなくなった。

稲光があって――やや遅れて、雷鳴が轟《とどろ》いた。

「きゃっ！」

外の軒先からボタボタと滴《しずく》が垂れる音と共に、強い雨音が戻ってくる。

……ザァアアアア……

屈《かが》んでいたイゼルナは、つむっていた目を開いて立ち上がった。

「ふー、雷嫌いですー……この世からさっさと消えればいいのに。しかしこれ、フォスさんいない感じですかねー？」

イゼルナは、背後を警戒してくれているビグに尋ねた。

ランタンを動かし、きょろきょろと辺りを見回すイゼルナ。

「これ、隣の建物だったかもしれませんねー……建物内に入っても返事がないってことは、ここじゃない気がします」

「……あれ？　ビグ、さん？」

…………。

違和感を覚え、振り向くイゼルナ。

「え？」

いない。

ビグの姿が、忽然《こつぜん》と消えている。

「ビ、ビグさん!?　どこに行ったんですか!?　返事をしてください！　ビグさ――」

「――ュー」

背後の方に、何かいる。

バッ！

イゼルナは素早く、背後を振り向いた。

「聞き……間違い？　何か、鳴き声みたいにも聞こえたけど――」

トットトットットット……チューチュー……

天井から小動物らしき足音と、聞き慣れた鳴き声。

「な、なんだネズミですかー……とっとと駆除されろ。はぁ……ええっと多分、ビグさんは他の部屋を捜してるんでしょうー……ビビりすぎです、わたしー」

安堵《あんど》の息をこぼし、再び、ビグのいた方に向き直るイゼルナ。

「――――は？」

誰もいなかったはずの真後ろにいたのはビグ――では、なく。

手をこっちに突き出した……な、に？

赤い目の……ハ、エ――

血の気が引く、感覚があって。

「ギャ、ア――」

何か、聞こえた気がした。

あるいはそれは、自分の短い――そして決して可愛《かわい》らしいとは言い難い――悲鳴、だったのかもしれない。

そこで、イゼルナの意識は途切れた。

◇【剣虎団――リリ・アダマンティン】◇

町の東側。

周囲には、ひと気の失《う》せた家々が所狭しと並んでいる。

魔物の数と勢いが凄《すさ》まじい。散らばって聖体に指示を出していた剣虎団《けんこだん》も、これに対応すべく続々と集結し、迎撃にあたった。

極力、聖体を消費したくない。

この魔物らは、できれば自分たちだけで始末をつける。

事実、当初は余裕をもって迎撃できていた。

刃が肉を切り裂き、金眼《きんがん》の魔物が悲鳴を上げる。

リリ・アダマンティンの周囲で盾を務めていた聖体は――全滅。

やはり聖体の個々の戦闘能力はそこまで高くない。

要所要所は剣虎団がやる必要がある。

リリは剣の柄《つか》を咥《くわ》え、ぐい、と歯で固定した。

四足の獣めいた前傾姿勢を取り、両手の剣を握り込む。

腰の革帯の後ろにも短剣を一本差してある。

四本の剣はさながら、牙、爪、尻尾。

「ギるルぐゲぁア――ぎェえ!?」
間断なく迫り来る魔物を、斬っては捨てる。
足さばきで体勢を崩させた魔物の頭上から、垂直下に刃を突き込む。
短い断末魔の悲鳴。それを耳朶《じだ》に残しながら、左手の剣を投擲《とうてき》。
左手側から駆けてきた魔物が、
ズザァァア――――ッ！
落命と共に全身から力が抜け、泥上を滑った。
動くたび振り乱される髪。
髪先から水滴を飛ばしながら、口に咥えた剣を左手に握り込む。
再びの――前傾、姿勢。
虎が虎たるゆえん。
戦場にて、獣たれ。
かつてないほど、神経が研ぎ澄まされている。
半径30ラータル（メートル）以内なら、何かあれば気づける。
外側から何かが近づいてくれば即応できる。
四方からドチャドチャと泥を飛ばして迫る魔物。
雨が降っていようと、30ラータル先からの襲撃でも今のリリは気づける。

リリは獣に似たくぐもったうなりを発し、動いた。

魔物を手早く処理。

さらなる第二波の魔物には、指輪型の魔導具から攻撃術式を飛ばす。

攻撃術式で倒しきれなかった残りの魔物は、剣の投擲で始末。

素早く腰の後ろから短剣を抜き放ち、空いた方の手に握る。

辺りはすでに魔物の死体で溢《あふ》れている。

ゼーラ帝がいれば、多くの聖体を生み出せたであろう。

「フォス！　ビグさん！　ユオン！　誰かいるか!?」

応答が、ない。

市街戦――細い路地を駆け抜けながら、連係を密にして戦った。

共闘、援護、離散、合流、呼応が、剣虎団の戦い方。

いつも突破口を開くのは切り込み隊長のフォス。そのフォスの背後をどっしり構えて守るのがビグ。そんな二人の死角を守るユオンの援護は、まさに職人技と言っていい。

そこへ他の団員が、自然な形で最善の行動を組み込んでいく。

そして、誰の手にも余る敵は最大戦力のリリがねじ伏せる。

リリは強いが、それ以上の強者《きょうしゃ》はこの世界に数えきれぬほどいる。

けれど仲間が支えてくれれば自分は――自分たちは。

本来の力以上の力を、発揮できる。
が、今その前提自体が崩れつつあった。
（どうした……みんな、どこに行った？）
魔物の数の多さや強さが想定以上だったため、途中から聖体を投入した。
聖体よりもここで仲間を失うわけにはいかない。
この聖体投入によって戦況は好転した。
しかし投入後、奇妙なことが起こり始めた。
次々と他の団員の姿が見えなくなったのだ。
ひとかたまりでずっと防御陣形、というわけにはいかなかった。
魔物の強さによっては、回避や動きながらの対処が必要となる。
離散、合流、呼応。それをしている最中――呼びかけに答えない団員が出てきた。
ただ、仲間の死体は一人分も見かけていない。
不思議だった。ほんの少しの時間、離れただけなのに。
ぶっ、と口の中に入った泥を吐き出す。
汚れた口端を拭う間もなく、聖体の死体から奪った剣の柄を再び――咥え込む。
（奇妙だ。何が起きてる……？　悪い夢でも、見てるみたいだ……、――ッ！）
魔物が泥濘《でいねい》を踏み弾《はじ》く音――三……いや、四匹か。

けたたましい雄叫《おたけ》びと共に、建物の屋根から飛びかかってくる魔物たち。

横殴りの雨を浴びながら、魔物が上空から襲いかかってくる。リリは顔を上げ、まず攻撃術式を飛ばす。それで二匹の魔物を仕留め、残る二匹へ両手の剣を投擲――

「――――」

刹那、リリはほとんど反射的に〝そこ〟を、振り向こうとした。

身体《からだ》も、ほぼ無意識に動いていた。そこいらに散乱している――魔物の死体。

リリの斜め後ろあたりに〝それ〟は、あった。その魔物の死体の下から、
人型の、黒い手が。


「――【パ、ラ、ラ、イズ】」


――ピシッ、ビキッ――

30ラータル先でも〝動き〟があれば、察知する自信はあった。

が、最初から死体の下で〝動かず〟――ジッと息を、潜めていたのなら。

向こうから近づいてくるならきっと気づけた。

しかし〝元から動かずそこにいた〟のでは――動くまで、気づけない。

結果、30ラータル以上の接近を、許してしまった。

黒き腕に覆い被《かぶ》さっていた魔物の死体が、はね除《の》けられた。
不思議と身体の動かぬリリの方へ〝それ〟が駆けてくる。
リリの斜め上の宙からは、すでに戦闘不能に近い四匹の魔物が降り注ぐ。
魔物たちはリリの周りに転がり、痛みにか悲鳴を上げた。
しかし今はそれよりも、こちらへ迫る新たなる脅威である。
「くっ……、——っそ！　あれ、はっ……!?」
蝿王、蝿王ッ!?
そちらについていたのか——ミラ側に。
そして、姿を消していった仲間たちも。
やられたのか、あいつに？
動かない……身体が。
蝿王《はえおう》が、迫る。
——やられる。
この時、リリの脳裏をよぎったのは、女神の人質にされている者たちのことだった。
自分たちが全滅したなら、人質としての価値はなくなるはず……。
始末する意味もないんだ。
——そうだろ、ヴィシス？

だから……だからみんな――どうか、無事で。
それから……ここまでついて来てくれた仲間たち。
不甲斐《ふがい》ない団長ですまない。
結局ヴィシスには、最後までいいように使われた。
けどアタシは――幸せだったと、思えてたよ。
みんなと笑い合いながら、こうして生きてこられたんだから。
「ちく、しょ――ぅ……、ほ、ん……っと……」
身の丈以上に――仲間に恵まれすぎだったよ、アタシは。
……そうだな。
もし、地の獄門で再会したら――ありがとうも、改めて言わなくちゃだな。
そして、頼むから……みんな。
あっちでは少しくらい――不甲斐なかった団長のアタシを、責めてくれよ。
「ふー……」
……最後の、最後。
せめて自分の中の力すべてを、振り絞って。
どうにかこの動かない身体を、無理くりにでも、動かしてッ……
反、撃をッ！　敵に、一矢報い――

「【スリープ《眠性付与》】」

意識が途切れる直前、

「……間に合ったか。チッ……お手本みたいな、善人どもめ」

雨音と共に、リリの意識へ届いた言葉──

「どいつもこいつも──覚悟が、決まりすぎだ」

◇【狂美帝】◇

雨けぶる帝都。

北東部からの避難民は少なくなっていた。

報告では、北東部の白き軍勢の南下も止まっている。

剣虎団《けんこだん》に関する報告もぱたりと途絶えた。

現在、未襲撃だった砦《とりで》の兵らが北東部の白き者たちを掃討中とのこと。

どうやら、蝿王がやってくれたようだ。しかし——

「報告いたします、陛下。北西部の都市や町より押し寄せた避難民は、第二区画まで開放し受け入れましたが……白き者たちが、第一区画内へ入り込み始めました」

「撃退できそうか？」

「城壁の外側に取りつき始めた白き者たちは、ディアス家の者たちが指揮を執りながらどうにか兵たちと防いでおります」

「わかった。城壁内に侵入した白き者の対応には、近衛《このえ》兵団《へいだん》の者をいくらか回す」

「ハッ」

北西部でも、北東部と同じ事態が起こった。

白き軍勢が現れ、都市が次々と襲われ出したのだ。

一体どこから現れたものやら、と報告書に目を通すツィーネ。

発生前――金眼《きんがん》の魔物が溢れたとの報告が必ず見られる。関連しているのは確かだろう。

「神の力、か」

「……陛下？」

「アサギも言っていたが、こうも脈絡なく未知の戦力を投入されてはな。ヴィシスめ……つくづく、人間を舐《な》めてくれる――カイゼ」

「はい」

カイゼ・ミラ。

ツィーネの腹違いの兄。前皇帝の息子としては次男にあたる。

元々は皇位継承権第二位だった男。現在は、ミラの宰相を務めている。

「避難民の対処はおまえに一任する。それと……帝都襲撃の報は、北のルハイトや東のウルザ攻めの軍に動揺を与えかねん。〝狂美帝《きょうびてい》は健在であり、すでに対処の見通しは立っている。そなたたちの信じた皇帝を信じよ〟と、伝令を」

「承知いたしました――、……して、実際のところ問題はございませんか？」

「余は問題ない……問題にならぬよう、対処する。ただ、ホークらに言って禁字族《きんじぞく》を呼びにやらせよ。ヴィシス側に存在を察知されているかもしれん。可能なら、こちらで保護する」

「ですが、素直に従うでしょうか？」

肘掛けに肘を置き、頬杖《ほおづえ》をつくツィーネ。

「難しいだろうな。余たちはおそらく、まだ蠅王たちから完全には信用されておらぬ」

「強制的に保護しても？」

「いや……向こうで逃げる手段を用意している気配があれば、見逃してかまわん。他の木《で》偶《く》ならともかく……あの蠅王のことだ。それなりの脱出案は考えてあるだろう。余らが保護するよりは、そちらの方がマシかもしれぬ」

「では、そのように」

カイゼが去ったのち、ツィーネは外にいた者らを再び呼び寄せた。

外にいた親衛隊や家臣団がぞろぞろと入ってくる。

そして皇帝の間の帝座にて——次の報告を待った。

ツィーネの傍らには、近衛兵団から選《よ》りすぐった精鋭の親衛隊が控える。

家臣団は左右に分かれ、列を作っていた。

ほどなく、何やら廊下の方が騒がしくなってきた。

親衛隊が身構え、家臣たちに緊張が走る。

ついに皇帝の間の外——すぐそこで、立て続けに悲鳴が上がった。

と、血相を変えた一人の騎士が皇帝の間に飛び込んできた。

「ほ、報告！　城に侵入していた謎の男が陛下に会わせよと……ッ！　申し訳ありません陛下！　男を、防げませんッ！　数で押しても！　近衛兵団ですら、あっさりと――」

ドガァアア――――ンッ！

「ぐあぁ!?」

騎士が扉ごと吹き飛び、柱に打ち付けられて気絶する。

ツィーネは、双眸《そうぼう》を細めた。

「ふぉっふぉっふぉっ！　手薄、手薄っ……おぉ、逃げずに皇帝の間でジッと構えておるとは、感心感心っ――こうして出会えたことを心より感謝するぞ、ファルケンドットツィーネ・ミラディアスオルドシート……狂美帝よ！」

家臣団の一部がざわつく。ツィーネもその容貌や装いに、いささかの覚えがあった。

トウモロコシのヒゲめいた長いヒゲを撫《な》でる、白き老人。

「ほほぅ……なるほど、これは噂《うわさ》に違《たが》わぬ美貌じゃ。狂おしいほどに美しい……はて、従順と聞く兄二人も、この美貌にたぶらかされたのかのぅ？」

「……ぶしつけな老人だ。そちの名も名乗るのが、道理と思うが？」

「おぉ、これは失敬……まあ、気づいておる者もいるようじゃが。儂《わし》の名は、ファルケンドットゼーラ・ミラディアスオルドシート。かつての名じゃがな、ふぉっふぉっふぉっ」

今度はあからさまに、ざわっ、と家臣団に波が立つ。

「追放帝《ついほうてい》か……しかし、生きておられたとなると奇妙な話だな？　そちはすでに寿命が尽き死んでいるはず。なるほど——命の理《ことわり》すら、女神に譲り渡したか。もはやそちは、人間ではあるまい」

北西部の各都市や砦への進軍。帝都攻め。手慣れた感じも頷《うなず》ける。

なぜなら——自らが育ち、一時的にでも統治していた国の領土なのだから。

「ほら、儂はあれじゃ——今日は説教をしにきたのじゃ」

「つまり……そちを追放したミラへの、復讐《ふくしゅう》か」

「うーむ、そうとも言えるかもしれん。初代ファルケン帝、そして次のドット帝の〝呪い〟……じゃが、あの女神がいる以上それは叶《かな》わぬ願いじゃ——この世界の、統一など」

「あの女神の存在するこの世界が、そちは正しいと？」

「そうじゃよ。平和とは、すべての国がほんの少しの野心を捨てれば叶うこと。女神の存在でこの大陸は均衡を保っておる。民にとっては平和が一番じゃ。脅威など、根源なる邪悪だけで十分じゃろう」

「一理あるが……詭弁《きべん》でもあるな。余は——余たちが考える真の平和とは、この大陸の統一によってなされるもの。そして女神がこの世に存在している以上、それは実現せぬ」

「長年、この大陸は女神が実質的に支配しているようなものではないか。これは、統一されているも同然であろう」

「それを行っている者が人間や亜人なら……そう、人ならば余も認めはしよう。しかしあの女神は、人を人とも思っていない。あのようなあやふやな埒外《らちがい》の者に、我らの世を任せている現状……余は、この状態が健全とは思えぬ」

「まあミラは過去の皇帝が何人か、女神の不興を買って遠回しに殺されておるからのぅ。それを皇帝の一族がずっと恨んでいるのもわかる——否、そうなるようにしてきた。ふふ、つまりそちも……過去に女神から〝処分〟を受けた皇帝たちの復讐者でしかないのじゃ。ふぉっふぉっ、こうして自分も追放に対する復讐をやっておいてなんじゃが……復讐など所詮は一時の感情に依《よ》った、大義の入り込む余地なき低俗な代物……それをあたかも世界全体を考えているかのようにその口より開陳するは、どうにも卑怯千万《ひきようせんばん》であるな——狂美帝ッ！　ふぉっふぉっふぉっふぉっ！　狂っておる！　まっこと、狂っておるッ！」

「〝呪いとは、言い換えれば繋《つな》ぐ想《おも》いでもある〟」

「？」

「我が父……前皇帝の言葉だ」

ゼーラ帝が、踏み出す——帝座へ向けて。

その手には、いささか刃の長すぎる片手剣が握られている。

「ふぉっふぉっ——よし！　それもまたよし！　説教とは言ったが、儂も長く生きて世の道理はわかっておる！　主張の食い違う者同士が理解し合うことなど究極的にはありえないのが人の世！　ゆえに、叩《たた》き潰すしかないのだ！　根絶やしにするしかないのだ！　恐怖によって！　暴力によって！　解決法は――恐怖と暴力こそが最も単純かつ明快であり、確かな手段なのだ！　人が感情の動物である以上、その摂理からは逃れられん！　ゆえに……そちが突きつけるのは言葉ではなく、暴の力であるべき！　ゆくぞ、我が愛すべき子孫よ！　儂はなぜか今、猛烈に嬉《うれ》しい！　この世のすべてに、感謝したい気分だ！」

ツィーネは立ち上がり、するり、と腰の鞘《さや》から剣を抜き放つ。

抜き放たれしは、神聖剣エクスブリンガー。

「愚かな……と言いたいが、今度はちと詭弁と切って捨てることもできぬな。確かに……究極、この世の違えを決するのは暴力であり――撃滅であろう」

「それでよい！　まったき……今日はよき日よ！　復讐に狂うた祖先たるこの追放帝を、見事そちの力にてねじ伏せてみよ――理想帝ツィーネ！　ふぉっふぉっふぉっふぉっ！」

この皇帝の間は、縦に長い。

帝座まで続く絨毯《じゆうたん》の両脇には太い柱が等間隔に建っている。

柱は入り口から帝座へ近づくにつれ、その豪華さを増す。

帝座へ近づくほど彫刻は壮大となる。装飾も、華美となる。

皇帝へ接近するほど——多くの者は、ある種の感情を抱く。

それは憧憬《しょうけい》であり、畏敬であり……様々な感情が〝まるで一歩進むごとに、背を押されるよう〟などとも言われる。けれどゼーラ帝は、何も感じていない足取りで迫ってきた。

後方で緊迫して止まっていた騎士たちが一斉に躍りかかるも、

「ぐわぁあああ！」

剣圧、だろうか。旋風に巻き上げられたかのように、ひと薙《な》ぎで吹き飛ばされる。

大半は身体《からだ》の部位が断裂。多くは命を落とし、よくても戦闘不能者となった。

家臣団たちが柱の後方へ逃げ惑い始めた。けれど親衛隊は、そうもいかない。

皇帝を守る——恐怖を感じながらも、彼らは戦闘態勢を取った。が、

「よい……そちたちは、下がっておれ」

「し、しかし陛下……ッ！」

「そちたちは今後の余にとっても貴重な戦力。まだ失う時ではない。何よりあれをまともに相手にできるのはこの場において余しかおるまい。案ずるな——この戦い、余が勝つ」

「へ、陛下っ——」

ツィーネも足を、踏み出した。ゼーラ帝の到達を待たず、自ら前へ。

「ふぉ、ふぉ、ふぉ……自ら来るかツィーネ。一族に連なる者として、誇らしく思うぞ」

神聖剣の刃が、緑白《みどりじろ》い光を発する。

ツィーネが剣をひと振りすると、光刃の描いた軌跡の残像が、宙に残った。

羽根を少しずらしつつ重ねたような残像。

が、一見残像に見えるこの半透明な斬影《ざんえい》は、実は質量を持つ。

この斬影刃は盾にもなれば、敵を討つ刃ともなる。

「呆《あき》れたものだ……耄碌《もうろく》だな。この世でただ一人、今も我が一族の身内と思い込んでいる……愚昧を通り越して、いっそ憐《あわ》れでもある」

斬影刃を周囲に現出させそれを従えたツィーネは、堂々と、威厳をもって剣を構える。

「今の貴様は所詮、ただの追放者にすぎぬ――分をわきまえよ、ゼーラ」

「ふぉっふぉっふぉっ！　まったくふさわしいな、童《わらし》！　器じゃ！　そちは皇帝の名に恥じぬ器じゃて、ツィーネ！」

◇【セラス・アシュレイン】◇

館のカーテン越しに、ミラの報告役が戻っていくのが見えた。

状況を把握したセラス・アシュレインは、思考を巡らせる。

「帝都が今、例の謎の白き軍勢から襲撃を受けている……」

「第二区画を開放したとなると、この第三区画への侵入も考慮に入れる必要がありそうかしら？　どうします、セラスさん？　あの人が言った通り、わたしたちは帝都を脱出した方がいいのかしら？」

迎賓館の応接間で、セラスはムニンと話し合いをしていた。

「そうですね……ミラがムニン殿を確保しようとするのとは、また状況が違いますが……ここが危険になるのも考慮に入れねばならないでしょう。脱出も、選択肢に入れるべきかと思います」

「あの、セラスさん……白き軍勢が帝都に入ったということは、トーカさんは——」

「いえ……先ほどの者によると、トーカ殿が向かった北東方面の襲撃がぴたりと止まっているそうです。あれほど情報が続々と入ってきていた剣虎団《けんこだん》の方も、ぱたりと続報が途絶えたとか」

「ええっと……つまり、トーカさんが向かった方は成功したと考えられるのね？」

「はい。成功したからこそ、北方面の動きが止まったのだと思います。むしろ北東方面ではミラ兵による掃討戦が始まるとか。ですので、今帝都を襲撃している白き軍勢は……新たに発生した別の軍勢なのではないかと」

「じゃあ、やっぱりここで待っていた方がいいのかしら……？　それともトーカさんは、新しい白き軍勢が現れた西へ向かったと思う？」

「いえ、合流地点に向かったと思います。今回の作戦を終えたあとは私たちとの合流を最優先にする、とおっしゃっていました。いずれにせよ一度、私たちは帝都を出るべきかと」

「わかりました。セラスさんがそう言うなら、わたしは従います」

「ありがとうございます、ムニン殿」

スレイは第二形態で館の裏手にある簡易厩《きゅうしゃ》舎にいる。トーカは『スレイにMPを990まで注入しておいた。あとMP10分《ぶん》も注げばそのまま第三形態になれる』――そう言って、すぐ第三形態になれる下準備をしてからここを発《た》ってくれた。

「あ、スレイさんが第三形態になったあとも魔素の補給はわたしに任せてね？」

こういう時、ムニンの魔素生成力は頼りになる。

「ありがとうございます。では……まず、最初の合流地点へ向かいましょう。トーカ殿がこちらへ戻ってきている可能性も考慮せねばなりませんが、私たちがいなくなっていれば、そのまま合流地点へ来てくださるはずです」

この辺りは、トーカとも出立前に打ち合わせてある。

『ここにいると危うくなるとおまえが判断したら、俺が戻ってくるのを待たずに合流地点へ向かえ。仮に入れ違いになっても、俺の方から改めて合流地点へ向かって追う』

『狂美帝《きょうびてい》や異界の勇者の方たちは……よいのですか？』

『俺たちが最も危惧すべきはムニンを失うことだ。ムニンを失ったら、もう禁呪関連はフギに頼るしかなくなる——それは俺も避けたいし、ムニンだって同じはずだ』

ムニンは命を賭けている。

トーカも——そして、自分も。

尊いと感じるからこそ、必ず守りたいと思う。何より、

『おまえもだ、セラス。おまえを失ったら、俺にとっても失うものが多すぎる』

そう、言われている。

(はい……私もです、トーカ殿。私も万が一にもあなたを失ったら、きっと、自分の中のすべてが崩れ去ってしまう……確信に似たそんな予感が、あります——あるのです)

セラスはカーテンに指を差し入れ、隙間から外の様子をそっとうかがった。

「今、この辺りはひと気が引いているようです。監視の気配もありません。元々、人の多い区画ではありませんでしたが——この近くにいた者たちは、避難したようですね」

速度や突破力は高いが、第三形態のスレイで脱出すれば目立つのは避けられない。

が、今の帝都の状態なら見咎《みとが》められにくいかもしれない。

経路は事前にいくつか候補を想定してあった。

ここは要人級を迎え入れる区画だ。ゆえに逃走用の隠し通路がいくつかある。

驚いたことに、馬車で逃げ出せる通路まであるようだ。

「平時ならともかく、この混乱ならどさくさに紛れて突破できるかと——、……ッ！」

「？　セラスさん？　どうしたの？」

「……ホークさんが、捕らわれています」

「えっ!?」

男が一人、石畳の上を歩いている。

ホークは後ろの襟首を摑《つか》まれ、ずるずると引きずられていた。

怪我《けが》をしているようだ。意識を失っているようにも見える。

引きずっている男の風貌には、見覚えがない。……いや。

「まさ、か——」

（あの顔の特徴と体格……まさかあの男は、トーカ殿のおっしゃっていた——）

「異界の、勇者……？」

セラスはまだ自らの目で見たことのない勇者がいる。

しかしトーカから、顔や体格の特徴は教えてもらっていた。

たとえばタカオ姉妹や、タクト・キリハラ。そして、

「ショウゴ……オヤマダ？」

彼はトーカの言う〝オヤマダ〟なのだろうか？

オヤマダらしき男が、不特定多数に呼びかけるみたいに、声を上げた。

「禁字《きんじ》族《ぞく》の方は、本当にここにいらっしゃるのですか!?」

セラスは驚いた。彼は、ここにムニンがいると摑んでいるのか。

「人質の連鎖！　思いやりは真実を吐き出させます！　母上の言う通りでした！　肉体的苦痛もいい！　相手に〝真実を吐かないとこいつはいくところまでいく〟と思わせるのがミソです！　狂美帝に忠誠を誓っていると言っても、人間は弱い！　この男くらいでしたよ、決して重要な情報を口にしなかったのは！　ですが母上は言いました！　こういう口の堅い者は人質として価値の高い場合が多い、と！　さすがは母上ぇ！」

「……母、上？」

「そしてまさに、ワタクシが今手にしているこの男はなかなか重要なポジションにいる者らしいのです！　侍従に吐かせたところによると、禁字族の世話係みたいなことをしているとか！　さあ禁字族殿！　姿を現さねば、この男を痛めつけ、最後には殺します！　指を一本ずつ落としていくのがいいですかね!?　あ、耳を引きちぎってからの方がよろしい

でしょうか!? ひどいと思うなら出てきてください！　禁字族の方！　聞こえていてください！　どうか、どうか！　母上最高！」

「！」

声を聞いてか、騎士らしき男が城内から剣を手に現れた。

「!? ホーク殿！　くっ、貴様……何者だ!?」

「ワタクシ!? 異界の勇者でございます！」

「なっ!?」

「女神ヴィシスの唯一なる息子——ショウゴ・オヤマダでございますよ！　あなたには人質の価値がございますか!? なさそうですので——【赤の拳弾《バレット》】ぉお！」

「ぐぎゃっ!?」

オヤマダのこぶしから赤いかたまりが放たれ、騎士が吹き飛んだ。

噴き出た血を引きながら、砕け散った鎧《よろい》の破片が地面に転がる。さらに彼の近くにあった建物の柵も、赤いかたまりの被害を受けて、その上部が砕け散っていた。

高い破壊力にあの速度……あれには、注意しなくてはならない。そして、

（やはり彼は、トーカ殿の——ッ）

「どうしましょう、セラスさんっ……ホークさんが……ッ」

セラスは逡巡《しゅんじゅん》した。

ホークは悪い人間ではない。ミラへ来た時から、自分たちに細やかな気遣いを見せてくれた。狂美帝に命じられてなのは薄々わかったが、

「いざという時の脱出経路を教えてくれたのも、彼でした。私たちの脱出案は知らないはずですが、それでも〝身の危険を感じたら脱出も考えておいてほしい〟と言ってくれました」

見捨てるのか、ここで。

「禁字族!? 出てきませんか!? はいでは——い、っぽーん!」

「ぐ、ぁ……ッ!?」

オヤマダが、ホークの指を一本斬り落とした。

ホークがまだちゃんと生きているとわかり、胸を撫《な》で下ろす。

が、声からして憔悴《しょうすい》の色が濃い。負傷もしていて、かなり衰弱しているとみえる。

合理で考えれば——自分たちは誘いに乗らず、スレイで逃げるべきである。

今館の裏手から出て行けば、気づかれず逃げられるかもしれない。

「……………善意には、善意で」

ふと復唱めいて、呟《つぶや》くセラス。

あの人は、自分に判断を任せた。

(私は——)

ショウゴ・オヤマダはA級勇者だという。あのトモヒロ・ヤスも、同じ等級だった。

勇者の中では上位の等級であり、等級が高いほど勇者は強くなる。

といってもS級と比べれば脅威度はかなり下がるはず——それがトーカの分析だった。

また、トーカの話を聞くにかなり感情的な男性のようだ。

冷静さを失わせられれば、隙をつけるかもしれない。

(トーカ殿のように、相手の感情を操るのが得意ではありませんが……)

と、ムニンが真剣な面持ちになって、意を決したように口を開いた。

「セラスさん、私は——」

「ムニン殿、私はホーク殿の救出に向かいます」

「！」

「彼は狂美帝にとっても有能な側近と聞きます。助ける意味は、あるかと」

「え、ええ……では、わたしも一緒に——」

「いいえ、行くのは私一人です」

「！　そ、それはだめよセラスさん……ッ！　それはっ——」

「申し訳ありません。あなただけは危険に晒《さら》すわけにいかないのです。それが、あの人との約束ですから」

「いいえ、それを言ったらあなたの身の安全だって——」

セラスは——微笑《ほほえ》みを、湛《たた》えた。ある種のやるせなさが、明確に込められた笑み。

「ムニン殿のお心遣いはありがたいですが、今は、議論している余地がなさそうです」

「……セラス、さん」

窓の外へ再び視線をやり、

「では、こうしましょう。ムニン殿は鴉《からす》の姿となり、二階の部屋の窓辺からいつでも脱出できるようにしておいてください。それから、二階へ向かう前に裏手の簡易厩舎にいるスレイ殿を第三形態にしておいていただけると助かります。私の方はホーク殿を救出したのち、彼を連れてスレイ殿とここを脱出——あなたも機を見て脱出し、上空から私たちを見つけて合流してください」

強く握ったこぶしを胸にやるムニン。ぐっ、と堪《こら》える顔をしている。

「……そう、ね。わたしは戦力としてはむしろあなたの力を削《そ》いでしまう。あなたが集中して戦うのに、わたしはいない方がいいわね」

拗《す》ねや自虐ではない。的確な現状分析から出た言葉。

ムニンの本領は無効化の禁呪。

彼女にも多少の近接戦の心得はあるし、セラスもミラへの道中に軽く訓練を行った。けれど相手が上級勇者となると、戦力としてはむしろ逆効果になりかねない。ムニンもそれを理解してくれている。彼女が自分自身を客観的に見られる女性なのは、感謝だった。

「汲《く》んでいただき、ありがとうございます。そして……ムニン殿の口からそれを言わせてしまい、申し訳ありません」

「ふふ、いいのよ。こういうやりとりで必要以上に時間を消費するのは、トーカさんも本意ではないはず……ホークさんをここで見捨てることも、ね。それに……あなたが言うように、ホークさんをここで助けるのは後々わたしたちの得にもなるはずだわ。あなたの作戦でいきましょう、セラスさん」

その時、

「もう、いっぽーん！　ペナルティとしてぇ……ぶん殴りも、追加しますか！　母上に見せたい！　是非に！」

「ぐ、ぁ――ぁ!?　……がふっ!?　ご、ふ……」

「――ッ！　時間がないわ、セラスさん！　このままでは、ホークさんがっ」

「はい」

厳しい声で応え、手早く動き出す準備を整えて廊下へ。

表口側と裏手側の二手に分かれる際、

「もし、私が失敗した場合は……鴉の姿で脱出し、ムニン殿お一人で合流地点へ」

「セラスさん、それは――」

「私の望みはトーカ殿の目的を果たして差し上げることです。つまり、あなたを失えば私

の望みも叶《かな》わないのです。そしてあなたの悲願も、潰《つい》えてしまいます。ですからどうか
――お願い、します」

そんな風に言うのはずるいわ、とムニンは表情で語った。けれど、飲み込んでくれた。

「だったら約束してくださいセラスさん。絶対、成功させるって」

「お約束します」

互いに、微笑みを交わし合う。直後、二人はすぐさま別々の方向へ足を踏み出した。

発光が外へ漏れぬ場所で――急ぎ、精式霊装《せいしきれいそう》を展開。

精神を研ぎ澄まし、オヤマダの視界に入らぬ位置の窓からするりと外へ滑り出る。

建物の壁を背に移動し、様子をうかがう。

（視界に入らず近づけるのはおそらくここまで……距離は、20ラータル（メートル）ほど
……）

トーカの麻痺《まひ》スキルなら射程圏内。自分にもあの力があれば、と思う。

外は雨が降っている。風精霊に頼らずとも足音をかき消してくれるのは、幸いか。

「あれぇ!? もう逃げたあとなのでしょうか!? あーくそぉ！ くそくそくそ！ 禁字族、
出てきませんね！ あぁ、母上！ ワタクシはどうしたらいいんですかぁ!? この城の人、
神獣のことは誰も知らないみたいですしぃ！」

ホークは……ぐったりしている。オヤマダに襟首を捕まれたまま、力なく項垂《うなだ》れていた。

気力も尽きたのか、動く気配もない。

幼子がいやいやするみたいに、身体《からだ》を左右に激しく振るオヤマダ。

「あぁああ！　このままじゃ母上に面目が立たないーっ！　あぁあああやだやだ！　やだぁ！　や――」

ガリッ！

「――、……痛《い》、っ」

「？」

オヤマダの傍《そば》……先ほど騎士を吹き飛ばした時に、巻き込まれて半壊した柵つきの塀がある。半壊したことで変形し――尖《とが》った石材部分が、突き出ていた。

今、彼は左右に振り回していた左手の甲を、その先端で引っ掻《か》いたのである。

「――あ――」

再び、オヤマダの様子に違和感を覚えるセラス。

それはまるで――落雷にでも打たれたかのような、そんな表情で。

オヤマダは目と口をぽかんと開き、口に手をやっている。

何か、そう……今、衝撃的な事実にでも気づいたみたいな……。

「……ぁ、あぁ……そう、か。く……ふはっ！　お、おれ……あの女神に洗脳されて、こんなとこまで？　あー覚えてるわー……これ、すっげ。洗脳されてる時の記憶も……全部、あるわ。すげぇ体験じゃねこれ？　おれなのに、おれじゃなかった感じ……あーはいはい。禁字族《きんじぞく》ね！　手に入れりゃあ、あの洗脳女神のデカパイに飛び込んでよしよししてもらえるわけだ！　おれのマザコン化ウケる！　ぎゃはは、てか女神のカラダ柔らけぇ！　あーどうすっかなーっ！　このまま洗脳されたフリ続けて、成り上がるかぁ!?　こっちの世界でよ!?　おれも〝遺跡潜り〟のおかげで、強くなっちまったしなぁ!?」

（遺跡、潜り……？　それに——洗脳？）

あの様子……解けた、と解釈すべきなのか。

女神が、彼に施していた洗脳が。

解けたきっかけは、先ほどの突起の引っ搔きで走った痛みだろうか……。

「あー綾香《あやか》とかに今の強くなったおれを見せつけてぇ！　つーか拓斗《たくと》とか今みんなどーなってんだよ!?　あいつらの情報、女神も誰も教えてくれてねぇし！　まーとりあえずあいつらのことは後でいっか！　つーか……なんかもうめんどくせーから、もうおれこっちの世界で好きに生きるか!?　女神ん下で権力とか握って、オイシイ思いして生きてくか!?　女神に媚《こ》びて生きれば、おれもこの世界でけっこう上にいけんじゃね!?　拓斗から、女神に乗り換えっかなーっ!?」

隙が、ある。

今なら——やれるの、だろうか？

近づいて、一撃で……。

セラスは慎重に、オヤマダの背後へ回り込もうと――

「あー……こいつはもういっか。禁字族いねーっぽいし……始末しちまおーっと！　邪魔くせーし！」

「！」

「てかここ帝都とか言われてても知らねぇし！　あとは追放ジジイがやってくれるっしょ！　あーそういや剣虎《けんこ》団《だん》にちょっとイイ女何人かいたなー。隙ついて叩《たた》き潰せば……あいつら喰《く》えっかな？　あのさっみー馴《な》れ合《あ》い傭兵団《ようへいだん》の女どもね！　つーか、異世界でイイ女飼って暮らしてーっ！　お願いボクちんの夢を叶えてー女神サマーっ！　ぎゃはははっ！……あー、こいつそこそこ重要キャラっぽいから……こいつ殺したのお土産にして、女神んとこ戻っか。んじゃ、さいなら――」

「ま――待ちなさい！」

もう少し近づきたかった、が。

「あ？」

「その人を……解放、しなさい」

「……あぁ？　ええっと……あれ？――あ！　おま、え……」

セラスを凝視したまま、ぽんっ、とホークの頭上を叩くオヤマダ。

「マジで、セラス・アシュレインじゃね？」

5．このすべての悪意をもって

出て、しまった。

しかし今出なければ、ホークは殺されていた。

オヤマダは舐《な》め回すように、セラスを上から下まで眺めてきた。

「お……おぉ！　雨に濡《ぬ》れててエロいじゃーん！　てか、うわっ……マジでエッロ。ん？　つーか、なんでここにいるんすか？　今あんた、小バエのなんちゃら団にいんだろ？」

「……質問には、そちらの方を解放してから回答いたします」

「そうっすなー？　じゃあ、おれの言うこと聞いてくれたら解放してあげましょう！　まず胸、出そっか？　ボロンッ、て！」

「――――ッ！」

想定は、あったが。

羞恥か、怒りか――顔が、熱を持つ。

気づくと、セラスは空いた方の手で胸を隠していた。

しかも、嘘《うそ》なのがわかった。

言うことを聞いても、彼はホークを解放する気などない。

「……あなた、には……最低限の矜持《きょうじ》すら、ないのですかっ……」

「ぎゃはは！　なに赤くなってんだよ!?　純情か！　はー？　キョウジ？　男なんて下半身で生きてんだよ……で、女はそれの受け皿になんのが世の中だろ？　交尾しねーと子ども増えねーし……人間は種の保存が正義なんすなー。それが世の中の正しさだろ？　それを恥とか……恥を知りたまえ、セラス・アシュレイン！　ぎゃはは！　つーか耳尖ってっからエルフなんだっけ!?　エルフってみんなそんなエロ美人なん!?」

わずかに覚えたのは――恐怖、だろうか。

トーカから聞いてはいたが。ここまで下劣に感じた人間は、初めてかもしれない。

何か、こう……形容しがたい不気味さすら、ある。

とても軽く見えるのに――深い、深い邪悪性。

いや……それよりも。

「ホーク殿？……ホーク殿は、生きていらっしゃるのですね？」

死んでいたら、人質の意味がなくなる。セラスがこうして、姿を現した意味も。

「あー弱ってるけど、生きてる生きてる」

――判定は、真実。

「けど、どーすんの？　ストリップしねーんなら、話進まねーぞ？　やるのか、やらねぇのか……20秒以内に決めろや。ちっく、たっく……ちっく、たっく……ほら、やんねーとこいつ殺しちゃうゾ？……まず、胸からやれ」

ホークのこめかみに、こぶしを添えるオヤマダ。

「――――ッ」

「あと、15秒デース……ちっくたっく、ちっくたっく……やる気ある？　へー……こいつの命より自分のプライド優先っすかー……ま、そりゃ正しいわ。そのくせ私は立派な人間ですって顔してんのが、マジでウケる！　あ、人間じゃなくてエルフか!?　亜人って低級種族なんだろ!?　やりたい放題じゃねぇの！　ピーっ！」

「くっ……」

言う通りにしても、ホークを解放する気がないのがわかってしまっている。

そして――絶対に避けねばならないのは、ここで自分まで人質になってしまうことだ。

その時、

「あーめんどくせ……じゃあ返すわ、ほれ――」

「！」

オヤマダがホークを宙に――セラスへ向けて、放り投げた。

同時にオヤマダは、こちらへ向かって駆け出している。

彼のこぶしが狙っている方角は、ホーク。

セラスも、駆け出していた。

彼女はホークを受け止めつつ、そのまま回避を試みる。

少しなら攻撃を受けてもいい。

攻撃は、精式霊装の部位で受ける。

何より人質さえ、確保してしまえば――

「【重撃の拳弾《ヘビーバレット》】」

ドゥッ！

来た――赤い攻撃弾。

「!?」

瞬間、赤いかたまりが散弾と化した。

足さばき次第では、全弾回避の目もあるかに思えた。

しかし――ホークを守りながらでは不可能。何発かはやはり、受けるしかない。

極限まで集中力を研ぎ澄まし……瞬時に、セラスは把握する。

このままいけばどの部位に散弾が当たるかを、計算する。

重傷になりかねない部位へ迫る赤弾《せきだん》は、精式霊装の部位で受け――

「チェック、メイト」

「え？」

すり、抜けた――赤弾が、精式霊装の部位を。

そう、赤弾は幻影のようにすり抜け、何発かが、セラスの体内へと吸い込まれた。

「何、が……、────ッ!?」

（身体が……重、い？）

「くっ……」

　これは、支えているホークの体重からくるものではない。

　明らかに違和のある重み。

（今の赤弾を受けたせい、ですかッ！　しまった──）

　相手が勇者である以上──トーカの例が、ある以上。

　単純な攻撃以外の効果も想定しておくべきだった。

　逸《はや》った。

　ホークを救うことへ、意識をやりすぎた。

　セラスはホークを片手で抱きしめる形になったまま、膝をつく。

　片手の剣に氷脈をさらに行き渡らせつつ、気丈にオヤマダへ強い視線を飛ばす。

「あー……言ってみたかったンだわ、今の〝チェックメイト〟ってやつ。ちょー気持ちいいわ……つーか、だと思った♪」

　ニヤニヤと、セラスを見下ろすオヤマダ。

「おまえさぁ？　そういう善人っぽいやつ見捨てらんねークチだろ？　バカなんだよなぁ……おれのいた世界でも、偽善者どもがまーうるさくてよー。つーか、世界とか社会をよくするとか、弱い人たちを救うとか言う前に、てめーの人生をがんばれっての！　なぁにがやらない善よりやる偽善だよ気持ち悪ぃ！　ぎゃはは！　拓斗によると、偽善者の話ばっか聞いてると国がマジに弱って衰退してくんだとよ！　でもおれの育った国は必要悪を認めないアホ偽善者の意見ばっか通るから、もう未来がねーらしーんだわ！　じゃあもう異世界でよくね!?　なぁ!?　こっちにしかいねぇこんな美人も、好きにできるしよ！」

……ザァァァ……

オヤマダの能力のせいなのは、わかる。

けれど雨に濡れた布地が、ひどく重く感じた。

セラスは——停止、していた。

脈、が。

「ホーク、殿……？」

脈が、ない。心臓の鼓動も……ない。

「そん、な……死んで、いる……？」

「あ？　マジで？」

「あ——」

オヤマダはまだ生きている、と言った。

まだ生きていると、思い込んでいた。

ならば、嘘とは見抜けない。

当人が嘘をついているという自覚が、なかったのだから。

「ちょっ!? なに勝手に息ひきとってんだよホークさぁああん!? ウケるわーっ! じゃあ……セラスさんバカみたいじゃん! 決死の覚悟で守ってくれたのにもう死んでたとか! ひーっ面白いよー最高っ! ほんっといい人すぎね!? マジ行動カワイイじゃん! 優しいじゃん! うぉぉおおおお、燃えてきたーっ! おらぁ!」

「ぁ、ぐ……っ!?」

オヤマダが前蹴りで、セラスを蹴り飛ばした。

「ホークくん! きみはセラスちんを弱々にする役に立ってくれたが……邪魔だどけ♪ ぎゃはは、おらぁ!」

ゲラゲラ笑いながら、オヤマダがホークの死体を脇へ蹴り飛ばす。

「く、ぅ……」

セラスは地面に片手をつき、立ち上がろうとする。

トーカの麻痺性付与《パラライズ》ほどではない。

身体《からだ》は、動く。けれど——重い。

「おーけっこう動けねーみたいじゃん。やべ……もがこうとしてる顔、マジそそるわ。あー……どうすっかなー……そこの家に連れ込むかー?」

セラスの中に一つの危惧が走った。

己の身の危険よりも、それは彼女が恐れること。

それは、ムニンが助けに来てしまうこと。

最悪の事態。それだけは、避けねばならない。

「やる、のなら……ここで、済ませなさい……ッ」

「……え？　何？　おれとヤりてぇの？　マジで!?　うわー意外と淫乱エルフなのかよ!?　姫騎士だっけ？　淫乱姫騎士エルフなの!?　何誘ってんだよ、ウケるわ！」

「くっ……」

「ぎゃはは〝くっ……〟じゃねぇんだよ！　何自分から言っといて照れてんだよ!?　面《おも》白《しれ》ぇわこいつ！　おれの周りにはいなかったタイプだ！　まーわかったわ！　そんなにおれが欲しいなら——」

刹那——オヤマダへ躍りかかる、赤い眼《め》。

黒い、身体。

どこからかひと足に、跳躍してきた。

威圧感のある巨体に、二本ヅノ。

八本の脚。

絶対に許さぬとでも言わんばかりの、落雷がごとき——いななき。

「スレイ、殿ッ！」

「【赤の拳弾《バレット》】」

「やめっ──」

　スレイが悲鳴を上げて吹き飛び、身体を塀に打ちつける。

「スレイ殿ッ！」

「あー？　小バエ軍団の馬かー……？　何？　大好きなエロエルフちゃんを守りにきたんでちゅかー？　ぎゃはは！　弱《よえ》ぇーっ！　まーそこでおとなしく見てろや！　今からいいもん見してやっからよ！」

「ブル、ル……ッ」

「お？」

　ガクガクと脚を震わせながら──スレイが、立ち上がる。

　戦闘態勢を、取った。

「はーまだやんの？　面《おも》っ白《しれ》ぇ……ほら、来いや……おい動いたらあいつにもとどめさすからな、セラス」

「──ッ、スレイ殿！　逃げてください！」

「ブルル……ブルルルッ」

　拒否、している。

戦意を、奮い立たせている。

逃げるわけにはいかないと、意志を発している。

スレイが、駆け出した。

「だめです、スレイ殿！　どうか――」

オヤマダが赤弾を放つ。回避を試みるスレイ。

が、先ほどの負傷のせいか避《よ》けきれない。

「やめてくださいオヤマダさん！　スレイ殿も、もうやめてください！　私は、大丈夫ですから！」

ムニンの存在は、示唆できない。

彼女の存在をオヤマダに悟られるような言葉は選べない。

再び赤弾で吹き飛ばされ、地面に転がるスレイ。口から、血を吐いている。

数回、同じ光景が続いた。

セラスがどんなに止めても、スレイはやめなかった。

スレイとオヤマダの戦闘力の差は歴然、なのに――

「ブル、ル……ブルルル……ッ！」

ガクガクと脚を、震わせながら。

雨に濡《ぬ》れ、爛々《らんらん》と赤眼を、光らせながら。

立ち、上がって——その蠅王《はえおう》の馬は、戦闘態勢を、取る。

「おーまだ立つか！　思ったより根性あんじゃん！　ぎゃはは、つーかなんか必死すぎてちいキモいわ！　何？　種族の壁を乗り越えて、お馬ちゃんこの清楚《せいそ》系エロエルフに惚《ほ》れてんの!?」

意地、使命感……灼眼黒馬《しやくがんこくば》から放たれているのは、絶対に引かないという意志。

セラスの目に浮かぶそれは今や、雨水の水滴ではなかった。

「どう、して——そこまで」

その時、ハッと気づいた。

『それより……セラスたちのことは、頼んだぞ』

『パキュ！』

出発する前、トーカとスレイが交わした言葉。

約束。

任された、から。

誰よりも信頼している彼に信頼され、任されたから。

意地でも、命に代えてでも……守ろうと——してくれて、いるのだ。

「スレイ、殿……もう、いいですから……もう、立たなくて……お願い、ですから——」

「ブル、ル……ッ、——ブルルル……ッ！」

「あーうっざ。そうだ……脚、全部……ぐちゃぐちゃに潰してみっか」

オヤマダのひと言に、背筋がゾッとなった。

「あ、面白そうじゃね？　粉砕しまくって、タコ足みたいにふにゃふにゃにしたらどの段階で心折れるか――やっべ！　魔物だよなあれ!?　動物虐待にもならねーから、心も痛まねーわ！　おれなー、こう見えて動物は好きなんよー」

「や、やめ――そんなこと……許されるわけが、ありません！」

「じゃあ、おれがやめるようにがんばれや？」

「あ――」

「スレイきゅんの心と身体をバッキバキに折ってほしくねぇんなら……自分に何ができるか、考えろや？　つーかセラスおまえさ……自分で何もしねぇで、文句ばっかだな？」

「わ、たし……は……」

「はぁ？　はっきり言ってくださーい？　あ、な、た、は、な、に、が、で、き、る、ん、で、す、か？」

「……ぬ、脱げば……いいの、ですか？」

「マジで!?　露出狂じゃん！　そうなんだろ!?」

「……っ」

「は？　認めねーの？　おれに見てほしいんだろ？　誘ってんだろ？　あ、ホークみてー

「ま、待ちなさ――待って、ください。は……はい……」

セラスは重い手を胸の布地にかけ、恥じらいに視線を伏せた。

口もとは――恥辱に、引き結ばれている。

「誘っ、て……いるの、です……」

「はーい、じゃあまずは謝罪ー」

「え？　あ……申し訳、ありませんでした……」

「謝罪しながら脱ごっか♪　ほら、表情も誘ってるっぽく！　まーイヤイヤってのも悪くねーけど！　おら、さっさと脱げや！」

「――――ッ」

せめて、稼がなくては。ムニンが逃げおおせるまでの時間を。

彼女さえ生きていれば。

生きて、トーカと合流できれば。

女神への復讐《ふくしゅう》は、遂げられる。

自分もそうだ。

生きてさえいれば。

ここで何があっても――きっと、あの人なら。

生きるのだ、何をしても。

どんな恥辱を味わおうと。

生きる。

絶対に。

スレイも、死なせない。

絶対に。

セラスは、胸の留め具に――指を、かけた。

「ぎゃはは！　なんか経験人数ゼロの女みてーに焦《じ》らしまくんじゃんセラスさーん!?　よっしゃ！　一発ヤったら次は屋内でヤろーぜ♪　つーか異世界、マジ最高！　お？　スレイくん、ついに立ってるのも無理になって倒れちゃった！　ほーら、セラスちゃんはこれからとっても可愛《かわい》くなってくれまちゅよー？　いやーもうなんか大魔帝《たいまてい》討伐とかどうでもいいわな！　クラスの連中もどうすっかな!?　この調子で綾香《あやか》とか高雄《たかお》ズもヤっちまうか！　鹿島《かしま》、戦場《いくさば》、室田《むろた》辺りは二軍候補で！　まーでも心配だわー！　こんな上澄み中の上澄みとヤっちまったら、今後おれは他の女で満足できんのかーっ!?　ぎゃはは！　つーか早く脱げよ！　ちょっとズラしただけじゃねーか！　サービス悪すぎだろ！　わかったわかった！　もうおれが脱がしてやっからさ！　あーもうこのずぶ濡れ姿の時点でエロすぎて……我慢できねぇえぇ！　あれ？　あらら ぁ？　もしかして……泣いてる？　泣いてます？　ぎゃはは！　泣いちゃったよ、セラス・アシュレイン！　面白れーけど、正直泣く女ってマジでウザいんだわ。知らねーし！　あーもう我慢できねぇ！　スキルでもっと身体重くして、動けなくして、好きにやろうそうしよう！　ぎゃーたまんねぇええ！　もう自発的ストリップとかいらんわ！　おれのペースでやらせてもらいマスーっ！　ぎゃははは！　もっと泣かしてやっからよ！　もちろん、気持ちいい方の意味でな！　よっしゃ！　やりたい放題コース、とっつにゅううぅうううぅぅぅうううう――――――――ッ！」

「よお、小山田《おやまだ》」
「あ？」

――ピシッ、ビキッ――

◇【小山田翔吾】◇

中学の頃、小山田翔吾《しょうご》はとあるグループに所属していた。
いわゆる反社会的なグループ、となるのだろう。
友人に誘われてリーダーのいる溜《た》まり場《ば》に顔を出したら、気に入られた。
『おまえ見込みあるぜ、ショウゴ』
小山田の家はそれなりに裕福な家庭だった。
父親は中古自動車の買取販売の会社を経営していた。
持ち込まれる車の出所は問わないタイプの会社で有名だとか。
母親は、認知症ギリギリの高齢者を相手に保険の勧誘をしていた。
一人っ子なのもあって、愛情は一身に注がれていた。
親は両方ともチョロいので嫌いではなかった。
しかし常日頃から〝もっと上の世界に行きてぇ〟――小山田はそう思っていた。
日々の生活に不満がなかったからこそ、刺激を求めていた。
単純に〝つまんねぇ世の中〟と、飽き飽きしていた。
自然、付き合いは刺激のありそうな相手になっていった。
小山田が入ったグループのリーダーは、ミツミと言った。

ミツミはすごかった。

小山田の目から見れば、やりたい放題だった。

たとえば、家が裕福で顔のいい大学生の男らを動かし、合コンをセッティングしまくっていた。ミツミは有名大学の医学部や法学部の大学生にも、顔が利いた。

『製薬会社が気づきやがって、睡眠薬を飲み物に溶かすと青く変色するようにしやがったんだよ。ほら、便所行ってる間に飲みもんに睡眠薬とかクスリ入れて女パーにするってやり口あるだろ？　で、ギャラ飲みとかやってる女も最近それ知って警戒してんだ。けどオレらは、青く変色しねー無味無臭の特別な睡眠薬を持っててな？　あいつら色変わってねーから、安心して飲むんだよ。で、まあ……オレらがそいつらをおいしくいただくわけだ。思い出の画像と動画もばっちり撮る……で、楽しい時間は一回じゃ終わらねー。オレらが飽きたら次は金稼ぎ……ちなみにガチのクスリをまぜねーのは、商品になんねーから。ああ、もちろん契約書作って稼ぎの一割は渡すことにしてっから〝合意〟だよ、合意……ぜぇんぶ、合意だから』

でも中には訴訟とかするやついないんすか、と小山田は興味本位で尋ねた。

『やっぱショウゴはいいとこ気づくよな。大丈夫……たまにテンパって訴訟チラつかせてくるバカ女もいるけど、こっちが勧誘に使ってる学生連中の親……金と地位があっから。いわゆる上級ってやつ。ほら、似た事件があっても大抵不起訴とか示談になってんだろ？

あれ……けっこうな額の金もらって示談にした方が女にとってもいいからなんだよ。思い出したくもない過去を公の場にまで引っ張り出されてゴチャゴチャいじくり回されるより、金もらって黙って引き下がる方がいいって気づくわけだ……負けたら訴訟費用出てくだけで、金入ってこねーからな。こっちの弁護士団がガチ強いってことに途中で気づいて、泣き入れてくるやつらがほとんどだよ……まーそれでもやるってんなら、そいつの自宅とか実家とか職場が、謎の騒音被害とかで大変になるから……結局ビビって、やっぱり泣き入れてくる』

すげぇ、と小山田は尊敬の念を抱いた。

小山田もその〝合意〟のパーティーに何度か参加した。

ミツミの言う通り、揉《も》めても最後はほぼ示談で決着した。

マジですげぇ。この国は金と地位がありゃあ、犯罪も犯罪じゃなくなるのかよ。

そして——自分もミツミさんみたいに〝上〟に行きたい。

小山田はミツミの手足となり、悪事に手を染めていった。

刺激的で、本当に楽しかった。日々が色づいた気分だった。

ミツミは色んな〝ビジネス〟もやっていた。

投資詐欺や、振り込め詐欺の受け子派遣。ドラッグの運搬。無知な小金持ちをターゲットにした未成年を使った美人局《つつもたせ》、などなど……。

対立するグループのリーダーにも、ミツミは容赦なかった。

相手グループの家族や恋人にも平気で手を出し、脅《おど》しの材料にした。

またいざという時には必殺〝未成年砲〟が炸裂《さくれつ》する。

ミツミに脅され、主に刺殺とかをやらされるガキたちのことだ。

『この金やるよ。実行したらやばくなるかもだから、その前にこの金使って好きなことしてこい。ああ……持ち逃げしたら親類縁者全部が一生後悔するから、覚えとけ』

大抵そう言われ、最後は重い犯罪行為に手を染める。

この国は未成年だと罪が驚くほど軽くなる。成人まではやりたい放題なのだ。

例の〝合意〟もやばそうな時は未成年砲を使い、罪をおっ被《かぶ》せていたらしい。

『ショウゴはいいやつだから未成年砲にはしねーよ。安心しとけ。おまえはもっと、上にいけるやつだから』

実は自分もまだ未成年だったから不安はあったのだ。

でもミツミさんに気に入られているから、大丈夫。仮に捕まっても、罪だって軽い。

実名だって出ないから、いくらでもやり直せる。無敵じゃん、と歓喜した。

だがある時――突然、ミツミは終わった。

聞けばミツミたちよりやばいグループに潰されたらしい。

例の〝合意〟をやった際、そのやばいグループの女に手を出してしまったのだそうだ。

相手のグループは〝蝕《むしばみ》〟という名の、反社とも微妙に違うグループだった。そこのリーダー格は自分のグループのことを〝明確な中央の存在しないブロックチェーンみたいなネットワーク〟とかなんとか、言ってるらしい。

わけがわからないが、小山田は言い知れぬ不気味さを覚えた。

蝕は、イオキベとかいう男がとにかくやばいらしい。

ミツミと〝合意〟に参加していた男子大学生たちは、行方不明になっていた。

これはのちに聞いた話である。

ある日、残ったミツミのグループのもとに小包が送られてきた。

そこには綺麗《きれい》に抜かれたそれぞれの歯と、各自の睾丸《こうがん》の燻製《くんせい》らしきものが入っていたそうだ。のちにミツミたちのものとわかったのは、歯の治療痕からだった。

送り主はおそらく身元をあえてわからせるために、歯を送ってきた。

小山田はミツミが消えた時点で、即グループを抜けていた。

何か、やばい感じがしたからだ。

やがてミツミグループの他の面々が、立て続けに逮捕された。

戦々恐々としていたが、幸い小山田は大丈夫だった。心底、ほっとした。

小山田翔吾はこうして残りの中学時代をひっそりと過ごし、高校へ進学。

荻十《おぎと》学園に入学する頃には、あの恐ろしい体験も遥《はる》か昔と思えるようになった。

だが……刺激のない日々が、戻ってきた。

そんな時に出会ったのが、桐原拓斗《きりはらたくと》だった。

家が半端ない金持ちなのを知って、桐原にすり寄った。

意外にも、桐原はあっさり受け入れてくれた。

桐原は自分の下につく意思を見せた者には寛容な印象があった。

そう、小山田はまだ〝上〟に行くのを諦めていなかったのである。

絶対、おれは〝上〟にいく。

しかし、ミツミみたいな陰の世界ではだめだ。あっちの世界には蝕のイオキベみたいなもっと深い闇が存在するし、でなくてもいつか警察にやられる。

上にいくなら、陽の世界じゃなくちゃだめだ。

それこそ、桐原拓斗がいるような。

小山田は桐原のホームパーティーに顔を出し、特に強くそれを感じた。

参加者は、ミツミと違う社会的な成功者たち。

投資の高配当株がどうとか、信用取引がどうとか。

『国際情勢的に次の先物はあれですねぇ』『税逃れなら今はあの国がいいらしいですよ？』

『これからはＮＦＴとＷｅｂスリーの時代ですな』『今度、実はあの議員と会食するんですよ』『彼はあの団体に顔が利きますからなぁ』『いやー会員制のサブスクでウハウハっすわ』『いや、やっぱ企業案件っしょ』『うちはむしろ講演依頼やセミナーでがっつりですねぇ』『例の事務所に声かけてさ、女の子セッティングしてよ』『いやー格差社会ですなぁ』

とにかく——すごくて、すごすぎて、すごさしかなかった。

そこで堂々としている桐原もまたすごかった。成功者な大人たちの会話に平然とまざっているのだ。もちろんパーティー主催の家の息子だから、特別扱いなのはあるだろう。

が、物怖《ものお》じせず会話をする桐原に正直シビれた。

〝おれも桐原の傍《そば》にいれば、そのおこぼれでそこそこ上にいけるのでは？〟

小山田は、そう考えるようになった。

常に桐原の下につかなくちゃならないのは癪《しゃく》ではある。

しかし時間が経《た》つにつれ、それもあんまり気にならなくなった。

クラス内でのポジションも悪くない。

親は相変わらず金回りはそこそこで甘やかしてくれる。

ただし、両親の人脈は役に立たない。

自分が〝上〟に食い込むなら、桐原のいる世界の人脈だ。

ミツミのいた世界では、先がない。必ずどこかで行き詰まる。

……くそ。けど、楽しかったなぁ。

ミツミのグループにいた時代の方が〝生きてる〟って感じがあった。

自分が〝上〟へ行くには陽の世界しかないのは、わかってる。

けど——刺激がまるで、足りねぇ。

小山田《おやまだ》の中に沸々と沸き上がるものがあった。

ある日、ミツミとつるんでいた時代に美人局で使われてた未成年の女と、小山田は連絡を取った。

桐原家のホームパーティーにきてた金持ちたち……。

地位があるってことは、それを守りたいってこと——世間体が大事ってことだ。

自分は今じゃ〝拓斗君の親友のショウゴくん〟として、顔も覚えてもらっている。

今なら、あれだ……パパ活の体《てい》でいいだろう。

仕掛けて、みるかぁ。

今度の修学旅行から、帰ってきたら。

▽

「ずいぶん好きに、やってくれたらしいな」

ゾクッと、身体《からだ》の芯に、震えが走った気がした。

昔、そう……一度だけ、ミツミの機嫌を損ねたことがあった。

あの時は、少しチビったくらいビビった。が、後ろにいる誰かは——
それ以上にやばい感じが、する。
たとえば、ミツミをやったと思われるイオキベに感じた恐怖……。
今すぐ逃げ出したい衝動に駆られるも、
「ん、だ……こ、れ？　動け、ね——ぐぎゃっ!?」
身体を無理に動かそうとしたら、信じられない痛みが全身で弾《はじ》けた。
出血。内側を駆け上がる激痛。次いで、吐血。
「げ、ふっ!?　ごふっ……ん、だ？　これ……ッ!?　がっ……」
思い返せば——何か、聞こえた気がする。
自分が声を上げて意気揚々としゃべり散らかしている最中《さなか》。
後ろで、何か声のようなものがした気がする。
激しい雨と、自分の声と興奮で、気のせいと無意識に流したのか。
それともう一つ、この違和感である。
背後の誰かは、自分の名前を呼んだ。
声……そう、声だ。知っている気が、した。
が、小山田の記憶に現れる数々の映像と結びつかない。
誰だ？

「くせぇんだよテメェは……小山田」

そう、この感じ……相手は自分のことを知っている。

この言い方はこの世界に来た時期から――否、もっと前からか？

誰だ？　誰の、声――

「テメェは、あいつらと同じニオイがぷんぷんしやがる……あの、クソどもと」

あ？

「こ、の……声？　まさ、か……いや……違《ちげ》ぇ。誰だ、てめぇ」

「悪かったな、セラス」

背後の誰かは小山田を無視し、話を続けた。

「いえ……いえ！　私こそ、判断を……違《たが》えてしまったかも、しれませんっ」

「おまえなりに考えはあったんだろ。もう今の俺は、おまえについてはそこを疑う段階じゃない。そして……スレイ。俺の頼みを、そこまでして守らなくてもよかった……俺の言い方が悪かったな。すまなかった」

「ブル、ル……パ、キュ……」

本気に、誰だ？

知っているようで知らない、誰か。

後ろにいたそいつが小山田の正面に、回り込んできた。

セラス・アシュレインの前に、立ち塞がるみたいに。

蝿面《はえづら》の男。

蝿王《はえおう》ノ戦団を率いる蝿王——ベルゼギアか？

なのに、おれはこいつを知っている気がする。どう考えても、初対面なのに。

なんだか具合が悪くなってきた小山田は思わず、

「て、め……誰、だ……っ!?　声……聞き覚え、が……あん、だよ！」

「わかんねぇか——小山田翔吾《しょうご》」

「！」

ショウゴ・オヤマダではなく。

小山田翔吾、と蝿面は言った。

あ？　それは、つまり——元の世界の頃の人間がする呼び方。

「あぁ？　この、声……？」

元の世界で当てはまるやつが……一人しか、いない。

だが、こんな……底なしの毒みたいな感じでは、なかった。絶対に。

「まさ、か？　生きて、たのかっ……て、めっ……マジ、か……ッ!?」

小山田はそれをどこか否定したい気持ちで、その名を口にした。

「三森、灯河──ッ!?」

「せっかく声を変えずに話しかけてやってたのに、気づくのが遅《おせ》ぇよ」

「三、森っ……て、めっ……廃棄され、て……くたばったん、じゃ……ッ!?　つ、か……なんだ、その……態度は、よ!?　お、いっ……」

「すぐに殺すにゃちょっとばかし、テメェは────やりすぎた」

「この、身体が動かねっ、のも……てめ、のっ──」

「場所を、変えるか……【スリープ《眠性付与》】」

そこで、小山田翔吾の意識は途切れた。

目覚めた時、小山田翔吾は──どこかの屋内の廊下にいた。

目の前には蝿王と、セラス・アシュレイン。

蝿王が、マスクを脱ぐ。

「……ッ！」

これで、はっきり確信した。顔つきがけっこう変わっては、いるものの。

確かにその男は、召喚直後に廃棄遺跡へ捨てられ、死んだはずの──

「三、森……」

「ああ、そうだ……三森灯河《みもりとうか》は生きてやがったんだよ、小山田翔吾」

「今、まで……何を……何を、やってやがっ……た!?」

「五月蠅《うるせ》ぇな」

「！」

「テメェは呑気《のんき》に質問できる立場じゃねぇだろ、小山田」

「んだ、とぉぉ……」

「質問するのは、こっちだ」

「う――」

三森灯河が、小山田の首もとに剣の先を突きつけた。どこかから拾ってきたらしい。

小山田は手首を後ろで縛られ、膝をつく恰好にされていた。

何かされて、意識を喪失させられていたようだ。

「反撃の意思が見えた時点で、即座にこの刃をテメェの首に突き込む。すると、即死ってわけだ」

「ぐっ……三、森ぃ……ッ」

「鬱陶しいから、話せるようにはしてやる」

三森がそこで、何か操作するみたいな動きをした。

「――てめぇ三森……なにあのクソ安《やす》みてぇに調子こいて豹変《ひょうへん》してんだよ……、あ？　普通に、しゃべれる？　くっ、けど身体が動かねぇじゃねぇか！　くそ！　あのジジイか剣虎団《けんこだん》どもは助けにも来ねぇのかよ！　助けに来いやボケどもが！――ぐおっ!?」

鋭い痛みが、頬に走った。三森が頬を斬りつけたのだ。

「誰が、勝手にしゃべっていいと許可を出した……？　ナメてるのか……テメェ？」

「ぐっ……な、なんだてめぇ……いっちょまえに……」

威圧感が、違う――安のカンチガイ虚勢とは、質が違う。

知っている。この、不吉な感じ。

ミツミ側の人間に覚えたたぐいの、陰の世界側のそれだ。

不意に、慎重に抜かれた全歯と、燻製《くんせい》になった睾丸《こうがん》のイメージが頭に浮かんだ。

そうだ……この感じは、イオキベのやり口を聞いた時に感じたものと同じ。

恐怖？

「あぁ？　恐怖、だと……？　このおれ、が？　三森、程度に……？　ぎゃっ！」

三森が肩に刃を突き刺した。再び素早く、喉もとに刃を添えてくる。

「ペラペラと、鬱陶しいヤツだな……」

「くそ、が……ッ！　何が聞きてぇって!?　あぁ!?　いきなり実は生きてて蝿王ノ戦団やってましたとか、セラス・アシュレイン飼ってましたとか……マジでわけわかんねぇんだよ！――や、やめろって！　わかった！　刺すな！　斬るな！」

「まずは話せ……クソ女神がテメェに何を指示して、ヴィシスが何を企《たくら》んでるのかを」

「あ？　話したら助けてくれんだろーな？　別にあの女神に義理もねーしよ……しゃべってもいいぜ？　ただ、まずこの身体が動かねーのを解いてもらわねぇとなぁ？」

「バカかおまえ。テメェに選択肢はねーんだよ、小山田」

「ぐぅぅ……ッ！　テメェ三森ぃ……底辺のE級ごときが、なんでそんなでかい態度に出てやがる！　なんかスリープとか言ってやがったが……あ？　まさかあれ……ガチで女神に効かなかったあのクソスキルか？――だから待てって！　やめろ！」

ぎゃは。

「全部、質問に答えてからだ。テメェを許すかも、その回答次第だな」

許すぅ？　三森は、今〝許す〟と言ったのか？

ふと脳裏に浮かんだのは、十河綾香《そごうあやか》。

そうか。結局……こいつも〝綾香の側〟か。

そうさ、よく考えれば殺せるわけがねぇ。同じ世界の人間を――クラスメイトを。

「ちっ……いいぜ。で、何が聞きてぇんだ？」

三森はいくつか質問を投げてきた。

適当な回答や嘘《うそ》もまぜて答えておいた。まあ、実を言うと隠しておきたい話も特にない。

しかし、なんだか素直に答えるのが癪《しゃく》だった。

小山田《おやまだ》が答えると、三森はすぐ次の質問へ移っていった。

本当に真実を言っているかを問い質《ただ》すこともなく。

つまり小山田を疑ってないのだ。

内心、三森を馬鹿にした。

所詮は底辺。良心とかいう幻をどこかで相手に期待しちまう、カモネギ善人。

相手が悪人であっても、話し合えば解《わか》り合えると思っている。

馬鹿すぎる。

だから騙《だま》されて骨の髄までしゃぶられ尽くすんだよ、てめぇらは。

心の中で小山田は、これ以上ないほど三森を嘲笑《あざわら》った。

やがて、質問がひと区切りついた。

「なるほど……この辺のミラの騎士やら兵の大半は、その追放帝《ついほうてい》とかいうのから狂美帝《きょうびてい》を守るためにそっちへ詰めかけてるわけか。向こうでも破壊音やら悲鳴やらが聞こえてたからな。で、他は退避した……それでこの辺には、ひと気がなかったのか」

三森が何をしたいのかは、知らない。

まあ……さっきの質問から考えると、自分を廃棄した女神に復讐《ふくしゅう》ってとこか。

んなこたぁ、どうでもいい。勝手にやってろ。

ただ……むかつく。態度が。

セラスはというと、三森の背後で押し黙っている。

せいぜい三森の後ろで時折何か少し動きを見せる程度。あれも、気に入らない。

もうちょっとで好きに蹂躙《じゅうりん》できた超がつくほどの上玉。

……死に切れねぇ。せめて一発、ヤらねぇと。

さらに気に入らねぇのは――セラスの三森への態度。

なんだありゃあ。普通にデキてんじゃねぇのか？

しかも、三森がセラスに惚《ほ》れてるって感じじゃない。

セラス側が三森に気がある方のやつだ……気に入らねぇ……。

「なんだ？　セラスがそんなに気になるか？　悪《わり》ぃが――もう指一本も、テメェには触れさせねぇよ」

「ぐっ……」

マジにむかつく。が、どうする？

わずかでも攻撃の気配を出せば殺される。さっき自分自身も被弾覚悟で固有スキルを使おうと試みた。スキル名を口にしようとした瞬間――唇を、斜めに斬られた。

その時〝ぶびぃ!?〟とか、クソダサい声が出た。

で、スキル名を最後まで言えなかった。

つーか……何があった？　これが、あの三森灯河だと？
まるで別人。人が違ったって言葉、そのもの。
こんな三森灯河は、知らない。
ミツミとあの大学生たちが行方不明になったと聞いた時、やばいと思った。
とてつもなく嫌な予感が走ったのだ。だから即、グループから距離を取った。
あれは正しかった。
結果、逃げ切った。で、チャラになった。
またこうしてやりたい放題の刺激を楽しむチャンスが、巡ってきた。
どんな悪事を働いても、この世は逃げ切りゃ勝ち。そうさ。
人は何度だってやり直せる。
なぜなら、バカどもが守ってくれるから。
次の機会を、与えてくれるから。
心から反省しているフリをし、過剰に涙し、謝罪の言葉を並べ立てれば。
時には身勝手な殺人者の人権すら、守ってくれる。
被害者は、守られないのに。
加害者は、守ってもらえる。
バカだから。

むしろ気をつけなきゃならないのは〝蝕《むしばみ》〟みたいな深すぎる闇の方だ。

バカども相手なら、プライドさえ捨て去れば逃げ切れる。

この世は——逃げ切りゃ勝ち。

ポタタ、と小山田はその唇から血を地面に垂らしながら——

「……そっか。生きてやがったんだな、三森」

がくっ、と項垂《うなだ》れた。当てられていた刃の先端が、頭上に移動したのがわかった。

「……悪ぃ。セラス・アシュレインには、ひでぇこと、しちまったよな……おまえにもだ、三森。おまえが廃棄される時——おれは、何もわかっちゃいなかった。もちろん、許してくれとまでは言わねぇよ。けどよ……ようやくわかったんだ。一番やべぇのは、あの女神だって……おれたちは、あいつにいいように使われてるだけだ。もういやだ……ほんとは嫌なんだよ、三森ぃ！」

がばぁっ、と顔を上げた小山田の顔は、涙でぐしゃぐしゃになっている。

「おれ、ほんとは怖くて……ま、前の世界にいた頃からおれのことクズに見えてただろ!? おれ、家がクソみてぇな環境でよ……心も荒《すさ》んでって、マジ色々あって！ あんな風にワルぶってないと不安だったんだよ！ どんな世界でも、弱けりゃ喰《く》われる側だ！ 搾取される側だ！ 強く見せなきゃ……強いやつの方につかなきゃ、おれが喰われる側になっちまう！ こ、この世界に来てからも……ほんとは怖くて怖くて！ 拓斗《たくと》もなんか人が変わったみてぇに怖《こえ》ぇしよぉ！　女神も、人面種《じんめんしゅ》とかいうのも……ッ！　ぐすっ……正直、綾香ぐれぇだよ……こんなおれでも、見捨てず心配してくれたの……ッ！　今、気づいた！　おれ……最後に、綾香の役に立ちてぇ！　委員長の力になりてぇんだ！　わかった、三森！　おれを殺したきゃ殺せ！　ただ……時間をくれ！　綾香に力を貸して……綾香たちと一緒に……クラスのやつらと協力して、大魔帝《たいまてい》を倒すまで！　も、もちろんおまえにも協力する！　おれは気づいた……真の敵は、あの女神だ！　い、いや……おれ自身にも問題があるのはわかってる……弱い自分を守るために、お、おれは周りを傷つけてばかりだった……そう、クズだよ……おれは、クズ野郎だ！　環境のせいにしたいけど……ぐすっ……それも言い訳だよな!?　なら……行動で示す！　だから頼む三森！　おれを、見逃してくれ！　これからは心を入れ替えて、おれは人を助ける！　人を助けられる人間になれるよう、努力する！　セ、セラスさんにも心から謝罪する！　本当に……ごめんなさい！　だから……助けてくれよぉお！　いきなりこんなこと言っても、信じられないかもしれないけど……頼む！　信じてくれ！　おれは、変わる！　もう、自分の弱さから逃げない！　せめて最後に……誰かを助けられる人間に、なりたいんだ！」

沈黙。

雨の音と、遠くからかすかに聞こえる騒ぎ……悲鳴、怒号……。

セラス・アシュレインが陰鬱に視線を伏せ、逸《そ》らし——唇を、噛《か》んだ。

そして自分で自らの腕を抱くようにして、彼女は言った。

「嘘です」

「は？」

「俺も人のことを言えたもんじゃねぇが、よくもまあ……そんなペラペラと嘘が出てくるもんだな、テメェも。くく、まったく……反吐《へど》が出るほど、ほざきやがる」

「……あぁ？　なんでおれの言葉が、嘘とか──」

「安の正直さに比べたら……ほんとに救えねぇな、小山田」

「な、何が!?　てか、安だと!?　てめぇ、安にも会ってんのか!?」

「なあ、小山田」

「あ？」

「実を言うと、俺は声を変えられる」

「は、ぁ？」

「なのにおまえに最初に声をかけた時、俺は、声を変えていなかった」

「……？」

「マスクをするってことは、正体を隠したいってことだ。つまり三森灯河《みもりとうか》であることをまだ隠しておきたい。なのに今こうしてマスクを取っている……その意味が、わかるか？」

「何を、言ってんだ？　生きてたのを……見せつけたかったんだろ？　で、ガチのエロ美人をゲットしたから……それも、見せつけるために……」

「やっぱバカだな、テメェ」

「あぁ!?」

「ここで殺すつもりだからに、決まってるだろうが」

「――ッ！　んだ、とぉ……ッ!?」

「ちなみにセラスは精霊の力で嘘がわかる。質問の仕方を選ぶのが大変だったが……その能力のおかげでテメェの回答を〝嘘〟と見抜くことで得られる情報もあった。ま……ご苦労だったな、小山田。テメェはもう、用済みだ」

「は……はぁぁあああっ!?　なんだそりゃあ!?　詐欺じゃねぇか！」

「ん？　なんだ……まだ、命乞いしたりねぇのか？」

「ここ、殺すだと!?　三森がおれを!?　ふざけんな、ぶっ殺すぞ！」

「小山田おまえ……セラスとスレイに自分が何をしたのか、まったく理解できてねぇようだな。俺が、とっくの昔に……どれほど――」

三森の表情が、禍々《まがまが》しい憎悪の悪魔のように、歪《ゆが》んで――

「ブチ、ギ、レ、てるのかも」

「ひっ」

「それに言っただろ……くせぇんだよテメェは。俺を生んだあのクソどもと同じニオイがしやがる……今すぐ、消したくなるニオイだ……」

「あっ――」

小山田は、気づいた。

違う。

三森灯河に自分が感じたのは、あの蝕のイオキベに、似た感覚なのだから……

こいつはアホな善人の〝綾香《あやか》の側〟じゃなく――深い闇の側。

「や……やめろ、三森！　実はおれ、おまえが思ってるほどおまえに悪い感情持ってねぇんだって！　だから、チャンスをくれ！　おまえの役に立つから！　マジで！」

「セラス」

「……嘘が、ありました」

「ざ――けんなぁドブスぅ！　ホラ吹いてんじゃねぇぞこのアバズレがぁ！　いいか三森！　美人とかイケメンほど実は性格よく育つとか言われてっけどあれ嘘だぞ！　あいつらちやほやされて育ってるからわがままだし普通に底意地悪ぃからな！　騙されんな！　おまえ、そこの勘違い顔だけ洗脳エルフに手玉に取られてんだよ！　目ぇ覚ませ！」

三森は――少し、笑った。くく、と。

「あ……あぁ？」

「いや悪い……そこまでいくと逆にすげぇよ、おまえ」

「あ？　馬鹿に……してんのかごらぁあ！　ぐっ……おい、けどいいのかよ三森!?　おれを殺していいのか!?　綾香のことを考えろ！」

「…………」

「あいつはクラスメイトをもう誰も死なせたくねぇとか言ってんだぞっ……おれみてぇなやつでもな！　おれを殺すってことは……綾香の気持ちを裏切るってことだ！　あいつはてめぇが廃棄される時、唯一かばってくれた女だろ！　その綾香を、裏切んのかよ!?」

「知らねぇよ」

「！……ぐっ」

「この世には、生きてても害にしかならねぇ邪悪がいる。生きてるだけで邪悪を振りまき、関わる人間を害していく存在――俺を生んだ、あいつらみたいな。俺はそういうヤツらが世の中から消えた方がいいと思ってる。俺たちのいた世界じゃ、間違った考え方だがな……」

「そ、そう……間違ってんだよ、その考え方は……人は、何度だってやり直せる……それが、人としての権利……誰にでも、やり直すチャンスは平等に与えられるべきで……」

「ああ、その考え方自体は否定しねぇさ。単に〝俺はそう思わねぇ〟ってだけの話だ。ただ、それ以上に……おまえは——俺の大事な仲間を、手にかけようとした。この話はそもそも、それで決着なんだ。いいか、小山田《おやまだ》……俺はおまえを救わない。救うヤツもいるのかもしれない。しかしここでは誰も……おまえなんて、救わない」

「セラスさん！　優しいあんたなら救ってくれると信じてる！　助けてくれ！」

「くく……自分のやったことの重大さを存分に自覚させるために、わざわざテメェにリスクと時間を割いたかいがあったぜ……小山田翔吾《しょうご》。今、最悪の気分だろ？　なぁ？」

　ぐ、ぐぬぬぬぬ……ッ！

　小山田の我慢と理性が——限界を、迎えた。

「ざっ——ざっけんな三森ぃぃいいいいい゛!?　てめぇ覚えてろよおらぁあ！　おれを殺したらぜってぇ呪ってやるからな！　あぁ!?　てめぇなんざ元々空気のうっすいクソモブじゃねぇか！　バスん中でいきなり口出してきた時マジうざかったわ！　なにこいつ？って思ったしよ！　あーこんなんなるなら廃棄前に始末しときゃよかったんだよこんなやつ！　あーくそ！　殺す殺す殺す！　まずあのアホ馬ぁ！　てめぇらの前でミンチにして、引っこ抜いた馬の足はセラスん中にぶち込んでぇ……そんで、お次はぁ！　三森がおかしくなるまで見た目とエロさしか取り柄がねぇ中身ブサイクエルフを朝も、昼も、夜も、飽きるまで犯し続けて！　そのあとは全国行脚《あんぎゃ》だ！　頭がどうにかなるまでこの大陸中の男どもの相手をさせてやる！　何してても拒否権なーし！　なしなしなーし！　あぁぁああああ！　つーかなんで三森がこんな感じで生き残ってやがんだよぉおお！　なんでこんなやつがいつの間にかこんな〝上〟いってんだよぉあぁぁあああああ！　むかつくむかつくむかつくむかつくむがづくあぁぁあああああああああああああ——」

「小山田」

その三森の表情は——怖気《おぞけ》を感じるほど、冷たいもので。

「救えねぇよ、おまえ」

バーサク《暴性付与》、と三森が口にして。

刹那——全身が沸騰するような感覚。

ブシュゥウ————ッ！

真っ赤な血が咲き——裂き、乱れた。

爆《は》ぜた血しぶきの向こう。

そこには、憐《あわ》れむような顔をしたセラス・アシュレインと、冷酷無比な表情をした三森灯河の姿。

それが……

小山田翔吾がこの世で見た、最期の映像だった。

◇【追放帝】◇

「ふぉっふぉっふぉっ！　もはや儂《わし》らを隔てるものはなし！　そちのミラの未来についての考え、剣を交えながら存分に語り合おうではないか！　狂美帝《きょうびてい》！」

皇帝の座までゼーラがあともう少しで到達する、という時だった。

ゼーラにとって、それは理外であった。

とても——小さき者。

決してゼーラの脅威にはなり得ぬ、弱きにすぎる存在。

誰が躓《つまず》く心配もない路傍の石を気にするだろうか？

それこそ、熱望していた目的地を眼前にして。

しかも——この決戦の場において、まるでそぐわぬその呑気《のんき》さ。

さながら散歩でも、しているかのような。

そんな具合に、柱の陰から現れた少女。

挨拶でもするみたいに、少女が、ゼーラ帝に触れた。

「——【女王触弱《クイーンビー》】——」

「？　なんじゃ、娘……、——ッ!?」

違和感。

思うように身体《からだ》に力が入らない――そんな感覚が、あって。

「んで【単体弱化《クィーンビー》】っと――お、エフェクト出てるね。ありゃりゃ……恐ろしさが減ってる感じがするねぃ、追放帝《ついほうてい》さん？　しっかりアタシの〝針〟が効いてる、ってことだ」

「儂に……何をした、小娘？」

「さてここで問題です、浅葱《あさぎ》ちゃんはあなたに何をしたでしょーっ!?　制限時間は1分です！……おーい、こばとちゃーん」

「あ、うん……【管理塔《ディスクローズ》】ッ」

少女が呼びかけると、柱からまた別の少女が顔を覗《のぞ》かせた。

真横の少女と違い、おどおどした雰囲気の少女である。

「う、うん。浅葱さんのステータスは今……み、みんなより低いよ！」

ゼーラの全身に覆い被《かぶ》さる感情は――不安。いつ以来の感情であろうか。

頼りないのだひどく。自分が。

「これ、は……？　む？」

柱の向こうから、先の二人と同じくらいの年頃の少女たちがわらわらと現れた。

かつてなら歯牙にもかけぬ存在。

己の脅威となりうる者など、柱の向こう側には誰一人いなかった。

いなかった、はずだ。

「ようこそ、弱者《アタシたち》の世界へ」

最初に自分に触れた少女の表情。

一瞬、人ならざるものとすら映った。

今の表情を、ゼーラは知っている。人を人と認識していない者の目だ。

その少女が、号令にしてはあまりにも気の抜けた号令をかける。

「んじゃ、袋だたきだー」

ともあれ。この脱力感の原因は、今指示を出した少女で間違いあるまい。

「小娘、この違和感……貴様の仕業じゃな？」

「ひぃぃ、助けちくりー」

ゼーラは少女を始末せんと、剣を横に薙《な》ぐ。

キィン！

防がれた。横合いから割って入った、武装した少女の一人に。

こんな、小娘に。

わかりすぎるほど落ちている。

速度が、腕力が、何もかもが――異常なほど。

「おぉ、助かったよ篤子《あつこ》ぉーっ！　好き！」

「いや、ぶっちゃけわかっててもヒヤヒヤもんなんだけどね……でもま――」

アツコと呼ばれた少女が反撃してきた。

速い。

防御すら、間に合わない。ゼーラは斬り傷を負った。

「ぐ、ぬっ!?」

「なんじゃあ……これは？」

思わず己のてのひらを確認するゼーラに、

「にゅふふん、今のアンタはね……アタシと同等のステータスになっちまったのさ。で、そこにデバフ入れたから……ステータスで言やぁ、今のゼーラちんはアタシよりも弱《よえ》ぇ」

「！　そうか小娘……その顔立ちに、軽佻《けいちょう》浮《ふ》薄《はく》なるその性格……まさか貴様、アサギ・イクサバか!?」

「おりょ？　知ってますんかい？　ヴィシスちんに聞いたのかな？」

「ミラ側に、ついておったか……ッ」

「あ、ツィーネちん」

アサギが振り向かず、ツィーネに声をかけた。

「こいつは殺しちまった方がいいと浅葱さんは思うんすよ。触弱の効果が切れちまったら抑えきれねぇっしょ。このじいさんさすがにデバフなしだと、強すぎるって」

冷徹な目でゼーラを見て、ツィーネが口を開く。

「よかろう」

「！　ツィーネっ……」

「しかし本当にやりおおせるとはな。見事だ、アサギ・イクサバ」

「儂を見ろ、ツィーネ！」

「ふん……ミラの未来について余と語り合うだと？　血迷うな。そちと語らう時間など余は持ち得ぬ。耄碌《もうろく》した弱者として、無念を胸に今度こそ死にゆくがよい……ゼーラ。見届けるくらいは、してやろう」

「ツィー、ネ……ッ！」

「そちが余に何を期待していたのかは知らぬ。何を語り合いたかったのかを知りたいとも思わぬ。ゼーラよ、そちはもう〝終わった〟のだ。余は賭けに勝ち、そちは敗北した。己の終わりを、素直に受け入れるがよい」

　アサギは視線をゼーラから外さぬまま、

「はいお許しが出ましたぁ！　んじゃぁ……ぶっ殺せーっ！　ほい、オマケの【群体強化《クイーンビー》】！　にゃはは、ゆけー皆のものーっ！」

　武装した少女たちが、ゼーラを取り囲む。攻撃術式が飛んできた。

「ぐ、ぬっ!?　これほどの術式すら、防げぬとは……ッ」

「経験値《EXP》は入るんかね？　金眼《きんがん》だから入るかもだし……できれば篤子、トドメいこっか？

アタシが強くなっちまったら、この戦法ハマんねーからねー」

　虫を払うように剣をやたらめったらと振り回すゼーラ。

　が、剣撃を防ぎながら、次々と武装した少女たちが群がってくる。

「わははー、剣虎団《けんこだん》仕込みの集団戦闘ですぞーっ！　堪能あれ！」

　技はないが、基礎的な身体能力で彼女たちの方が圧倒している。

　恐怖。自分より強い者に数で押されるのが、これほど恐ろしいとは。

「ぬ、ぐ……ぉぉおおおお!?」

　ザクッ！　ズバッ！　ザクッ、ザクッ！　ザシュッ！　スパッ！

「おーえぐいえぐい。絵面、えぐすぎっしょ……ひえぇ、これはひどい。ごめんね、追放帝さん？　恨みはないが死んでくり……南無。ちーん」

　血の赤のまじった白い体液が、間断なく、宙に躍る。

「ツィ……ネ……ご、ぉ……儂ら、は……ま、まだ……何もミラの、こと……儂らの、ことをっ……語、らっておらぬ……せ、せめて……ぐ、ぉ!?　おぉ……消えて、いく……？　魂の、力……こん、な……最期……そぐわぬ邪魔が、入っ……小、娘っ……ぐ、ぐぉぉおおぉぉおおおおおおお！」

　ザシュッ！　ザクッ、ザクッ、ザクッ、ザクッ！　ザクッ、ザクッ、ザクッ、ザクッ、ザクッ、ザクッ、ザクッ、ザクッ！　ザクザクザクザクザクザクザク！　ザシュッ、ザシュッ――ザシュッ！

◇【三森灯河】◇

「ひとまずは一段落、ってとこか」

すでに雨は止《や》んでいた。

聞こえるのは庇《ひさし》から垂れる雨滴の音くらい。

城内もようやくそれなりの静けさを取り戻したらしい。

時刻は夜。

場所は、迎賓館。

今、俺とセラスは廊下の壁を背にし、並んで立っている。

事後処理のためやって来たミラの者たちは、少し前に引き揚げていった。

スレイは治療を受け、簡易厩《きゆうしや》 舎で休んでいる。小山田《おやまだ》を麻痺《まひ》させる前からずっとローブ内で俺にしがみつき震えていたピギ丸は、今は、そのスレイに寄り添っている。

小山田にやられたスレイの姿はピギ丸にとって本当にショックだったらしい。

これだと合体技は無理そうだな、と俺が判断するくらいには。

ムニンは湯浴《ゆあ》みに行かせた。気持ちも、それでいくらか落ち着くだろう。

今、ミラの者たちは先の襲撃関連の事後処理に追われているようだ。

ホークの死体は少し前に運び出されている。彼の正式な弔いは後日取り行うそうだ。

そして――小山田翔吾《しょうご》の死体は、存在していない。

すでに【フリーズ《凍結性付与》】を用いて処理した。死体すら、残っていない。

小山田翔吾はもう、この世界から消えたも同然となった。

戻ってきてから狂美帝《きょうびてい》とはまだ顔を合わせていない。浅葱たちとも。

向こうは向こうで忙しいのだろう。

聞けば、追放帝と呼ばれる男が狂美帝の控える皇帝の間まで侵入したとか。

撃退、したそうだ。

勝利には一枚浅葱が噛《か》んでいるのかもしれない。

例の――奥の手か。

浅葱の固有スキルについては目撃者がそれなりにいるようだ。

あとで探りは入れるべきだろう。

また、追放帝が死ぬと同時に帝都へ押し寄せていた白き軍勢は溶解したという。

残った白い体液も雨が洗い流し、あとには何も残っていないそうだ。

狂美帝は〝大魔帝《たいまてい》が金眼の魔物を生み出すように、追放帝が生み出した生物ではないか〟と推察しているという。

まあ大魔帝の場合は、死んでも生み出した金眼の魔物は残るらしいが。

「ともあれ……今回の狂美帝抹殺を狙ったとおぼしき帝都襲撃は、これで一旦凌《しの》いだと考えてよさそうだな」

「ええ。第一陣としては、そう見てもよいかと」

ちなみにミラ北部の国境付近にいるルハイトの軍勢の方だが。

彼らはまだ引かず、白狼騎士団《はくろう》といまだ睨《にら》み合っているそうだ。

が、今回の襲撃が失敗したと伝われば向こうも撤退するのではないか。

あの動きはどう考えても、今回の追放帝《ついほうてい》や剣虎団と連動していたのだから。

「にしても……剣虎団や小山田の存在は知ってたが、追放帝なんてのはどこから出てきたんだって話だ。実は第二陣があって、想定外の戦力をまたぽんぽん投入されても困る」

「追放帝や白き軍勢……今まで使わなかったのは、トーカ殿の読み通り何か理由があると考えるのが妥当と思います。となると、簡単には投入できないのかもしれません」

「ああ。温存ぶりを見るに、ノーリスクで使える戦力じゃない気はする……多分、勇の剣《ゆうけん》や第六騎兵隊の失敗がクソ女神に伝わったんだろう。で、投入せざるをえなくなった……見ようによっては、そういった戦力を投入しなけりゃならないほど——いよいよヴィシスの手駒が薄くなってきてる、って見方もできる」

つまり、復讐《ふくしゅう》に適した時機が迫ってきているとも言える。

「……けど、悪いな。今回は、俺の読みが甘かったかもしれない」

「いえ……トーカ殿に、非はありません」

しゅん、と罪悪感でも覚えたみたいに俯《うつむ》くセラス。

小山田を殺した後のやりとりは、ホークの代理という男を中心に行った。

セラスたちに起こったことは、その男が来る前に聞いている。

ふぅ、と俺は切り替えるように息をついた。そして軽い調子で、

「しかし、ムニンにも困ったもんだな……」

「申し訳ございません。すべて、私の判断の甘さから起こったことです……すべて」

ムニンはギリギリまで判断を迷っていたそうだ。

セラスを助けるに入るか、否か。

〝俺との合流地点まで行き、俺を呼んでくる〟

それでは、どう考えても手遅れになる。

スレイも倒れた今、自分しかセラスを助けられない。

最後の最後で狂美帝へ助けを求めに飛び立とうとした時、俺が現れたのだという。

「ムニンは自分を切り捨てられても、仲間を切り捨てるのは難しいらしいな。ま……そういう人格だから、クロサガの連中にも好かれてるんだろうが」

「………………」

「セラスも――見捨てられなかったか、ホークを」

「はい」

鼻を鳴らし、コッ、と俺は後頭部を壁につける。

「救うか、殺すか……悪人の方が、よっぽどその判断はやりやすい。きっとホークがもっと嫌なヤツだったら、判断は簡単だった」

善人がかかわってくると厄介だ。時に、その存在が枷《かせ》となる。

けれど――善意を向けてくれた相手を、ないがしろにはできない。

それは叔父さんたちの意向に背くことだ。

俺にとっては、大切な叔父さんたちを否定するに等しい。

「俺だって同じだ。同じ状況でホークを見捨てられたかどうか、自信はない。ただ――セラスも自覚はあるみたいだから掘り下げるつもりはないが――冷静さを欠いて行動しちまったのは、事実かもな」

ま、これは俺に咎《とが》める資格のある話でもない。

俺だって感情面から、小山田をすぐ始末しなかったのだから。

自分のやったことの重大さ、愚かさを存分に自覚させてから始末したい。

本来あそこはすぐ小山田を始末し〝次〟へ備えるべき局面。

が――さすがの俺もやはり、冷静さを欠いていた。言い訳はしまい。

「そういえばトーカ殿、あの……剣虎団の方々は？」

「全員、生かしてある」

スキルで眠らせて束縛し、とある家の地下に閉じ込めてきた。

もう目は覚ましているだろう。

あれも骨が折れた。【パラライズ《麻痺性付与》】の難点は、それなりの強者《きょうしゃ》だと動いて大ダメージを負ってしまうことだ。ただの敵ならいいが、剣虎団が動けるほどの強者だった場合は最悪死に至るダメージを負う。それを避けるために、近づいての【スリープ《眠性付与》】が必要だった。異様に察知が鋭い赤髪の女だけは【パラライズ】を使わざるをえず、途中、少し焦ったところもあった。遮蔽物となる建物が多くて、ピギ丸の合体技も使いにくい地形だったしな……。

「剣虎団は、さっき来たホークの代理に閉じ込めた場所を伝えておいた。一応、処遇は狂美帝に一任するつもりだ。ま、俺の意向も伝えておいたけどな」

「命までは、奪わなかったのですね」

声にかすかな安堵《あんど》感を滲《にじ》ませ、セラスが言った。

「さっき言った通りだ。もっと嫌な連中だったら、もっと楽にやれた」

剣虎団は、やりづらくて仕方なかった。

襲撃をかけるタイミングを見計らいつつ観察していたが——どいつもこいつも、お人好《ひとよ》しで。自分が今していることにも、しっかり自覚的で。

その上で彼らは、覚悟を決めていた。

人質の身の安全のために冷徹になる覚悟も、ミラの民から恨まれる覚悟も——死ぬ、覚悟も。

「前に似たような戦いになった勇の剣の方が何倍もやりやすかった。戦力的にはどう見ても、あっちの方が上なのにな」

似ているようでまったく違うというなら、今回の小山田もそうかもしれない。

小山田は口先で、生まれ変わりたいと言った。

変わりたい——やり直せるなら、やり直したい。

言葉自体は二人とも似た言葉を口にしている。

けれど、まるで違った。

「…………」

俺がジッと見ると、セラスが疑問符を浮かべ首を傾《かし》げる。

「？」

……嘘《うそ》を見抜けるってのは、人を知る上で本当に重要な力だ。

俺のいた世界でこの力があれば。

どれほどの人が——正直に生きようと、思うのだろう。

「あ、あの……トーカ、殿……？」

フン、と俺は微笑《ほほえ》みかける。

「普段から言ってるよな……おまえは嘘が、下手だって」

「私の、嘘……あの、何かおかしなところでも……、――あ」

俺は、セラスを抱き寄せた――自分の胸元へ。とても強く。

「状況が一段落するまで……よく、気丈に耐えた。……もういいぞ」

「ト、カ……ど、の――私、は……」

ギュッ、とセラスが俺の胸辺りの布地を摑《つか》む。手は少し――震えていた。

セラスの頭を優しく手で包み込むようにし、俺は、努めて柔らかく声をかける。

「怖い思いをさせたな――悪かった」

「わた、しは……その――」

小山田を殺す前――眠らせた直後のことである。

セラスはすぐさまスレイの様子を確かめに行った。小山田に声をかける前、俺はピギ丸に〝本気でスレイがやばそうなら伝えろ〟と指示していた。それがなかったので、命に別状はないとわかってはいたが――やはり、俺もスレイに駆け寄った。

少しムニンもすぐ姿を現した。ほとんど涙目の彼女は、とめどない謝罪の嵐を始めた。

そうして俺は、セラスを落ち着かせてから、彼女にはスレイの応急処置を頼んだ。

で、小山田を殺した後は俺たちも事後処理に追われていた。

だからセラスは——今までずっと、自分以外の者に尽くしていたに等しい。

そして今、ようやく自分の精神の負ったダメージを処理できる状態になった。

セラスは、俺に抱かれたまま……静かにすすり泣き始めた。

時折しゃくりあげるも言葉を発することはなく。

俺の胸に顔を押しつけ、ただ静かに、泣き続けた。

その間、俺は黙って腕の中のセラスを抱いていた。

「おまえは……自分のことはいつも後回しだな、セラス・アシュレイン」

だから、

「そんなおまえが——俺はどうしようもなく、好きらしい」

布地を摑む手の力が、強くなった気がした。

「さっきは偉そうに言ったが、冷静さを欠いてたのは俺もだ」

セラスがピクッと反応し——すすり泣きが少し、弱まった。

「小山田《おやまだ》とおまえと、スレイを認識した途端……珍しく、冷静さをほぼ完全に失った気がする。殺してやる、と思った。小山田を。ただじゃ殺してやらねぇ、とも」

「…………」

「ただ、殺したあと……つくづく、嫌にもなった。やっぱり俺はあいつらの……小山田の側の人間だ、ってな。真っ先に抱いた感情が——殺意、だったんだから」

本当に優しい人間ならそうはなるまい。そう、叔父さんたちならきっと。

「いいえ……優しい方です、あなたは。誰がなんと言おうと、私たちにとっては」

「……おまえにそう言ってもらえるのが、わずかな救いかもな」

「トーカ殿」

「ああ」

「二階の部屋に……行きませんか？」

「……わかった」


迎賓館の二階——ある一室のベッドの縁に、俺たちは並んで座っていた。

セラスも大分、落ち着いたようだ。

今、俺はセラスの顔の汚れを拭いてやっていた。

ムニンは湯浴《ゆあ》みに行ったが、俺たちはまだ衣服を替えただけである。

「あの……次は、私が」

今度はセラスに俺の顔を拭いてもらっていると、ドアがノックされた。

「あのぉ、あがりましたけど……と、というかここなのかしら？　セラスさんたち、この部屋にいる？」

「あ、ムニン殿……ええ、ここにおります」

「入っても問題ないぞ」

「あら？　若い二人のお楽しみ中に……お邪魔じゃないかしら？」

「別に、見られて困るもんじゃない」

「ト、トーカ殿っ……」

「…………」

いや実際、今の状況は人に見られて困るもんじゃないだろ。

セラスが何を想像したのかは、まあわかるが。

「あら、湯上がりのわたしよりお熱いわね♪　では、失礼しまーす」

湯上がりのムニンが入ってくる。……もうちょっと、露出には気を配っていいだろ。

「ん……その、さっきはごめんなさいね？　あの時は、二人の方こそ大変だったのに……わたしったら感情の整理もつかないまま、自分ばっかり取り乱しちゃって……」

あの謝罪の嵐のことか。

「もう気にしないでいい、って言っただろ」

「んふ……もぅ、主様《あるじ》は優しいんだから……」

ちょっと薄目っぽく、もじっとしたポーズを取るムニン。

湯浴みのおかげか、ムニンも大分平常運転に戻ったみたいだ。

「あ、あの……トーカさんは大丈夫？　その……今回のこと、相手はトーカさんと同じ……あ——ご、ごめんなさいっ。ちょっと配慮が足りなかったわねっ」

「いや、いいさ……実際、小山田を殺したことに後悔は湧いてない」

人はたくさん殺してきた。

しかし今回殺したのは同じ教室で学び、共に時間を過ごしたクラスメイト。

何か特別な感情が湧くかもと、思っていた。

が、思った以上に何も感じることはなく。

悲しみも、後悔もない。

初めて聖なる番人《ホワイトウオーカー》を殺した時とさして変わらず。

いわゆる〝正しい感情〟はついに、湧いてこなかった。ある程度スッキリはしたが。

……やっぱあいつらの息子なんだろうな、俺は。

「ム、ムニン殿……元気を出してください。あなたの気配りには、感謝しています」

「ち、違うわっ……怖い思いをしたのもセラスさんの方だものっ……わたしなんて、ずっと葛藤していただけで……この中だと一番年上なのに……」

声がちょっと震えていて、はふぅ、とまたちょっと涙目になるムニン。

やっぱ人のこととなるとけっこうメンタル弱い気がするぞ、この年上。

……仕方ない、空気を変えるか。

「ところで、ムニン」

「え？　あ、はい……何かしら？」

「俺が無事に戻ってきたら、抱きしめながら思いっきり甘やかしてくれるんだったな？」

「へぇえ!?　あ——そ、そうだったわねっ……うふふ♪　そ、そうねぇ……セラスさんがいいんだったら、いいけど……っ」

……切り替えは早いよな。それも気遣いなんだとは思うが……だよな？

セラスは頬を指先でかきかきしながら、朗らかに苦笑する。

「わ、私はトーカ殿が望むのであれば……必要なことと、信じていますので……」

いやそこは普通に引いてくれていいんだぞ、セラス……俺を、信じすぎだ。

相変わらずの自分の株価の高さに、驚きとかすかな罪悪感を覚えていると——

——コツ、コツ——

「あら？　何かしら？」

ムニンがカーテンを開ける。ガラス窓の外には、ちょっと突き出たスペースがある。

そこに、一羽の白い鳥がいた。

「脚をやたらと、窓にぶつけていますね……」

俺たちが顔を出すと——鳥が、ひっくり返った。

こ、こ、こちらに腹を見せた。

「待て、セラス」

俺はそっと窓を開ける。セラスも今ので気づいたようだ。

そう、ひっくり返って腹を見せるのは——合図。

この鳥はつまり——

「エリカの、使い魔だ」

エピローグ

この地にキリハラが来てどれくらい経《た》ったろうか。
ここは大陸の最北——航海不能海域に囲われた不毛の地。
根源なる邪悪の地。
空は大半が厚い積乱雲に覆われ、光も差さぬ大地である。
険しい山脈がヒトの住む地とここを隔てており、辿《たど》り着く手段も限られている。
もはや一階部分しか残っていない朽ちた古城。
天井の残る場所など、数えるほどしかない。
キリハラは今、ここから少し離れた場所で金眼《きんがん》の魔物を殺している。
魂力《こんりょく》——経験値《EXP》を得るために。
提案したのはキリハラ。
大魔帝《たいまてい》が魔物を生み出し、キリハラがそれを殺し経験値を得る。
キリハラはそれで強くなる。
彼の生活は占領した大誓壁《ナイトウオール》から運んだ物資で賄っていた。
これでキリハラは人らしい生活ができている。
あの砦《とりで》は備蓄が豊富だった。キリハラ一人賄うくらい、問題はない。

「今日の分は終わりだ」

灰色の空の覗《のぞ》く古代の王の間に、キリハラが現れた。

キリハラが歩いてきて、隣に座る。

元々、それは大魔帝が使っていた椅子であった。

大魔帝はどちらに座ろうが気にしないが、キリハラにはこだわりがあるらしい。

『王の座だけが、オレを待ち続けている』

そう言って、王座の方を望んだのである。大魔帝は、隣の王女の座についていた。

「どうダ？」

「やはりレベルアップの伸びが鈍化してきている。これはヴィシスのところで不遇をかこっていた頃から、すでに起こっていた。いよいよこのオレも天井、というわけか」

「伸び代がなくなってきている、ト？」

「おまえの視野の狭さには、驚かざるをえない」

「………………」

「王はなぜ王なのか？　それは、真の王ならば伸び代が一つにとどまらないからだ。レベルアップに終わりの気配が近づいていようと、それは単に〝一つの伸び代が達した〟ということ……つまり、他を伸ばすべき段階に辿り着いただけの話。おまえに王の素質があれば、理解できるはずだ」

「では他に、何が伸びル？」

「すべてだ」

「？」

「レベルアップの終焉《しゅうえん》とは、つまるところ土台が整ったことを示している。王の本番はそこからだ。まあ……スキルレベルは、まだ伸び代を秘めているかもしれないが」

「つまり……」

「いまだオレには、伸び代しかない」

虚勢、ではない。

大魔帝にはわかる。キリハラは言葉に違《たが》わず、心の底からそう確信している。

「真の王は偽る必要がない。そのままの姿で〝すべて〟だからだ……カ？」

「その調子でオレから学んでいけば、おまえもいずれこのオレに辿り着く……オレが世界の王になれば、すべてがオレになる。その時、完全なる世界が生まれる」

大魔帝は真意を探るように、

「最後はすべてを――コすらも、排除するというのカ」

「違うとわかれ。おまえがキリハラになれば、おまえはおまえであると同時に、オレだということだ」

「？」

「たとえば思想に感銘を受けて染まるやつも、それは同じこと……子どももだ。親と生活していると、合わせ鏡のように表情の作り方、顔立ち、声、考え方が酷似していく……その究極系がおまえがオレになる、ということだ」

「よく、わからぬが……キリハラ、ソの望みは結局なんなのダ？　コはそれを知りたイ。ソの強さを女神や勇者たちにわからせた果てに、何を望ム？」

「相手を知りたいと思うのは重要だぜ、大魔帝。オレのいた世界はどいつもこいつも自分のことばかりで、まともに人の話に耳を貸すやつはまれだった。誰も人の話なんざ本当の意味では聞いていない。だからこそ人間は常に間違える……人の話を真剣に聞かねぇってことは、いつまでも学ばないということ……十河《そごう》たちもそれを間違えた。オレを学ぶしか、道はなかった」

「ゆえに知りたいのダ。ソの最終目標を……ソはコに何を望み、最終的に何を果たしたイ？」

「今日も同盟者に探りを入れにくるか。つくづくおまえは疑《うたぐ》り深い……どう足掻《あが》いても、疑うことしかできない――それがおまえにとっての、王性か」

「教えて、くれぬカ」

「聞く姿勢を示した者には王も動かざるをえない……宿命か。いいだろう。国を一つもらい、オレの国とする」

「コは神族と人を滅ぼすべく存在していル。生まれついた瞬間からそう宿命づけられているのダ。理由はなイ。神族と人を、滅ぼさねばならヌ……」

「例外なくか？」

「限られた例外は、作れるであろうガ……」

「ならいい」

「？　その先は……詳しく聞かぬのカ？」

「まずオレはその例外で間違いない。そしてオレも例外を選ぶ立場となる。例外だけが生き残り、オレの国の民となる……そこになんの問題がある？」

「だが、最後はすべてを滅ぼす……猶予を与えることはできるが、コが消滅するまでに神族と人はすべて滅ばねばならなイ。まさに、宿命づけられているのダ」

「おまえの寿命は何年もつ？」

「長ければ……500年くらい、とコは読んでいル」

「なら問題ない」

「？」

「オレが生きている間だけ、オレの国を存続させろ」

「なん、だト？」

「オレが死んだあとのことなど、オレの知ったことじゃねーな……オレのいた世界の上の世代どもを見てればわかる。自分の死んだあとの世界について本気で考え動くやつなど、どこを見渡してもいなかった。口ではどんな綺麗事《きれいごと》を並べていても……結局人は自分のためだけに生き、自分のためだけに死ぬ。それに気づくやつと気づかないやつがいる……格別、それだけの話でしかない」

「……ソの国を、ソが生きている間だけ保護すればよいのカ？」

「いや……オレの国以外に、もう一つ国を残す」

「なぜ？」

「オレを見せつける相手は残しておかざるをえない。王の人生を紡ぐ〝敵〟も必要だ……半端じゃねーからな……」

「…………」

「その上で、例外としてオレが生かすと決めたやつは残す。あとは、好きに殺していい」

「どんな者が、例外となル？」

「勇者連中や……他だと、セラス・アシュレインとかか。まあ、そう多くはない」

「ふム」

「この大陸には七つも国がある。うち五つはオレが死ぬのを待たず滅ぼすのを許可してやる。もちろん、ヴィシスもだ」

「……よいのカ？　女神はともかく、人間はソの同族であろウ？　コらは人を苦しめて殺す存在……ソらからすれば、残虐性のかたまリ。コらは、そう行うよう本能に刻まれている……それでも、いいのカ？」

「オレの王性を認める才能のないやつを、オレは同族とは認めない。そんなやつらがどんな死を迎えようが、それは自業自得……むしろ、後悔するにはいい薬だ」

「……ソの国の子孫たちも、そんな風に滅ぼされてもよいのカ？」

「くどい。オレの消えた世界など、もはや世界として成り立ちようがない。このオレと切り離された時点で、世界は終わったに等しい……」

「よくは、わからぬが……ソの考え方には何か、強固な信念があル。よかろう、ソの提案を受け入れよウ。では、最後に一ツ」

「質問ばかりでいよいよ辟易《へきえき》がきてる。一つだけだ。オレこそが、唯一だからな」

「元の世界へ、戻りたくはないのカ？」

そこにも神や人間がいるのなら、滅ぼしたいところでもある。

しかし神族を頼らなければならない時点で、ほぼ実現は不可能であろう。

キリハラが髪を後ろへなでつけ、ため息をついた。

「あの時、十河の前で言った通りでしかない……オレのいた世界は、もう終わってる。どれほど力をつけようと得られるものなどたかが知れた世界……あの世界では、誰もキリハラになることはない。永劫《えいごう》な」

「……そうか、わかっタ。よかろウ」

「やれやれ……ようやくわかったか。よし……これで成立だ——何もかもが」

大魔帝は、大誓壁などから接収した歴史書を読んだ。

過去、根源なる邪悪と手を取り合った勇者はいない。

ありうるのだろうか、と大魔帝は疑問に思う。キリハラの言葉がすべて本心なのは間違いない。これを〝わかる〟ように、大魔帝はできている。

キリハラは、本気で根源なる邪悪と共に世界を敵に回すつもりらしい。

信じられないが——信じる要素しかない。

当然、味方になったと思わせ、隙を見て討とうとしてくるのも想定していた。

しかし、嘘《うそ》がないのだ。

殺意も敵意もなければ、騙《だま》している気配もない。

むしろ大魔帝に、好意すら覗かせている。

まったく奇妙だ、この人間——キリハラは。

大魔帝の内に〝あった〟価値観が、脆《もろ》くも崩れ去りそうだった。

キリハラは大魔帝の認識していた人間と、何かが違う。

当初は始末する手も考えていた。

でなくとも、あの危険な勇者——ソゴウへの盾となる。

キリハラを相手取った瞬間、目に見えてソゴウの動きは鈍った。

ソゴウは危険極まりない。あのとき、根源なる邪悪としての本能がそう告げた。

そんな対ソゴウの駒として、使えると判断した。

勇者に勇者をぶつけるというのも、また一興。

大魔帝《たいまてい》である自分に、キリハラは本気で味方しようとしている。

使い道のある駒が手に入った、くらいの認識でいた。

だが、と大魔帝はキリハラを眺める。

いささか、改めねばならぬのかもしれない。人間に対する、認識を。

大魔帝が認識していたよりずっと——人間とは、侮れぬ存在なのかもしれない。

強さではなく、その精神性……。

自分が思うより人間の底とは深いのだろうか？

少し〝人間〟という存在に興味が出てきていたのも、事実だった。

もっと知ってみたい……ふと、そう思わされてしまったのである。

王座から立ち上がるキリハラ。チャキッ、と彼はカタナの柄《つか》に触れた。

「……おまえはようやく、キリハラにふさわしい相手かもしれねーな。いいだろう——世界に目にものを見せるぞ、大魔帝。目にものの大進撃が始まる——始めざるを、えない」

「よかろウ。ソがコに何を見せてくれるのか……いささか、楽しみにもなってきタ」

キリハラの金眼《きんがん》の魔物殺しは続いた。

大魔帝もキリハラの経験値《EXP》となる金眼を生み出し続けた。

経験値目的以外にも、再侵攻用の軍勢も生成し続けねばならない。

さすがにほぼ休まず生み出し続けているせいか、ソゴウから受けた傷の修復が遅い。

アイングランツに力を分け与えたのも、修復の遅い原因であろうか。

ただ、報告によれば……今、人間側では内紛が起こっているらしい。

ミラという国が、女神を擁する国に反旗を翻したという。

先日、それを知った大魔帝は軍勢の一部を大誓壁《ナイトウオール》のすぐ南に集結させた。

女神の軍勢に、こちらからも睨《にら》みをきかせる。

北の我が大魔帝の勢力と、女神を裏切った西のミラ帝国。

さぞ女神も、戦力を動かしにくくなるであろう。

「ソが言っていた、ソの国以外に一つだけ残すという国……こたびの褒賞という意味で、そのミラとやらでよいかもしれぬナ」

「ミラというと……狂美帝《きょうびてい》とかいうやつが治める国か。オレとしてはアライオンを残したいところだが……まあ、ミラでもかまわない。サンドバッグになれる素質があれば、オレは認めるしかなくなる――どう、足掻いても」

経験値を得てレベルが1上がったキリハラが、布で頬の返り血を拭きながら言った。

今日も二人は王と王女の座に並び、腰をおろしている。

「しかしおまえの情報収集能力もそれなりらしい。今は褒めるしか手がないようだぜ、大魔帝……こっちの戦力も整ってきた。特に、話が通じる魔族どもは使える……第四誓《だいよんせい》以下の連中も、配下としては悪くない点数を出してやるしかない。オレだけが、採点者だ」

大魔帝は、立ち上がった。

「キリハラ、コは――」

ドシュゥウ――ッ！

「？」

胸元へ、視界を向ける。

刃《やいば》が突き出ていた。

金色の光を、纏《まと》った刃。

「【金色、龍鳴剣《ドラゴニックソード》】……ッ！」

ドシュゥウウッ！

全身を、痛みが、駆け巡る。生まれて初めて味わう、凄絶な痛み。

「ぐ、ォ……ッ!?」

金眼を体内で操り、背後へ移動させる。

そこには、その者しかいるはずがない。しかし信じ難さゆえ、確認してしまった。

「キリ、ハラッ……一体、何……ヲ……ッ」

「気が、変わった」

「なん、だ……トッ!?」

ドシュゥウッ！

三度目——金色の撃光《げきこう》が、大魔帝の体内を激しく駆け巡る。

「ぐ、おぉぉおおおオっ!?」

思わず大魔帝は床に転がった。

這《は》いつくばるような姿勢から、どうにか体勢を変えようとする。

「我が帝《てい》ッ!? に、人間——キリハラ、己ぇぇえええエ……ッ！」

「ぎャひルゃァぁアあアあ！」

金眼の魔物や側近級が大魔帝の異変を察知し、集まってきた。

この数の魔物と側近級を相手に、勝てるはずはない。

ＭＰとやらも切れるし、体力も尽きるであろう。

レベルアップはもう頭打ちと聞いた。それによる不条理な回復とやらもあるまい。

いくら最上等級の勇者といえど——もう、終わりだ。

力が入らず震える手で、這って移動しようとする大魔帝。

完全なる不意打ち、だった。

キリハラは嘘がつけない。言葉のすべてが本心だったのは、間違いない。

それゆえ、かなり警戒心は薄れていた。

共に戦い——あの約束を、果たすつもりだった。

キリハラも、自分も。しかし、
気が変わった、だト？

そこにあるのは演技も何もない——ただの、心変わり。

前触れも脈絡もなくただ〝気が変わった〟と、言うのか。

攻撃を仕掛ける、その直前に……そんなのもの——

嘘を見抜けたとしても、なんの意味もないではないか。

「なぜ、だ……なぜ……気が、変わったのダ……？」

「……土壇場で、気づいちまったわけだ。この世界で王になっただけでオレは本気で満足なのか……それは、元いた世界から逃げているだけじゃないのか……と。肯定、せざるをえない……オレは！　この世界で王としての責務を、まっとうしたあとは！　やはり元の世界でも王となるべく、その宿命を果たすしかないらしい……ッ！　キリハラは結局、キリハラから逃れられない運命——すべてが、キリハラだ」

「わ、わか……らヌ……」

「我が帝！」

「や、やれ……ゾハク……総勢を、もって……キリハラを、殺セ……ッ」

「御意！」

魔物たちや側近級が高台から跳ね、襲いかかった。

「もはやこれまでの凡百なキリハラは過去となった——まぎれもなく次のオレが、今、ここにいる。これこそが、ついに王の器が辿《たど》り着いた極致の一つ……」

キリハラの身体《からだ》から、

「——【金色龍鳴鎖《ドラゴニツクチエーン》】——」


百にも迫ろうかという大量の金色の鎖が、放出された。

「な、ニ……ッ!?」

側近級や半数の魔物は反射的に防御姿勢を取った。

が、半透明な鎖はその防御をすり抜け、それらの体内に吸収されていく。

「……すでに効果は試してある。今日からおまえたちの主は大魔帝から変更になった……断然、オレだ。ありえるのはこのオレのみ……鎖という絆《きずな》が今、ここに生まれた。おまえたちは今からオレの礎《いしずえ》であり──同時にオレそのものへ近づくことを、許された」

側近級や魔物たちの攻撃動作が止まった。

それらは地面にそのまま着地し、キリハラを取り囲む。しかし、攻撃する気配がない。

「ぐ、ヌっ！」

這いずる大魔帝を踏みつけたキリハラが、

「【金色龍鳴剣《ドラゴニックソード》】は……射程こそまるで足りねーが、威力のケタが違うらしい。ふさわしい」

懐から、黒い水晶の首飾りを取り出した。

「オレもヴィシスから首飾りをすでに与えられている。誰が倒すかはわからねーわけだから……S級全員に、配ってたかもな。これも、摂理か」

「キリ、ハラ……ッ」

「謝罪しておく……おまえは見所があった。が……元の世界に戻るためにはおまえの心臓──特別な邪王素《じゃおうそ》が必要になる。心からすまないと思っているぜ。しかしオレはやはり元の世界へ戻らざるをえない……この世界だけで王になっても──オレはオレを、認められない。気づくのが必然だった……どう、足掻《あが》こうと」

そういう、ことカ。

不意打ちに反応できなかった、もう一つの理由。

敵意も殺意も、なかったのだ。

今ですらそうだ。向けられるのは、ただひたすらに好意……。

申し訳なさなどはない。おそらく純然すぎる好意が、他の感情を塗り潰している。

それはまるで、王が優秀な配下へ抱くような好意で。

この人間の男は――好意をもって、殺すのか。平然と。

あれほど言葉を、約束を、交わした相手を。

「オレはおまえが好きだし、認めている。もはや殺すしか道はない。どうやら、王の道は友の血で敷かれているらしい。認めざるをえねーな……この、摂理を」

血……血だ。

血の涙を、流している。

金眼の魔物が、側近級が――我が、仔《こ》らが。

何もできずに、啼《な》いている……。

キリハラが四たび、大魔帝に剣を、突き刺した。

「これ以上おまえが苦しまず済むよう、フルパワーでいく……おまえはきっとオレのいい理解者になれた。オレは、おまえのことをおそらく嫌いにはなれない――死ね」

「これが……人、間……なの、か……キリ、ハ――」

「【金色、龍鳴剣《ドラゴニックソード》】」

天まで届くかと思えるほどに――大魔帝《たいまてい》が、爆《は》ぜた。

金色の光と、共に。

そうしてその場に残されたのは、タクト・キリハラと、生みの親の危機に何もできなかった魔物たちに側近級、そして――

大魔帝の、心臓であった。

◇【桐原拓斗】◇

彼の背後には、無数の金眼《きんがん》の魔物たちと側近級が、ずらりと並んでいた。

背後の軍勢はそのずっと後ろまで続いている。

すぐ背面にいる魔物や側近級は歯を食いしばり、血の涙を流していた。

その前方で足を開き、床に置いた刀の先端を支えに王座につくのは——桐原拓斗《きりはらたくと》。

「これで、王の軍勢は整った……大魔帝にはやはり感謝せざるを得ない。時はきた……ここから、次のオレを始める」

数匹の金波龍《きんぱりゅう》を周囲に纏った桐原は鋭く、しかし静かに、大誓壁《ナイトウオール》の方角を見据える。

「王の戦いをここより、次のステージへと進める」

新たなる金色の王は、何を見据え、何を成すのか——

「、まず、は、ヴィ、シ、ス、」

あとがき

この巻の大きな特徴の一つを挙げるなら、いくつかの存在が〝対《つい》〟として描かれていることでしょうか。たとえば剣虎団《けんこだん》は勇《ゆう》の剣《けん》の、小山田翔吾《おやまだしょうご》は安智弘《やすともひろ》の、桐原拓斗《きりはらたくと》は十河綾香《そごうあやか》の〝対〟として見ることができるかと思います。また、完全な非対称ではなく、似て非なる者としての〝対〟もあって、これは前巻の三森灯河《みもりとうか》とジョンドゥなどがそうですね。そういった〝対〟探しも、一つの楽しみ方かもしれません。

さて、もう一つの大きな特徴はやはり書籍版で追加されているセラス・アシュレインのシーンですね。そのシーンの有無で後半のとあるシーンはやや見え方が変わるかもしれません。Web版が〝トーカの物語〟であるのに対し書籍版は〝トーカとセラスの物語〟である——ここはそんな特徴の大きく出た部分なのではないでしょうか。あるいはセラスのその書き下ろし追加シーンは、場合によっては結末まで変化しかねない……気もします。

他にもムニン関連のシーンが追加されていまして、そこも実はムニンというキャラクターの覚悟や内面を浮かび上がらせるのに一役買っていて……などと〝わかっている〟風な書き方をしつつ、ここはあえて、ライトノベルなんだからああいうシーンもやっぱり大事だよね！　という方向性で締めておきたいと思います。

ここからは謝辞を。担当のO様、ご多忙すぎるにもかかわらず何かと面倒なご相談に応じてくださりありがとうございました。ＫＷＫＭ様、このたびもグッとくるデザインをはじめ、想像の膨らむイラストをありがとうございます（セラスのギャグ顔とムニンは特にグッときました）。内々《うちうち》けやき様、鵜吉《うよし》しょう様、つい読み進めたくなる〝引き〟の強さや、セラスの魅力を引き出すネーム、そしてキャラクターの凄《すご》みや狂気、またコミカルさを引き出す作画で〝ハズレ枠〟の世界がより深くなった気がいたします。ありがとうございました。また、九巻を出版するにあたってお力添えくださった各所の皆さまにもお礼申し上げます。

Ｗｅｂ版読者の皆さま、いつもご声援ありがとうございます。こうして書籍版でも支えていただけて作者はまったく幸せ者だと思います。

そして、前述のＷｅｂ版の読者様も含め今回もこの九巻をご購入くださったあなたに深く感謝いたします。初めての二桁巻という大台が見えてきたのも、こうして続刊をお買い上げくださったあなたのおかげでございますので……。

さて、それでは〝いよいよ〟な気配漂う次巻でお会いできるのを祈りつつ、今回はこのあたりで失礼いたします。

篠崎《しのざき》芳《かおる》

作品のご感想、
ファンレターをお待ちしています

あて先

〒141-0031
東京都品川区西五反田 8-1-5 五反田光和ビル４階
ライトノベル編集部
「篠崎 芳」先生係／「KWKM」先生係

OVERLAP

ハズレ枠の【状態異常スキル】で最強になった俺がすべてを蹂躙するまで 9

発　行　2022年6月25日　初版第一刷発行
2024年12月16日　第三刷発行

著　者　篠崎 芳

発行者　永田勝治

発行所　株式会社オーバーラップ
〒141-0031　東京都品川区西五反田 8-1-5

校正・DTP　株式会社鷗来堂

印刷・製本　大日本印刷株式会社

Printed in Japan ISBN 978-4-8240-0186-3 C0193

オーバーラップ　カスタマーサポート
電話：03-6219-0850／受付時間 10:00～18:00（土日祝日をのぞく）

第10回 オーバーラップ文庫大賞
原稿募集中！
イラスト：冬ゆき
キミが物語の王様
【賞金】
大賞…300万円
（3巻刊行確約＋コミカライズ確約）
金賞……100万円
（3巻刊行確約）
銀賞……30万円
（2巻刊行確約）
佳作……10万円
【締め切り】
第1ターン 2022年6月末日
第2ターン 2022年12月末日
各ターンの締め切り後4ヶ月以内に佳作を発表。通期で佳作に選出された作品の中から、「大賞」、「金賞」、「銀賞」を選出します。
投稿はオンラインで！ 結果も評価シートもサイトをチェック！
https://over-lap.co.jp/bunko/award/
〈オーバーラップ文庫大賞オンライン〉
※最新情報および応募詳細については上記サイトをご覧ください。
※紙での応募受付は行っておりません。